Um Longo Longo Caminho

Do autor:

Os escritos secretos

Sebastian Barry

Um Longo Longo Caminho

Tradução e notas
Cecilia Prada

Rio de Janeiro | 2014

Copyright © 2005 *by* Sebastian Barry

Título original: *A Long Long Way*

Capa: Angelo Allevato Bottino
Imagem de capa: wragg / Getty Images
Foto do autor: Cortesia do fotógrafo Matt Kavanagh, do Irish Times

Editoração: DFL

Texto revisado segundo o novo
Acordo Ortográfico da Língua Portuguesa

2014
Impresso no Brasil
Printed in Brazil

CIP-Brasil. Catalogação na publicação
Sindicato Nacional dos Editores de Livros, RJ

B288u	Barry, Sebastian, 1955- Um longo longo caminho/ Sebastian Barry; tradução Cecilia Prada. – 1. ed. – Rio de Janeiro: Bertrand Brasil, 2014. 378p.; 23 cm. Tradução de: A long long way ISBN 978-85-286-1963-8 1. Ficção irlandesa. I. Prada, Cecilia, 1929-. II. Título.
14-09046	CDD – 828.99153 CDU – 821.111(415)-3

EDITORA BERTRAND BRASIL LTDA.
Rua Argentina, 171 – 2º andar – São Cristóvão
20921-380 – Rio de Janeiro – RJ
Tel.: (0xx21) 2585-2070 – Fax: (0xx21) 2585-2087

Não é permitida a reprodução total ou parcial desta obra, por quaisquer meios, sem a prévia autorização por escrito da Editora.

Atendimento e venda direto ao leitor:
mdireto@record.com.br ou (0xx21) 2585-2002

Para Roy Foster,
por amizade

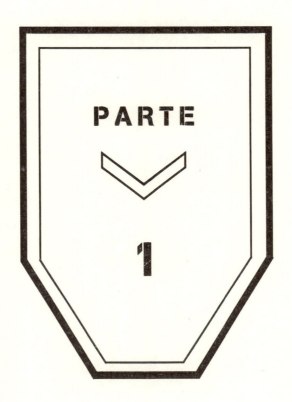

Capítulo Um

Ele nasceu quando o ano morria.

Chegava ao fim 1896. Deram-lhe o nome de William em homenagem ao rei William de Orange, morto havia muito, porque seu pai gostava desses assuntos antigos. E, principalmente, porque um tio-avô, William Cullen, vivia ainda em Wicklow, do outro lado das montanhas, como costumavam dizer, onde seu próprio pai havia sido criado.

Era inverno, e a nevasca castigava os cocheiros de Dublin, reunidos com suas capas sujas perto do Round Room, na rua Grã-Bretanha. A fachada de pedra do antigo edifício permanecia indiferente, com sua estranha decoração de caveiras de boi e tapeçarias.

Os recém-nascidos guinchavam por trás das grossas paredes cinzentas do Hospital Rotunda. Havia sangue no colo branco das enfermeiras, como os aventais dos açougueiros.

Ele era um bebê pequeno e seria sempre um menino pequeno. Parecia o antebraço magro de um mendigo, com parcos ossos por dentro, provisórios e expostos.

Quando saiu do ventre da mãe, ele miou, como um gato ferido, repetidamente.

Aquela foi a noite de uma tempestade que não seria uma tempestade famosa. Apesar disso, ela arrancou as últimas folhas dos carvalhos majestosos nos antigos jardins de trás do hospital e arrastou, nas sarjetas, a plantação molhada para dentro dos bueiros até as desconhecidas galerias dos grandes esgotos. O sangue dos partos foi também arrastado, e todos os fluidos da humanidade, mas a água salgada do mar de Ringsend aceitou tudo igualmente.

A mãe o levou ao seio com a vontade exausta que faz heroína a maioria das mães. Os pais se encontravam bem longe, e bebiam cerveja no Hotel Ship. O século estava velho e fraco, mas os homens falavam de cavalos e impostos. Um bebê não sabe nada, Willie não sabia nada, mas era como um retalho de canção, um ponto de luz na escuridão de gelo, um início.

E todos aqueles meninos da Europa nascidos naquela época, e por volta daquela época, russos, franceses, belgas, sérvios, irlandeses, ingleses, escoceses, galeses, italianos, prussianos, alemães, austríacos, turcos — e canadenses, australianos, americanos, zulus, gurcas, cossacos, e todos mais —, tiveram seu destino escrito num capítulo feroz do livro da vida, com certeza. Aqueles milhões de mães e seus milhões de galões de leite materno, milhões de conversas informais e linguagem infantil, surras e beijos, cueiros e sapatos, empilhados na história em grandes montes de ruínas, com uma música alta e quebrada, histórias humanas contadas para nada, para cinzas, para divertimento da morte, arremessados no poderoso montouro de almas, todos aqueles milhões de meninos com todos os seus estados de espírito, para serem triturados nas pedras do moinho de uma guerra iminente.

Quando Willie estava com 6 ou 7 anos, o rei da Irlanda saiu da Inglaterra para visitar a Irlanda. O rei era do tamanho de uma cama. Houve uma grande revista de tropas no quartel do parque Fênix. Willie estava lá com suá mãe, porque o rei do tamanho de uma cama, uma cama de bronze, para duas pessoas, queria ver a parada da Polícia Metropolitana de Dublin. E por que não? Eles eram tão grandes e tão negros como um exército quando marchavam. Seu pai, embora na época apenas um inspetor, foi colocado em cima de um grande cavalo branco, para que o rei pudesse vê-lo melhor. O pai, naquele cavalo, parecia muito melhor do que qualquer rei, o qual, a propósito, tinha de ficar de pé nos seus sapatos lustrados. Como se fosse o Próprio Deus, ou o melhor homem do Reino de Deus.

Durante muitos anos, até abandonar essas ideias infantis, Willie sempre pensou que seu pai saía para trabalhar montado naquele cavalo branco, mas é claro que isso não era verdade.

Como ele cantava bem. Sua mãe, que era uma mulher bastante simples, uma Cullen, filha do lenhador da propriedade Humewood, em Wicklow, deliciava-se com a voz do filho. Ela o sentava em uma cadeira para que cantasse, como qualquer mulher faria, e ele jogava sua pequena cabeça para trás e cantava algumas canções do distrito de Wicklow, e a mãe via em sua cabeça uma centena de coisas, da infância, rios, bosques, e, naqueles momentos, sentia-se novamente uma menina, cantando, respirando, completa. E pensava no poder de palavras simples, coisas simples girando na boca, no poder que elas têm quando se juntam na sequência singela de uma canção; como elas pareciam relembrar uma centena de paisagens desaparecidas, rostos esquecidos, momentos perdidos de amor.

O pai de Willie, certamente, era o típico policial sombrio, vestido com roupas escuras. Willie Dunne tomava banho todas as noites de sua vida em uma banheira esmaltada, colocada ao lado da grande lareira da sala de estar. Às seis da tarde em ponto, seu pai entrava e retirava o menino da banheira, levantava-o até o peito, onde estavam os botões de prata, e Willie ficava ali feito um pedaço de pano, como um pombo implume, ainda molhado do banho, sua mãe tentando enxugá-lo com a toalha, e seu eternamente sério pai, em seus dois metros de altura, dizendo que belo policial ele daria dali a um tempo, um belo policial.

E, ano após ano, o pai media Willie encostando-o no papel de parede perto da lareira de mármore e lhe colocando na cabeça um volume de partituras de operetas, *The Bohemian Girl e outras óperas populares*, e marcando a sua altura com um lápis de ponta grossa da polícia.

E então Willie chegou aos 12 anos, finalmente um rapaz. E sua irmã mais nova, Dolly, nasceu na casa de Dalkey e sua mãe morreu por causa disso. E então sobraram apenas o pai e as três irmãs e ele, e finalmente, no inverno de 1912, estavam todos morando no Castelo de Dublin,* e a lembrança de sua mãe era

---

* O Castelo de Dublin é um imenso conjunto de edifícios históricos construídos no local onde, no ano de 930, os vikings dinamarqueses erigiram o forte de Dyflinn, que deu o nome à cidade de Dublin. Esse complexo arquitetônico tem sido usado, através

como uma canção triste que o fazia chorar sozinho na cama, embora ele fosse forte já com 16 anos. E o vapor de quando suas irmãs cozinhavam virava lágrimas nas vidraças geladas das janelas velhas.

E então outra coisa o fazia chorar em segredo, sua altura "condenável", como seu pai começou a chamá-la.

Porque Willie crescia com a velocidade de uma lesma e o pai deixou de encostá-lo ao papel de parede, tamanho era o sofrimento de ambos, pois era claro como o dia que Willie Dunne nunca passaria de um metro e oitenta, a altura requerida de um recruta.

Willie amaldiçoava seus próprios ossos, seus próprios músculos, seu coração e sua alma, coisas frustrantes, inúteis. E, um pouco tempo depois, foi ser aprendiz de Dempsey, o construtor, o que, inesperadamente, se mostrou muito agradável e lhe deu uma alegria secreta. Porque era muito bom trabalhar em construções, colocar pedra sobre pedra com a lei da gravidade.

Gretta era o segredo que Willie escondia do pai, ele a amava tanto. Ele a conhecera por acaso. Durante a terrível greve-geral do ano anterior, 1913, seu pai assumira a responsabilidade de preservar a ordem nas ruas da cidade, pois já era um oficial graduado da Divisão B da Polícia Metropolitana de Dublin. E comandara o ataque com cassetetes contra a multidão reunida na rua Sackville quando o líder trabalhista James Larkin discursou.

Muitas cabeças foram atingidas por aqueles cassetetes. Até de alguns membros da PMD quando os cassetetes foram arrancados

---

do tempo, tanto para funções administrativas como para residência oficial de membros do governo e de funcionários importantes. O pai de Willie, como "oficial graduado da Polícia Metropolitana de Dublin", ocupava, então, com a família, um apartamento funcional do Castelo. (N.T.)

deles pelo povo, e as pancadas, retribuídas. Mas, de um modo geral, o governo considerou que a polícia agira com bravura e fora a vencedora naquele dia.

Um dos cidadãos golpeados era um homem chamado Lawlor, que o pai de Willie conhecia das vizinhanças do Castelo de Dublin, pois era um carreteiro local. E a cabeça de Lawlor fora golpeada com muita precisão, e o pai de Willie tentava compensá-lo por isso, visitando-o à noite, levando maçãs e coisas do tipo. Mas Lawlor sentia-se insultado e mal falava com ele, ainda que o policial fosse visitá-lo sempre em trajes civis, para passar desper-cebido e não ferir seus sentimentos. A verdade, porém, era que o senhor Lawlor era um adepto apaixonado de Larkin. O velho poli-cial nem imaginava, e, por muitos meses, continuou procurando estabelecer uma amizade com aquele homem. Willie não sabia por que justamente com ele, entre todos os outros homens, a não ser que fosse uma questão de boa vizinhança, coisa importante para um homem de Wicklow.

Nessa época, Willie já estava perto dos 17 anos, e, quando a consciência de seu pai doía, mas ele estava ocupado demais para ir ver Lawlor, enviava o filho em seu lugar. Na primeira vez, deram-lhe para levar dois faisões caçados em Humewood e enviados pelo velho administrador, o pai do pai de Willie, para seu filho no castelo. O senhor Lawlor morava agora num cortiço sob a Catedral da Santíssima Trindade, então não era uma caminhada longa. No entanto, Willie carregava as duas aves com uma vergonha inexplicável, embora nem mesmo os moleques de rua zombassem dele.

Quando Willie chegou à casa, o senhor Lawlor não estava, mas o rapaz subiu até o quarto dele mesmo assim, pretendendo deixar as aves do lado de dentro. Tinham belas penas, como as que se veem no chapéu da esposa do vice-rei — ou da amante. Willie sempre gostava das histórias escandalosas que os homens de Dempsey contavam quando tomavam o café da manhã juntos, em um lugar ou outro, às seis horas; linguiças saborosas, chá quente e os escândalos escaldantes do dia. Ele estava tão atormentado pelo desejo como qualquer outro rapaz que tentasse controlar as intermináveis ereções dos seus 16 anos, e as risadas e confissões apaixonadas dos homens lhe davam um prazer enorme.

Willie passou por uma porta suja e muito arranhada e entrou num quarto antigo que tinha um pé-direito alto. Em toda a borda do teto havia uma sanca decorada com instrumentos musicais de gesso, violinos, violoncelos, tambores, flautas e pífaros, porque aquele cômodo fora um dia a sala de música de um grande bispo protestante ligado à catedral. Havia uma lareira de mármore trabalhado na extremidade da sala, tão amarela como fica a perna de uma galinha com a umidade e a fuligem. A própria sala era dividida aqui e ali por cortinas feitas de trapos compridos e emendados, para que os habitantes do lugar pudessem ter alguma privacidade. Como havia quatro famílias morando ali, cada divisão era um reino independente.

Num desses reinos, Willie viu pela primeira vez sua princesa, Gretta Lawlor, que era de fato uma das belezas da cidade. Dublin podia ostentar muitas belezas, ainda que magras e pobres, e Gretta era uma das maiores belezas, embora ela naturalmente não soubesse disso.

Ela estava sentada a uma janela, escrevendo num pedaço de papel, embora ele nunca tenha vindo a saber o que ela estava escrevendo. O rosto dela lhe deu um nó na garganta, os braços e seios deixaram-no de pernas bambas. Gretta tinha a estranha aparência de uma pintura antiga, pois a luz batia em seu rosto.

Um rosto límpido e gracioso, e seus longos cabelos louros pareciam cair em cascata. Talvez em seu emprego, caso ela tivesse um emprego, ela conservasse os cabelos enrolados e presos. Mas ali, na sua intimidade, eles reluziam com as luzes secretas daquele velho quarto. Os olhos tinham o mesmo verde das paisagens do bonde. Seus seios no vestido macio de linho azul eram pequenos, finos e ameaçadoramente pontudos. O que fez Willie quase desmaiar, ele nunca vira nada parecido. Ele segurava os faisões e notou pela primeira vez que eles tinham um cheiro estranho, como se tivessem ficado dependurados por muito tempo e estivessem começando a se decompor. Gretta tinha apenas 13 anos naquela época.

Enquanto Willie estava ali parado, um homem chegou por trás dele e o afastou para entrar no quarto. Usava uma capa de chuva comprida, preta e gasta. Deitou-se em uma daquelas camas frágeis, levantou os pés, exausto, e somente então pareceu notar o rapaz.

— O que você quer, filho? — perguntou.

— Eu trouxe estas aves para o senhor Lawlor — respondeu Willie.

— Da parte de quem? — replicou o homem.

— Do meu pai, James Dunne.

— O chefe do Castelo?

— O senhor, então, é o senhor Lawlor? — perguntou Willie.

— Quer ver a cicatriz na minha cabeça? — respondeu o homem, dando uma risada não muito agradável.

— Posso colocar as aves em algum lugar? — disse Willie, desconfortável.

— Então, você é filho dele, hein? — perguntou o homem, notando talvez a altura de Willie.

— Sou — respondeu o rapaz, e soube então que a menina o olhava. Levantou os olhos para ela e viu que ela sorria. Mas talvez ela estivesse zombando dele, ou pior, com pena. Ela está achando, pensou Willie, que eu sou baixo demais para ser filho de um policial. Naquela época, ele ainda esperava crescer um pouco mais, mas não podia dizer isso a ela.

— Então, o que você acha, filho, dos meganhas se jogando em quem passava e arrancando o couro da gente?

— Eu não sei, senhor Lawlor.

— Devia saber. Devia ter uma opinião. Eu não me importo com o que um homem pensa, desde que ele tenha ideias próprias.

— É isso que o meu avô diz — disse Willie, esperando ser zombado pelas suas palavras. Mas a resposta não foi zombeteira.

— A maldição deste mundo é as pessoas pensarem somente os pensamentos que os outros lhes deram. Não são pensamentos próprios. São como um cuco dentro da cabeça. Seus pensamentos são jogados fora e os cucos são colocados no lugar. Concorda? Qual é o seu nome?

— William.

— Bem, William. Concorda?

Mas Willie Dunne não sabia o que responder. Podia sentir os olhos da garota fixos nele.

— Sim — disse Lawlor. — Se Gretta, minha filha Gretta, estivesse para fugir amanhã para Gretna Green com algum rapaz, até com você, digamos, eu perguntaria a ela quando estivesse se encaminhando para a porta: "Gretta, você sabe o que está fazendo?", e, se a resposta fosse sim, eu não poderia impedi-la de partir. Eu poderia querer impedi-la, mas não poderia. E eu poderia querer dar uma surra em você por causa disso. Mas, se o pensamento tivesse sido colocado na cabeça dela por outra pessoa, você, por exemplo, bem, então eu a amarraria no pé da cama.

Aquela era uma conversa esquisita e embaraçosa para Willie, e, acreditava ele, para qualquer um que estivesse na sua posição naquele momento. E, embora ele relutasse em se afastar da garota, tudo o que mais desejava era se afastar do senhor Lawlor.

Mas o homem parou de falar e fechou os olhos. Tinha um bigode negro e espesso, mas seu rosto era comprido e fino.

— Mãe de Deus — disse ele.

— Tudo bem — disse a moça, e Willie achou sua voz suave e profundamente agradável. — Deixe as aves aí. Vou cozinhá-las para ele.

— Eu não quero essas aves — disse o senhor Lawlor. — E não quero os potes de carneiro cozido dele, nem seus presuntos e seu... Sabe, William? Seu pai me mandou uma galinha viva semana passada. Eu não vou ficar torcendo pescoço de galinha nessa altura da vida. Eu vendi a galinha a uma senhora por um xelim apenas porque não pude ficar vendo a criatura morrer de fome, pelo amor de Deus!

— Ele só está tentando compensar o senhor. O senhor é vizinho dele — disse Willie. — Ele não gostou de ver um vizinho golpeado na cabeça.

— Mas foi ele quem me bateu na cabeça. Bem, não ele, mas um dos homens dele. Uns caras selvagens, grandes, febris, arrancando faíscas do meu crânio com aqueles cassetetes pretos enormes. Veja bem, você acha que ele tem ideias próprias? Tem?

Se tivesse, poderia surrar alguém sem pensar duas vezes. E suponho que também seria muito fácil para ele pensar nos quatro homens que foram mortos naquele dia.

Willie Dunne ficou ali parado, desolado com aquelas verdades.

— Eu sou um velho miserável e tal, não é? — perguntou o senhor Lawlor. — Não é, Gretta? Espero que sim. Deixe as aves aí, filho, e obrigado. Mas não agradeça a seu pai. Diga a ele que eu joguei os faisões na rua. Diga que eu fiz isso, William.

Quatro homens mortos naquele dia. A frase repousou na cabeça de Willie como um rato e fez ali seu ninho.

Embora protestasse, o pai de Willie continuou dando presentes para o senhor Lawlor, sempre levados pelo rapaz. O senhor Lawlor perdera seu emprego de carreteiro por causa da pancada na cabeça; seu patrão passou a achá-lo um homem perigoso por ter protestado na rua Sackville. Mas milhares haviam arriscado seus empregos durante a greve-geral e, quando ela terminou, não conseguiram recuperá-los. Então, o senhor Lawlor era um entre muitos. E, como muitos, ele se alistou no Exército para ter o que comer e enviar o pagamento para Gretta. Por isso, ele ficou fora de casa por dias e dias, e, embora houvesse mulheres nas outras divisórias do grande quarto tomando conta da garota, ficou mais fácil para Willie ir falar com ela. E eles falavam sobre tudo o que se passava em suas cabeças.

Willie guardou esse segredo de suas irmãs por instinto, e sem dúvida esse foi um bom instinto, pois a verdade é que Gretta morava num cortiço e Willie sabia o que Maud e especialmente

Annie pensavam a respeito, e que contariam tudo imediatamente ao pai. E Willie não queria que isso acontecesse. Limitava-se então a ir ver a moça somente quando seu pai mandava levar algum pacote ou um pouco de carne para tudo parecer normal e correto. Mas, para ele, nada parecia exatamente normal ou correto. Estava tão apaixonado por Gretta quanto um pobre cisne se apaixona pelo rio Liffey e não consegue mais deixá-lo, mesmo que os garotos de Dublin apedrejem o seu ninho. A voz da menina era música, o rosto era luz, e o corpo era uma cidade de ouro.

Um dia, ele a encontrou dormindo. Sentou-se numa cadeira quebrada por duas horas e ficou observando a respiração, o subir e descer da coberta meio rasgada, o rosto sonhador. A coberta caiu e ele pôde ver seus seios suaves. Havia anjos no monumento a O'Connell, e ela não era como eles, mas Willie pensou que ela parecia um anjo, ou pelo menos parecia com o que um anjo devia se parecer. Era como se o coração do mundo lhe houvesse sido revelado, tamanha beleza em lugar tão miserável. O tempo era cruel do outro lado das janelas, um granizo severo espetava a escuridão com seus mil alfinetes. Ele a amava tanto que chorou. Assim foi para Willie Dunne, e talvez essas fossem coisas que pudessem somente ser arrancadas dele.

Quando ele estava com 17 anos e ela perto de completar 15, já fazia quase um ano que ambos enganavam os pais. Gretta era uma pessoa muito objetiva e soube, logo na primeira vez que viu Willie, que ele era o seu homem, mesmo sendo ela ainda tão nova. Seu mundo ficou dividido em antes e depois de Willie, assim como o mundo divide as coisas em antes e depois de Cristo.

Talvez por mero acaso ele não tivesse chegado a humilhá-la ou ofendê-la gravemente, embora às vezes pudessem brigar para valer. Ela não ligava para a ereção dele tanto quanto ele próprio.

— Vocês homens são todos iguais — dizia ela.

O pai a colocaria como criada numa das casas da praça Merrion, se pudesse. Caso contrário, pensava em mandá-la para o campo, para alguma casa de família. E talvez ele já tivesse feito isso se não gostasse tanto da filha, até porque sua mulher morrera de tuberculose havia muitos anos, virara um galho seco a seu lado na cama. E ele não tinha mais ninguém no mundo para lhe fazer companhia.

Willie, por sua vez, ia ficar rico construindo com Dempsey e se casaria com Gretta. Sentia que ia saber enfrentar o pai dela quando chegasse a hora.

Mas então chegou subitamente aquele outro tempo, o da guerra, e, contrariando o desejo de Gretta, Willie queria ir.

Era difícil para ele explicar-lhe essa vontade, pois era difícil explicá-la a si próprio. Disse-lhe que era porque a amava que precisava ir, até porque havia mulheres como ela sendo mortas pelos alemães na Bélgica, e como ele poderia deixar que isso acontecesse? Gretta não entendeu. Ele disse que também iria para contentar o pai, e ela, embora tenha entendido isso, não achou um bom motivo. Ele disse que o pai dela também iria para a guerra, mas ela lembrou que seu pai pertencia à guarnição de Curragh, e que provavelmente não seria enviado à França.

Mas ele sabia que devia cumprir seu papel, e, quando ele voltasse, não teria remorsos, mas sentiria, de coração, a felicidade de ter seguido as próprias ideias.

— Foi o seu pai quem disse que devemos saber o que queremos — disse ele.

— Isso é só uma coisa que ele tirou de um livro que ele sempre lê. São Tomás de Aquino, Willie. Só isso — respondeu ela.

Capítulo Dois

Willie Dunne não era o único. Porque ele lera no jornal que homens que falavam somente o gaulês vinham das planícies da Escócia para se alistar, e que homens das Ilhas Aran, que falavam somente seu irlandês nativo, remavam até Galway. Meninos das escolas públicas de Winchester e Marlborough, rapazes da Escola da Universidade Católica, de Belvedere e do Colégio Blackrock, em Dublin. Críticos grandiloquentes do Home Rule* vindos das regiões chuvosas do Ulster, e homens católicos do Sul, todos temerosos por causa das freiras e das crianças belgas. Sargentos recrutadores de todo o mundo britânico anotavam nomes em centenas de línguas e um milhão de dialetos. Suaili, urdu, irlandês, bantu, as línguas dos bosquímanos, dos cantoneses, australianos e árabes.

Willie sabia que fora o próprio lorde Kitchener** quem convocara os voluntários. E que John Redmond, o líder irlandês,

---

* Home Rule – partido constituinte de autonomia limitada nos assuntos internos de uma unidade política dependente (como um território ou município). (N.T.)
** Lorde Horatio Kitchener (1859-1916) – secretário de Guerra da Grã-Bretanha no início da Primeira Guerra Mundial. Convocou um milhão de homens, organizou os exércitos numa escala sem precedentes e tornou-se um símbolo da vontade nacional de vencer. (N.T.)

fizera o mesmo chamado em Woodenbridge, Wicklow. O *Irish Times* trazia um longo artigo a esse respeito. Um riacho fluía sob seus pés enquanto ele falava, e uma bela e trepidante paisagem, com pombos selvagens e águas calmas, parou para ouvi-lo, porque ele fez seu discurso numa ravina. O Parlamento, em Londres, assegurara que haveria um governo irlandês independente no final da guerra. Portanto, disse John Redmond, pela primeira vez em setecentos anos, a Irlanda seria efetivamente um país. Assim, ela poderia ir para a guerra, finalmente, como uma nação, ou o mais próximo disso, com essa promessa solene de poder se autogovernar. Os britânicos manteriam a promessa, a Irlanda devia oferecer seu sangue generosamente.

É claro que os homens do Ulster alistaram-se no Exército por um motivo contrário, e com um objetivo contrário. Talvez seja algo inusitado, mas foi assim. Foi para impedir o governo independente que eles se alistaram — assim dizia o pai de Willie, com uma fervorosa aprovação. E muita gente do sul sentia o mesmo na época. Tudo era uma profunda e sombria confusão de intenções.

Willie lia essas coisas na companhia do pai, pois tinham o hábito de ler o jornal juntos à noite, comentando os vários assuntos, quase como se fossem casados.

Na privacidade de seu alojamento de policial no Castelo de Dublin, o pai de Willie Dunne tinha a opinião de que o discurso de Redmond era o de um canalha. O pai de Willie era maçom, embora fosse católico, e, mais ainda, membro da Loja Maçônica de South Wicklow. Era pelo Rei e pela Pátria e pelo Império, dizia, que um homem devia lutar, sem nunca imaginar que seu filho Willie se alistaria tão cedo quanto ele.

Willie nunca passou de um metro e oitenta. Como estava orgulhoso agora, por poder comparecer com naturalidade diante do oficial recrutador, instalado logo ali do lado de fora do pátio do Castelo, e se alistar sem que sua altura fosse questionada. Porque, se ele não podia ser um policial, poderia ser soldado.

Mas quando, naquela noite, ele voltou para casa e contou ao pai, o rosto grande, largo e inexpressivo do policial chorou no escuro.

E, então, suas três irmãs, Maud, Annie e Dolly, acenderam as velas na sala de estar e todos se sentiram parte do grandioso acontecimento, pois Willie iria participar, e estavam todos orgulhosos e entusiasmados, embora esse acontecimento pudesse durar no máximo umas poucas semanas, porque todos conheciam os alemães como assassinos covardes. Naquela época, Dolly era ainda criança e ficou correndo pela sala de estar do castelo, gritando e cantando até sua irmã mais velha, Maud, perder a paciência e gritar para ela parar. Então, Dolly começou a chorar copiosamente, e seu irmão, Willie, como fizera mil vezes, segurou-a nos braços e consolou-a, e beijou seu nariz, como ela gostava que ele fizesse. Ela não tinha mãe, mas tinha Willie para isso naquela época.

☙

Fuzileiros Reais de Dublin,
Centro de Treinamento,
Fermoy,
Condado de Cork,
14 de dezembro.

Querido pai,

Por favor, agradeça à Maud pelas ceroulas que ela me enviou de aniversário. Eram o que faltava para afastar esse tempo ruim. Ontem fizemos uma marcha de 20 quilômetros e agora conhecemos as vielas de Fermoy melhor do que o carteiro. Diga à Dolly que, apesar disso, a vida no Exército não é tão dura quanto a da escola. Espero que ela esteja se dando bem no jardim de infância agora. Esperamos estar bem-preparados até o Natal. E então tenho certeza de que nos mandarão para a guerra na Bélgica. Muitos homens estavam com medo de que a guerra acabasse antes disso, mas o nosso primeiro-sargento sempre ri quando ouve algo assim. Ele disse que os alemães ainda não acabaram o que vieram fazer conosco, nem de longe, e que é melhor a gente aprender tudo o que for possível sobre ser um soldado. Ele nos faz ficar como os pobres homens aí do Asilo para Lunáticos de Dublin, que ficam sacudindo os braços sem parar. Temos de esfaquear sacos de palha com baionetas de mentira porque não temos as de verdade. Meu amigo Clancy diz que é uma sorte a comida não ser de mentira também. Meu amigo Williams diz que não tem muita certeza se ela não é. Fico pensando naquela vez do concurso de canto, alguns anos atrás, no vestíbulo dos fundos da rua Prússia, e o senhor estava na plateia. Eu ia cantar a "Ave Maria", de Schubert, mas eu aprendi as duas estrofes em separado e nunca tinha ouvido, até aquele momento, o trecho de piano que liga as duas. Eu fiquei perdido. Não sei por que fico lembrando disso! Fico tentando adivinhar o que os outros rapazes estão fazendo com o Dempsey, e o que estão construindo agora. Agora são seis horas e aposto que Maud está começando a fazer o chá. Annie deve estar ajudando, mas Dolly deve estar fazendo suas artes. Dolly, Dolly, sua pirralha, eu vou te matar! Isso é a Maud gritando. Agora tenho de acabar esta carta, pai. Queria poder provar essas linguiças que devem estar chiando na frigideira. Sinto muita falta de casa.

*Do seu filho, com amor,
Willie.*

Chegou o momento em que os novos recrutas foram transformados em algo que já tinham perdido a esperança de ser, soldados treinados e ordenados, embora nunca tivessem entrado em combate.

O Natal já havia passado e o Ano-Novo chegara, e a guerra continuava. Eles já haviam se habituado com a novidade do ano de 1915 em seus formulários e vales, e haviam jogado o ano velho no esquecimento junto com todos os outros anos, com a facilidade dos jovens. Todos tinham ouvido as histórias dos rapazes de ambos os lados saindo das trincheiras no Natal para jogarem um pouco de futebol, trocarem linguiças e pudim de ameixa, e cantarem, e agora todos sabiam que "Silent Night" chamava-se

"Stille Nacht" em alemão. Então, as coisas não pareciam tão ruins, embora centenas de soldados do seu próprio regimento houvessem morrido e muitos feitos prisioneiros pelos vis hunos.*

A coisa mais difícil no quartel era arranjar algum canto tranquilo para se masturbar, porque, se não se masturbasse, pensava Willie, explodiria mais que qualquer bomba. Essa era a principal dificuldade, sem dúvida.

Stille Nacht, Heilige Nacht... A coisa não parecia mesmo tão ruim.

Para alegria de Willie, a partida deles para o *front* seria em Dublin, em North Wall, então sua família poderia acenar para ele. Os soldados partiram num trem de Cork e tinham que marchar da estação ferroviária até o navio. E, de fato, na estrada que levava até North Wall, rostos se alinhavam como mil flores desabrochando. Das ruas transversais, garotos corriam e gritavam Deus sabia o quê para eles.

Willie procurou Gretta pela multidão. Gretta, o segredo que ele guardava de seu pai, ele a amava tanto.

Não a encontrou de jeito algum. Mas garotas de vestido e bons casacos acenavam para ele, e todos os soldados, magros, gordos ou baixos, pareciam inchar de entusiasmo, e eles foram ovacionados em todo o trajeto, desde a estação, ao longo de todo o rio Liffey e em todo o caminho até as docas. Parecia que toda Dublin estava contente de vê-los partir, tinha orgulho deles.

Annie, Maud e Dolly tinham dito que estariam perto do Monumento a O'Connell, no primeiro pedestal, debaixo dos

---

* Huno – povo bárbaro e nômade da Ásia Menor que, sob o comando de Átila, em meados do século V, dominou grande parte da Europa. Por causa de sua crueldade, a designação foi estendida aos alemães na Primeira Guerra Mundial. (N.T.)

anjos, e que ele não deveria esquecer de olhar para lá ao cruzar a ponte.

Os soldados marchavam como grandes especialistas em marcha, tinham mesmo sido bem-treinados e aperfeiçoados em Fermoy. O tédio havia se transformado em habilidade. Mantinham-se rígidos e com um bom ritmo marcado pelas suas botas, mas não podiam evitar um certo ar de afetação. Afinal, eram soldados. Haviam se alistado voluntariamente para a guerra pelo tempo que durasse.

Que não seria tanto agora, é claro. Teriam muita sorte se a guerra ainda estivesse lá quando chegassem à França.

Cada um deles queria ver um pouco de como eram as coisas antes de voltar para casa, vitorioso.

Os homens marchavam sabendo que agora receberiam um pouco de dinheiro e que a barriga de seus irmãos e irmãs não ficaria vazia. Podiam anotar num livro especial, ou deixar que um oficial anotasse num livro especial, o nome das pessoas a quem o seu soldo deveria ser enviado, caso eles próprios não o quisessem receber. E todas as recém-casadas seriam agora capazes de enfrentar os tempos das vacas magras.

Mas ele não viu nem ouviu suas irmãs. Maud lhe escreveu tempos depois, contando que Dolly se recusara a ir. Na verdade, ela se recusara a ser encontrada e se escondeu no labirinto de aposentos do castelo. Eram quatro e meia quando a encontraram no porão, chorando, chorando. E então já era muito tarde para irem. Ah, e perguntaram a ela o que acontecera, por que fugira. Ela respondeu que não tinha conseguido evitar. Que, se tivesse que ver o seu querido Willie partir para a guerra, ela morreria.

Era uma Inglaterra estranha a que eles percorriam. Não a Inglaterra das histórias, das lendas, mas o país real, simples. Willie nunca tinha visto aqueles lugares, como eram de verdade. Agora era obrigado a vê-los em toda a sua realidade, através do vidro límpido do trem.

Nos povoados e nas cidadelas, as pessoas também corriam para saudar o trem. Levantavam os chapéus e sorriam. Até ao raiar o dia, os habitantes sonolentos vinham vê-los. Para os jovens soldados, cansados, era animadora a aclamação. O praça Williams disse, meio amargurado, que aquelas eram pessoas seguindo seus caminhos e que provavelmente se sentiriam constrangidas se não saudassem ao ver soldados. Williams era um rapaz alto, de aparência agradável, com cabelos amarelos como girassóis, espetados.

— Eles, na certa, não sabem que somos irlandeses — disse.

— Será que não nos saudariam tanto se soubessem? — perguntou Willie Dunne.

— Não sei — respondeu o praça Williams. — Vai ver que estão pensando que somos os baixinhos das minas de carvão de Gales. É, porque eles veem você sentado aí, Willie. Pensam que somos todos anões.

— Eles acham que somos de circo. Um batalhão de caras de circo, eu acho — disse Clancy. Ele estava tão gordo como no dia em que se alistara, apesar do treinamento, e tão confiante quanto um rouxinol no inverno.

— Não dá para dizer a altura de um homem sentado — disse Willie, bem-humorado.

— Não é isso que diz a Maisie — retrucou o praça Clancy, que era de algum lugar do sul de Dublin.

— Eu não acho que exista alguém chamado Maisie lá onde você vive — disse Williams. — Todas são Winnies e Annies lá!

Bem, a irmã do meio de Willie Dunne se chamava Annie, então ele não entendeu muito bem aquele insulto amistoso. Achou que fosse uma piada rural.

— Ah, bem — respondeu Clancy. — É um ditado popular. Eu não presto atenção em ninguém senão Maisie. Ela é o bolo da vez. Nunca ouviu isso, Johnnie?

— Mas que porra isso quer dizer? — perguntou Williams.

— Não dá para explicar. Uma expressão não tem que significar nada. Tem só que... O que é que uma porra de expressão dessas tem que fazer, Willie?

— Cara, não pergunte para mim — disse Willie Dunne.

— Cachorro com mais de um dono morre de fome — disse Clancy, sem pensar.

— Não há lar como o seu lar — disse Williams.

Willie mentalizava pela milésima vez suas três irmãs trabalhando na copa, Annie atrapalhando Maud e Dolly atrapalhando todo mundo. E o pai gritando lá da sala para elas pararem de gritar umas com as outras. E a brasa do carvão galês crepitando no grande fogão preto de ferro, por falar em minas de carvão. E a chaminé uivando com o vento, e o céu explodindo lá fora, em pleno inverno.

E aquele não era um mundo que ele tinha pensado que um dia ia deixar. Não pensava nisso naquele tempo. Não era coisa para se pensar.

Apesar de ter negado, ele achava que sabia para que servem as expressões populares. Um ditado, como sempre sai da boca dos adultos quando se é apenas uma criança que escuta, serve para nos levar de volta àquele tempo, como um passe de mágica, ou um pedaço de história, ou alguma coisa que traz algo a mais dentro de si. Mas Willie não estava disposto a aborrecer seus colegas com um pensamento tão incerto.

Os assentos do trem eram de madeira; nos tempos de paz, aquele era um vagão de quarta classe. Devia haver centenas de outros trens percorrendo todas as regiões da Inglaterra, descendo das montanhas, do imundo norte, do pacífico sul, trazendo todos os rapazes para a guerra. E alguns eram mais do que apenas rapazes, eram homens de 30 e 40 anos, alguns até mais velhos, com seus 50. Aquele não era um jogo somente para jovens.

Quando foi ao banheiro urinar, Willie pensou que urinava com mais destreza. Podia pensar apenas em uma palavra para descrever tudo, a masculinidade, enfim.

Naquela seis da manhã estranha, o sol começou a surgir no horizonte escuro.

— Vê? — perguntou Clancy — Esses ditados não querem mesmo dizer nada. Não precisam.

Saíram do porto francês em transportes de verdade, uns caminhões grandes e barulhentos que Willie nunca tinha visto antes.

Quanto mais se aproximavam da guerra, mais eles pareciam estar passando por uma série de portas, cada qual se abrindo à frente e fechando-se rapidamente atrás deles.

Primeiro, apareceu o mar, milagroso e brilhante, como se um grande mágico tentasse fabricar um enorme espelho com metal bruto, e às vezes conseguindo, às vezes fracassando.

Depois, vieram as salinas e os campos planos e frios, com pequenos e modestos bosques e altas árvores retas ao longo das estradas cinzentas. Bem, as estradas estavam quase brancas, porque o tempo estivera inusitadamente seco. Então, um dos rapazes disse que ali parecia a sua terra, a não ser pelas montanhas achatadas no topo e pelas pessoas com roupas estranhas.

Era empolgante viajar por aquele outro país. Willie Dunne estava encantado pela simples alegria de conhecer outros lugares na Terra. Sentou-se de modo a poder olhar pelas frestas do caminhão e começou a tamborilar de felicidade. Pegou-se comparando aquela paisagem serena com os campos que conhecia bem, campos e propriedades que cercavam a terra natal de seu velho avô, em Kiltegan. Não havia nada ali que se comparasse às alturas misteriosas de Lugnaquilla, grandes montanhas em ondulações e ondulações imensas, como um pastel gigante que nunca poderia ser dobrado por completo, o que levaria um viajante pelo menos até a cidade de Dublin.

Mas, mesmo sóbria como era, a paisagem o maravilhava.

Estava sentado com seus novos companheiros, Williams e Clancy. Do outro lado, sentava-se o primeiro-sargento da sua companhia, Christy Moran, um fantasma de Kingstown, com cara de águia. Não havia gordura naquele corpo, ou Willie não se chamava William Dunne. O homem era pura energia, como um tapete da fábrica de Avoca, antes de começarem a tecer. Ele era os longos fios dispostos em uma única direção.

Willie ficara satisfeito também por descobrir, quando entraram no trem de Dublin, no cruzamento de Limerick, que o líder de seu pelotão era um jovem capitão de Wicklow, um dos Pasley de Mount. E, quando escreveu contando ao pai, ele também ficou satisfeito, porque todo mundo conhecia os Pasley e eram eles muito respeitados, e tinham um jardim muito bonito ao redor de sua casa. O pai de Willie estava certo de que o capitão saíra aos seus, assim como ele próprio saíra a seu pai, que fora administrador de Humewood no apogeu de sua vida, e assim como Willie também saíra a ele.

O grande caminhão sacudia a caminho da guerra. Willie estava tão orgulhoso de si que sentia seus dedos dos pés prestes a explodir nas botas. Por um momento, imaginou que crescera todos os centímetros que desejava, e que talvez agora pudesse finalmente se tornar um policial se quisesse, surpreendendo seu pai. Lorde Kitchener pedira aos homens decentes do mundo que fossem expulsar os imundos hunos, fazê-los voltar por onde tinham vindo, para seu próprio país maldito, para além das verdejantes fronteiras da Bélgica. Willie sentiu seu corpo dobrando-se, dobrando-se, mais e mais, de orgulho, como as montanhas de Wicklow deviam sentir quando vinha a chuva, quando brotava a urze.

Aquele era o país que ele chegara para curar, ele, Willie Dunne. Esperava que a fervorosa adoração de seu pai pelo rei o guiasse, como um mastro segurando a perigosa tenda do mundo. E tinha a certeza de que tudo o que a Irlanda era, tudo que tinha deveria ser trazido para enfrentar aquele inimigo repulsivo e inteiramente louco.

O sangue em seus braços parecia fluir nas veias com uma estranha força. Sim, sim, ele sentia, embora tivesse somente um metro e sessenta, que crescera, era a verdade absoluta, algo dentro dele jorrava ao encontro de um outro algo, desconhecido. Não conseguia explicar melhor o que sentia. Toda a confusão que sentira, toda a inferioridade que o perturbara dissolviam-se naquela euforia. Estava cheio de saúde após os nove meses de paralisia em Fermoy. Seus músculos pareciam pequenos embrulhos de uma carne de primeira que faria a felicidade de um açougueiro.

As palestras de Fermoy haviam descrito os feitos de cavalaria que logo se tornariam possíveis, e não haveria mais retiradas covardes como as que tornaram o início da guerra um horror, matando tantos dos antigos Fuzileiros de Dublin e fazendo heróis os prisioneiros. As linhas inimigas seriam rompidas, atacadas agora por aqueles milhões de novos soldados que chegaram a pedido do lorde Kitchener. Uma coisa óbvia, pensava Willie. Um milhão era um número incrível de homens. Romperiam a linha em mil lugares, e os cavalos e os seus galantes cavaleiros seriam trazidos para atacar com entusiasmo, cruzando o espaço aberto e golpeando os derrotados alemães com seus sabres. Era o que mereciam. Os cavalos galopariam sob o sol da terra estrangeira, e as nações de bem ficariam aliviadas e gratas!

— Por que você está batendo o braço desse jeito? — perguntou Clancy, de brincadeira.

— Eu estava, Joe? — respondeu Willie, rindo.

— Você quase me decapitou — disse Joe Clancy, da aldeia de Brittas, na região rural de Dublin, e não na região costeira, como frequentemente tinha de explicar. A outra Brittas. Sem o mar.

— A porra da outra Brittas! — dissera Williams quando essa ladainha fora ensaiada pela primeira vez. — Pelo amor de Deus!

— Desculpe, Joe — disse Willie. — Não acha que este é um belo, infinito campo?

Então, de repente, a garra do medo lhe agarrou o estômago. Que coisa curiosa. Um momento antes, sentia-se corajoso como um pássaro novo. Na verdade, sentia que poderia até vomitar o café da manhã. Três linguiças negras e gordurosas que ele não tinha vontade alguma de rever.

— Meu Deus, qual é o problema, praça? Você ficou verde — disse Christy Moran, o primeiro-sargento.

— Ah, é o balanço, senhor.

— Ele não está habituado a viajar com estilo, senhor — disse Clancy.

O caminhão inteiro caiu na risada.

— Não vá vomitar para este lado — pediu outro rapaz.

— Alguém abra a janela para o cara vomitar!

— Não tem nenhuma porra de janela!

— Bem, se não abrir, você vai ganhar uma golfada de vômito quente no seu colo!

— Não, não — disse Willie —, está tudo bem. Estou melhor agora.

— Coitado — disse Clancy, e deu um soco nas costas de Willie. — Coitado.

E Willie vomitou as linguiças, embora não parecessem mais linguiças, e elas se espalharam como pedaços de tripas sobre o chão de madeira.

Ele teria ficado bem se não tivesse recebido um soco daqueles nas costas.

— Oh, seu porco — disse o primeiro-sargento.

❧

Quando chegaram às trincheiras, Willie voltou a se sentir bem pequeno. A maior coisa ali era o bramir da Morte; a menor era um homem. Bombas não muito longe destroçavam a Bélgica, vomitavam os montes, faziam tudo menos matá-lo imediatamente, como ele meio que esperava.

Ele tremia como um cão pastor em um campo nevado de Wicklow, embora o tempo estivesse oficialmente "clemente".

A primeira camada de suas roupas era uma jaqueta. A segunda, a camisa. A terceira, suas ceroulas. A quarta, seus piolhos. E a quinta, seu medo.

∾

— Essa merda de Exército Britânico, eu odeio isso — disse Christy Moran, envolto na duvidosa sedução de seu próprio uniforme viscoso britânico.

Estavam todos reunidos, o pelotão, em torno de um pequeno braseiro que queimava finos carvões. Mas o crepúsculo sombrio até que estava quente, e o bombardeio cessara.

Durante as três últimas horas, mortíferas e ruidosas, Christy Moran mantivera guarda com um espelho embaçado. Isso seria o suficiente para levar qualquer um à loucura. O ângulo de visão permitido o deixava aliviado, como alguma invenção genial para ajudar um soldado corajoso nas trincheiras. Tentava identificar, através dos campos tumultuosos, algum sinal de vultos cinzentos que se levantassem das trincheiras mais distantes. Aqueles misteriosos estranhos, mas, ao mesmo tempo, vizinhos, o maldito inimigo. E agora, ainda por cima, não havia nem sinal de alguma refeição para tornar suportável a longa noite, isso sem falar na ração de rum, que era a coisa mais essencial além do tabaco para fumar ou mascar.

Christy Moran estava falando sozinho agora, ou com o espelho, ou com os homens do pelotão. Era só para fazer frente ao silêncio sujo. Uma espécie de silêncio lamurioso. Seu rosto estava branco por ele não dormir.

Willie Dunne não conseguia nem ouvir bem o que Moran dizia; era apenas um fio de palavras atropeladas. Mas servia para algo bom, dispersava a névoa de pânico que começou a experimentar em todos os turnos do dia.

Era a profissão de fé de Christy Moran, sua compreensão interior, a raiz da sua alegria. Não era um discurso para capitães, ou primeiros ou segundos-tenentes, nem pretendia ser. Falava para os filósofos irlandeses comuns, que eram, em sua maioria, os soldados alistados naquele período de tormento desesperado, homens das ruas mais escondidas de Dublin, ou camponeses de alguma fazenda de Leinster ou Wicklow, que talvez nem mesmo entendessem o ímpeto da argumentação de Christy Moran, por serem, em geral, homens leais, que não pensavam, apenas aceitavam todas as coisas.

— Esse mesmo maldito Exército que sempre acabou conosco. Que me fez baixar a cabeça durante toda a história, esmagou a mim e à minha família, e a todos antes, como cães, e fez uma pilha com nossos corpos e nos queimou como rebeldes perversos. Bastardos ingleses, todos bastardos, e todos os pobres como eu e meu pai e seu velho pai e o pai dele, e todos os que vieram antes, todos estivemos sob suas botas, e eles cuidando da própria vida, pescando no porto de Kingstown até se fartarem.

Mas Christy Moran não fazia diatribes só por fazer. Ele parou, enfiou a mão na costura da sua jaqueta, pegou um punhado de piolhos, esmagou-os com desespero, e disse:

— E eu estou aqui, estou aqui, lutando pelo mesmo maldito rei.

E era fato conhecido que o pai de Christy Moran servira o Exército antes dele. E, se estivesse com um humor diferente, o primeiro-sargento poderia também contar aos soldados o que aquele mesmo pai fizera nas trincheiras de Sebastopol, na Guerra da Crimeia.*

---

* A Guerra da Crimeia foi um conflito que se estendeu de 1853 a 1856 na península da Crimeia, sul da Rússia e Bálcãs. Envolveu, de um lado, a Rússia e, de outro, uma coligação integrada por Grã-Bretanha, França, Piemonte-Sardenha

Mas era muito agradável comer comida enlatada em vez de um grude quente, todos eles reunidos e balançando a cabeça diante da energia e do falatório do primeiro-sargento. Porque podia-se ser morto por menos, eles sabiam. Mas sabiam que Moran estava aborrecido por causa do espelho e do barulho e pelo fato de a ração não ter aparecido — ou o bendito rum.

∽

— Em cinco minutos vai ter a porra do sinal de prontidão, Willie — disse Christy Moran —, e então corra para a latrina e faça o que tem de fazer e depois trepe na porra do degrau de tiro* para ficar vigiando antes que o capitão saia da porra do abrigo dele e tente usar a sua bunda como mala de mão.

— Sim, senhor — respondeu Willie Dunne.

— Williams, Clancy, McCann, vocês também, seus putos — disse. Os soldados do pelotão se retorceram como vermes agitados. — Tenho o horrível pressentimento de que o capitão tem planos para nós hoje à noite. Tenho mesmo.

McCann era um homem quieto e sombrio, vindo de Glasnevin, com uma cara que parecia sempre cheia de fuligem, mas isso era porque ele ficava o tempo todo com a barba por fazer.

Então, enquanto um dos soldados ficou de sentinela, os outros foram para as latrinas. Havia quatro baldes grandes e, em cima

---

e Império Turco-Otomano. Terminou após o cerco de um ano à cidade russa de Sebastopol, quando os aliados puseram um fim às pretensões expansionistas da Rússia. (N.T.)

* O degrau de tiro era construído na parte interna da trincheira, para que os soldados subissem e se debruçassem sobre o parapeito para atirar no inimigo. (N.T.)

deles, pranchas de madeira como assentos, e os homens ansiosamente se revezavam sobre elas. Era como uma droga; quando a merda saía, o corpo parecia se encher de felicidade. Devia ser por causa da coisa venenosa, mas pelo menos nutritiva, que havia naquelas latas.

Christy Moran, porém, apenas sofria. Sentava-se como um santo aflito sobre o assento de madeira. Fazia caretas, gemia. Pequenas linhas azuis e vermelhas pareciam juntar-se nas suas bochechas. Era como um alcoólatra que não tomava nenhum gole em dez dias. Era um retrato do sofrimento.

— Se um cara pudesse se lavar e cagar numa banheira de água quente, seria uma recompensa por esta maldita tortura de mijar fogo — disse.

— Sim, senhor — disse Clancy, tentando ajudá-lo.

— Eu não falei porra nenhuma — respondeu Christy Moran, genuinamente surpreso.

— Falou, sim, sargento — disse Clancy.

— Não falei nada — repetiu Christy Moran.

— Falou, senhor — insistiu Clancy, em um tom amistoso.

E o primeiro-sargento Moran olhou para ele realmente espantado. De fato, o primeiro-sargento tinha um pequeno problema. Ele achava que estava só pensando, não falando seus pensamentos. Coisa estranha. Mas os soldados estavam começando a se entender com ele. Gostavam dele, certamente, apesar do seu palavreado solto e insolente.

— Mãe do bom Deus — disse Christy Moran, e enfim, urinou como um homem livre, e suas entranhas se abriram, misericordiosamente.

— Aleluia — disse McCann baixinho, levantando suas grandes mãos quadradas para os céus.

Um Longo Longo Caminho

Agora, pelo menos, eles compreendiam o propósito dos bombardeios. Naquela noite, não receberam da retaguarda nem uma migalha de comida fresca.

Os incansáveis *boches** haviam descoberto onde ficavam as trincheiras de suprimentos, não apenas por terem sido suas próprias trincheiras havia algum tempo, mas porque uma aeronave espiã as sobrevoara na noite anterior. O piloto certamente devia ter passado a informação para a sua artilharia, como um guia de caçadores.

E, assim, as bombas haviam caído sobre os rapazes que cuidavam dos suprimentos. Não somente os rapazes foram incinerados, e explodiram e se misturaram aos átomos de Flandres, mas todas as cubas de sopa foram derramadas e danificadas. O rum ficou torrado. O tabaco voltou às cinzas.

Pelos filhos da puta do leste da Baviera.

---

* *"Boche"* era termo pejorativo adotado pelos franceses desde o século XIX para designar os alemães, mas usado principalmente nas guerras em que as duas nações se envolveram. (N.T.)

Capítulo Três

Naqueles dias, por acaso ou pelos ardilosos esforços dos generais, eles não acordavam e iam direto subir no parapeito da trincheira.

Estavam enfiados nem Deus sabia bem onde, embora bons mapas indicassem suas coordenadas e mostrassem que o rio não estava muito longe. Mas qual era o rio, Willie nunca soube. Seu ouvido não estava habituado com aqueles nomes difíceis e estranhos. De qualquer forma, o nome da sua trincheira era rua Sackville, e isso bastava para ir levando as coisas.

Willie e os outros companheiros sabiam que houvera uma grande batalha ali por perto, porque, quando estavam indo para a linha de frente, eles passaram por pequenos grupos de covas em quadras de terra cercadas e, às vezes, por buquês — a ideia masculina de buquê, algumas flores silvestres, murchas — deixados sobre os montes que iam afundando na terra. Então, sabiam que outros companheiros haviam chorado os mortos por ali, depois tinham seguido caminho, talvez para a própria morte.

Os praças ficaram pensando sobre aquilo. O regimento tinha seu próprio padre, um homem alto de ar sofredor chamado Padre Buckley, que andava entre eles como um cocker spaniel, corcunda como uma velha. Ele os afagava como filhos.

Mas o luto era tão comum como um assovio naquele lugar. Não apenas entre seu pelotão.

Willie sabia que os soldados franceses, em defesa da pátria amada, já haviam perdido meio milhão de almas, jovens como ele próprio, que enfrentaram tiros e bombas com a paixão da juventude e da lealdade. Willie achava que eles jaziam agora nos entornos de sua terra sofrida, apodrecendo nos campos. Tentava imaginar como seria se a guerra estivesse sendo travada na Irlanda, nas planícies sombrias de Mayo, nas montanhas de Lugnaquilla e Keadeen.

Mais tarde, naquela noite, as mãos de Willie Dunne tremiam. Ele olhava para elas, aquelas mãos de dezoito verões. Elas tremiam devagar, mas sem a sua interferência.

Willie não estava exatamente pensando nos rapazes mortos que cuidavam dos suprimentos, mas suas mãos estavam.

— Meu Deus — disse Christy Moran. — Tudo o que eu queria era ir encontrar uma garota lá no monumento do calçadão de Kingstown.

Ele acendeu um cigarro e tragou a fumaça. Tinha esperança de que no dia seguinte alguns caras chegariam até eles com os suprimentos, porque só havia trinta cigarros, e isso não dava nem para uma noite.

— Vou te dizer, se eu estivesse lá, não ia me importar se estivesse chovendo canivete, ou se tivesse lama ou coisa assim, porque eu só estaria pensando na roupa dela, e em como o cheiro dela é bom e doce e tudo, e nos casacos elegantes que as garotas usam.

Ele deu mais uma tragada violenta na guimba.

— E eu não deixaria de ficar lustrando as minhas botas e cuspindo nelas por uns bons dez minutos, e esfregando o cotovelo nelas, sabe? Ah, é claro que sim.

Coçou pensativo a parte interna da coxa.

— Não que eu seja contra o serviço militar, não. Eu gosto desses piolhos nojentos rastejando nas minhas bolas e da porra dos suprimentos que vão para o espaço e da sujeira e da desordem, e de ter que mijar num balde que fede à merda de vocês todos, seus putos.

Os rapazes em volta riram.

— É muito bom marcar um encontro com uma garota para tomar uma xícara de chá na Leiteria do Monumento, tentando não falar palavrão, e conseguir um bom beijo uma hora ou outra.

Christy Moran se abrigara sob um beiral para fugir da chuva que havia caído de repente. Willie se perguntou se, pondo a cabeça para fora do parapeito, conseguiria ver a chuva caindo sobre os campos minados e destruídos ou se apenas teria seu rosto despedaçado.

A chuva parou tão de repente quanto viera, e o capitão Pasley emergiu de seu abrigo subterrâneo. Os homens se perfilaram.

— Boa-noite, primeiro-sargento — cumprimentou.

— Boa-noite, senhor — respondeu Christy Moran. — Em que posso ajudá-lo, senhor?

— Os rapazes foram alimentados?

— A comida não veio, senhor.

— Ah, não veio, rapazes? — perguntou o capitão Pasley, olhando para a tropa. Mas só viu rostos que sorriam encorajadores.

— Nós usamos as poucas latas que sobraram, senhor — disse Christy Moran.

— Eu vou telefonar pedindo o dobro de comida para amanhã — disse o capitão.

— Isso será perfeito, senhor — respondeu Christy Moran, dando uma última tragada no cigarro e lançando-o na terra-de-ninguém. A guimba voou como um vagalume. Willie Dunne meio que esperou ouvir um tiro vindo do outro lado.

— Certo, primeiro-sargento — disse o capitão Pasley. — Tem algo se movendo por ali? — perguntou.

— Só o diabo — respondeu Christy Moran.

Incauto, o capitão subiu no degrau de tiro e levantou, com alarmante indiferença, a cabeça coberta pelo capacete para conseguir olhar lá fora.

— Cuidado, senhor — pediu Christy Moran, sem poder controlar a agitação. — Não quer usar o espelho, senhor?

— Está tudo bem — disse o capitão Pasley.

Então, Christy Moran foi forçado a ficar ali, a mente em alvoroço, esperando um tiro.

— Que belo campo — comentou o capitão Pasley. — Que bela noite.

— Sim, senhor — disse Christy Moran, que particularmente não notara nenhuma beleza, mas estava disposto a admitir sua existência.

— Dá para ver o rio brilhando mais adiante, à direita. Tenho certeza de que está cheio de trutas — disse o capitão com uma voz sonhadora e distante.

Christy Moran ficou ainda mais desconcertado.

— Espero que o senhor não esteja planejando sair por aí para tentar a sorte com uma vara de pescar, senhor.

O capitão Pasley desceu do seu posto de observação e olhou o primeiro-sargento.

— Vocês têm tudo o que querem?

— Tudo o que queremos é um cozido de bar — disse Christy Moran, imensamente aliviado. — Não é, rapazes?

— Sim, sim — responderam eles devidamente.

— Está uma noite agradável, muito agradável — disse o capitão Pasley, levantando a cabeça e a borda do capacete para olhar o céu. — Vocês já olharam para essas estrelas?

— Pelo menos ainda podemos olhar para as estrelas, senhor — disse Christy Moran, eufórico.

— Concordo com seu ponto de vista, primeiro-sargento. Desculpe se eu lhe causei preocupação.

Ele sorriu. Não era um homem bonito, mas também não era feio o capitão, e Willie não tinha nada contra ele, porque exibia uma expressão de confiança, uma boa expressão quando se está acuado em campos estrangeiros e nem os pássaros cantam com as mesmas notas.

Willie achava que nenhum homem realmente lamentava estar acima dos seus camaradas, era próprio do ser humano. Mas os homens de posições superiores deviam ser do naipe do capitão Pasley para que fizessem sentido.

Não dava para não gostar do capitão Pasley.

— De qualquer forma, teremos de sair daqui mais tarde — disse o capitão, com um suspiro.

— Ah, é, senhor? Nós também achamos isso, senhor — disse Christy Moran. — Não é, rapazes?

— Sim, achamos. Nós achamos — responderam eles, em coro.

Então, eles se levantaram como sombras dos mortos do covil onde estavam, no meio da noite, um friso feroz e desmedido de estrelas sobre eles.

Willie deparou-se com a súbita visão da terra-de-ninguém, a vastidão obscura, a espreita das velhas cercas e dos cantos do campo. Havia cercas de arame farpado por toda parte, colocadas por turnos sucessivos de homens que saíam da trincheira em noites como aquela, sob estrelas como aquelas, com corações como aqueles, alemães e aliados, com nós em suas gargantas.

Willie não sabia ao certo onde ficavam as trincheiras inimigas, mas esperava que o capitão soubesse, por causa de seu mapa, das coordenadas de seu mapa.

Foram avançando pelo barro úmido, o capitão Pasley na frente, Christy Moran seguindo-o silenciosamente como uma esposa mal-humorada, e Joe Clancy, que fazia parte do grupo, e Johnnie Williams, e também um cara ruivo chamado Pete O'Hara.

Willie sabia que teriam de fazer a inspeção de uns 360 metros da cerca de arame farpado, porque, durante o dia, o capitão achara ter visto uns buracos aqui e ali. E eles não queriam nem mesmo coelhos ou ratos passando por ela. Muito menos que, saindo da escuridão com uma vontade louca de matar, pulassem sobre eles horríveis alemães, que enfiariam afiadas baionetas de Dresden nos seus peitos irlandeses. Não, eles não queriam nada disso.

Então, agora, eles precisavam se arrastar com cuidado, meio curvos e inclinando os braços, sendo muito cuidadosos, como era, aliás, altamente recomendado em seus livretos de treinamento, para não se entregarem pelo estalo de um galho, por uma tosse ou um tropeção.

E o capitão Pasley, que era um homem baixo, uma miniatura de homem, com uma cabeça redonda como uma bola, caminhava ereto e determinado, fazendo os soldados seguirem-no com pequenos gestos de mão. O'Hara e Williams dividiam o peso de um rolo de arame leve, para os consertos, e Willie Dunne levava uns enormes alicates, como os que a gente imaginava que um dentista louco usaria para nos torturar, e ainda por cima tinha de carregar também seu rifle. Era tarefa de Clancy seguir cuidadosamente o capitão, examinando o sombrio emaranhado de arame, como um sinistro arbusto espinhoso que nunca daria frutos, nem em qualquer estação do ano, nem em nenhum lugar do mundo.

Enquanto isso, os *boches* disparavam, de vez em quando, uns temíveis foguetes, muito festivos senão pelo fato de clarearem a noite. Mas agora, quando ouviam os disparos, pelo menos os soldados do pequeno grupo conheciam seu som peculiar e se lançavam na grama e na lama, capitão Pasley também, como alguém que mergulha das pedras do balneário de Forty Foot, em Sandycove, Dublin, naquele mundo que ficara para trás.

E assim eles continuaram, até descobrirem um dos buracos que o capitão tinha visto e começarem o conserto, Willie desenrolando e todos puxando aquele objeto desajeitado que era o arame, parecido com uma serpente, como alguma mítica criatura saída de uma história grega, até que chegasse ao lugar certo. E Christy Moran emendava o fio antigo com o novo, e era de admirar que ninguém tivesse ouvido seus palavrões, embora os rapazes alemães já devessem ter se acostumado com eles, pensando se tratar do canto de alguma ave selvagem da Bélgica.

— Essa merda dessa filha da puta está querendo morder o meu dedão — disse ele. — Esse caralho dessa porra de ferramenta ınglesa.

— Moran, já chega, um pouco de *ciuneas*, pelo amor de Deus.

— Um pouco do quê, capitão? — perguntou Christy, chupando o sangue do dedo.

— Silêncio, silêncio. O senhor não fala irlandês, primeiro-sargento? — perguntou o capitão em tom amistoso.

— Eu não falo porra nenhuma de irlandês, senhor, nem falo porra nenhuma de inglês.

— Seja lá o que você fale, Moran, só não fale.

— Certo, senhor — respondeu Christy.

— Deus o abençoe, primeiro-sargento — disse o capitão, talvez bem-humorado, eles não tinham certeza. — Esperem, esperem, esperem — continuou o capitão, acocorando-se. — Depressa, rapazes, abaixem-se.

Todos se abaixaram como os cães pastores de Wicklow. O solo imundo era decorado de pedras vermelhas, Willie podia vê-las. Ele urinou um pouco na calça, não teve a intenção. Olhando para cima, agora podia ver, com nitidez, um grupo de pessoas passando a uns trinta metros, como um bando de amigos que houvessem saído para ver a noite estrelada, despreocupados, mas silenciosos, e Willie sentiu novamente a quentura da urina descendo por suas pernas, e se xingou de idiota.

Podia sentir Christy Moran deitado contra seu corpo, tenso como um pedaço ressecado de madeira, pronto para Deus sabe o quê, para dar um pulo e ganhar a Cruz Vitória, ou para algum ato de loucura que mataria a todos, e tudo o que restaria deles seria uma medalha retinindo numa lata de biscoitos, em meio a outras bobagens de estimação. Tomara que o sargento não sentisse o cheiro do seu mijo.

Mas não, Christy Moran ficou onde estava, talvez com tanto medo quanto Willie, e todos conseguiam ouvir a respiração chiada de Clancy, como se porcos em miniatura morassem em sua boca, e não era um som relaxante. Então, Willie tomou consciência novamente do rifle que segurava nas mãos e agarrou a madeira macia, o cano azeitado e, subitamente, apesar de ter se urinado, sentiu que não estava com medo. Tinha medo, sim, mas sabia que poderia se levantar e enfrentar o perigo, lutar com o grupo inimigo e cumprir o seu dever.

O sentimento era maravilhoso; e ele ficou inteiramente surpreso por experimentá-lo. Nunca estivera à noite sobre a terra fria, o céu manchado com um toque de geada esquecida, mas com uma brisa de frio duvidoso. Agora, Willie sorria como um verdadeiro idiota, um idiota feliz.

Os vultos desconhecidos passaram e se afastaram, eles próprios ocupados com uma tarefa semelhante que lhes fora imposta pelo destino, com a ordem de vagar naquela perigosa terra-deninguém por uma ou duas horas, e arriscando tudo por aquilo, um rolo de arame, o indício de algum buraco que outros homens talvez tivessem acabado de abrir.

Willie sorria e sorria. Enfiou a mão no barro frio e pegou um pouco dele, e o passou no rosto úmido, e o esfregou com gratidão. As pequenas pedras vermelhas arranhavam sua pele. Mal tinha ideia de quem era ele naquele momento, do que ele estava pensando, onde se encontrava, a que nação pertencia, que língua falava. Estava tão feliz na falta do medo, um medo que ele temera ser capaz de paralisá-lo, como um anjo, como um pássaro livre, como aquele condenado à direita de Cristo deve ter se sentido quando o próprio Rei dos Judeus disse que, pela sua bondade, ele seria salvo e se sentaria à direita de Cristo no paraíso, que, embora os três fossem morrer, dois não morreriam, ligados como estavam um ao outro pela bondade.

— Pelo amor de Deus, de que porra você está rindo, Willie Dunne? — perguntou Christy, agora deitado de lado sobre o cotovelo, tão à vontade no meio do campo de batalha.

Willie sabia que Christy Moran estava ardendo de vontade de tirar o toco de cigarro de trás da orelha e aproveitar mais um trago. Um bom trago, que se foda o mundo, e as suas guerras, e as suas inquietações.

— Eu não sei, sargento, eu não sei.

— Puta que pariu — sussurrou Christy Moran —, pensei que ia cair duro com o susto que aqueles veados me deram. Será que não dá para eles fazerem um pouco de barulho quando se movimentam, para alguém poder atirar neles?

— Vamos, rapazes, vamos voltar logo e tomar aquele chá fedido — disse o capitão Pasley.

— Isso mesmo, capitão — disse Christy Moran. — Vamos agora mesmo com o senhor. Não se preocupe, senhor.

— Todos estão bem?

Muito bem, e vivos.

Capítulo Quatro

Willie estava longe de casa havia muitos meses agora. Achava que Dublin devia estar igual, e se perguntava como seria a primavera se estivesse sentado lá, sob as árvores da rua Sackville, a verdadeira rua Sackville, não a trincheira, esperando os estorninhos.

Pensava em como Gretta era bonita, como a estátua daquela dama grega no Painting Museum, da praça Marrion. Mas ela não era muito de escrever cartas. O encarregado da correspondência chegaria com as cartas e, se Willie tivesse sorte, haveria alguma do seu pai. Ficara esperando durante semanas e semanas e semanas por uma carta de Gretta. De vez em quando, ele chegava a ficar zangado, humilhado por causa disso. Até a mulher de Christy Moran, nunca mencionada por Christy, escrevia para o marido, porque Willie o vira se acocorar, ansioso para ler aquelas cartas. Joe Clancy tinha uma garota que escrevia bastante para ele, e com muita regularidade.

Ele sabia que o capitão tinha de ler todas as cartas que os soldados escreviam, para se manter vigilante a todas as informações que pudessem ajudar os inimigos caso as cartas fossem perdidas num ataque. Então, quando escrevia à Gretta, Willie ficava sempre um pouco nervoso declarando aquelas palavras que já haviam sido ditas tantas vezes em todas as línguas da humanidade. Mas precisava arriscar. Ele a amava. E sabia, esperava, que ela também o amava, porque ela dissera isso quando se despediram. E, embora possa ter sido a ocasião a colocar aquelas palavras na boca de Gretta, ele sabia, e esperava, e rezava para que elas entrassem no coração dela como haviam entrado no dele.

Às vezes, ele conseguia escrever uma carta longa, mas havia outras em que, por algum motivo que ele não conseguia entender bem, quando tentava achar palavras certas, elas eram muito poucas.

Ficava pensando em como Gretta era tão jovem, em como ele era jovem também, e em todos os possíveis longos dias que teriam pela frente, se eles pudessem simplesmente agarrá-los sem que nada os atrapalhasse.

É claro, Willie se lembrava de que Gretta não fora capaz de prometer que se casaria com ele. Ele ficara constrangido em pedi-la em casamento na casa do pai dela, sob o vão da escada, mas ela não ficara constrangida ao dizer não.

— Não, Willie, eu não posso prometer isso — dissera, mais parecendo um advogado ou algo assim.

E ele entendera bem por que não, com o suposto namorado partindo contra a vontade dela, para a guerra e, aparentemente, sem nem se importar. Fora assim, antes.

Mas, agora, ele se importava todos os dias, com ela e com tudo que deixara para trás.

Como ela era bonita, pensou Willie, tão bonita.

Fuzileiros Reais de Dublin,
Flandres,
Abril de 1915.

Querida Gretta,

Penso e penso em você, Gretta. Há soldados chineses abrindo trincheiras em todo canto, e negros, e gurcas de ar feroz, todo o Império, Gretta. E eu não sei que nação não está aqui, a não ser que os hotentotes e os pigmeus tenham ficado em casa. Mas talvez eles estejam também aqui conosco, e só não possamos vê-los tão pequenos nas trincheiras. Tenho de falar! Estou esperando uma licença para poder ir para casa e contar tudo para você, tudo o que tenho visto na guerra. Eu te amo, Gretta. De verdade.

Do amigo que a ama,
Willie.

Terminou a carta. Depois, tentou apagar "amigo" e trocar por algo melhor. Mas ficou borrado, e Willie resolveu escrever novamente "amigo", esperando que transmitisse o que ele queria dizer. Tinha ficado muito nervoso escrevendo a carta, era isso. O capitão poderia achar a carta idiota. E, pior, ela poderia achar a carta idiota.

Depois de alguns dias de trabalho pesado, os soldados avançaram novamente pelo interior do país, até perto de Saint Julian. Willie tentava entender as palavras novas, e, de qualquer forma, Saint Julian não era nada difícil, era quase inglês.

No início, os rapazes chegaram a pensar que as coisas estavam melhorando. Havia um rio perto das linhas de reserva onde estavam alojados à espera de seguirem para o *front*. Nas margens do rio, havia chorões, e eles sabiam que o rio serpenteava entre as linhas e, eventualmente, chegaria às linhas alemãs. Divertiam-se colocando barquinhos de papel na água, com mensagens ofensivas em alemão macarrônico, esperando que, num determinado ponto, algum alemão os pescasse.

Esperavam poder dizer que logo seria verão, pois o verão, dizia-se, chegava cedo naquela região.

Clancy, Williams, O'Hara e Willie Dunne pediram, certo dia, permissão para nadar no rio, e o capitão Pasley não dissera não, na verdade dissera que se juntaria a eles.

O local que escolheram era uma parte agradável do campo. Um pássaro azul brilhante como um projétil disparou seu voo para longe sob as árvores de galhos inclinados. A água era uma sombria seda escura.

Tirados os uniformes, não ficava mais tão claro quem era soldado raso ou oficial. Era curioso para Willie e seus camaradas como o capitão Pasley parecia frágil e jovem.

Correram ao redor, só de ceroulas, chutando uma bola malfeita, empolgados em suas vozes, e havia um riso relaxado sob as árvores.

Era um riso que quase doía na garganta, e os chorões pareciam agora flutuar na brisa, como nuvens verdes, e a água do rio era um azul cortante, o azul das lembranças antigas, e, embora fossem jovens, não conheciam exatamente o privilégio de ser jovem, e, ainda assim, depois de muitas labutas, seus corpos estavam ótimos, e o sangue circulava bem neles, e, afinal, na horrenda matemática da guerra, eles estavam vivos.

Então, Clancy saiu correndo e mergulhou no rio, e Williams o seguiu como uma flecha, e depois Willie, e por fim o capitão Pasley, que pulou de barriga na água.

Mas eles saíram logo, porque a água ainda estava bem gelada, e deitaram-se sobre os uniformes, com os braços sob a cabeça. Estavam nus como bebês. Uma brisa ligeira brincava com os ramos dos chorões. Os cinco pênis acomodavam-se como vermes em ninhos de pelos públicos. Era como, pensou Willie, um quadro antigo como o que se via na vitrine de uma loja de luxo da rua Grafton, que pegava de surpresa quem passava.

Não era que a guerra tivesse dado uma trégua; eles podiam ouvi-la nitidamente, vinda naquele ar parado, com a chocante repetição de bombas altamente explosivas e das bombas *shrapnel*,* que, mesmo àquela distância, zumbiam feito um pequeno inseto daninho.

Um avião passou sobre eles, cumprindo sua missão de fotografar e reunir informações. A cabeça do piloto destacava-se claramente acima da lona do aparelho. As cores e as grandes letras do Corpo Real de Aviação davam ao avião um ar circense.

Além disso, os campos ficavam em silêncio.

— Quanto tempo o senhor acha que vai durar a guerra? — perguntou Clancy, coçando o tornozelo com o outro pé. Suas unhas estavam compridas como as de Matusalém, amareladas

---

* Bombas *shrapnel* eram munições de artilharia que transportavam um grande número de balas individuais para um alvo e as ejetavam, confiando inteiramente na velocidade da bomba para que fossem letais. Esse tipo de munição tornou-se obsoleto desde o fim da Primeira Guerra Mundial, sendo substituído por bombas de alto poder explosivo. (N.T.)

e duras, e começavam a se dobrar sob os artelhos. Foram longos os dias dentro das botas.

— Espero que não muito, de qualquer forma — respondeu o capitão Pasley.

Nada aconteceu por certo tempo.

— É da fazenda que eu sinto mais saudade — continuou o capitão, como se as palavras tivessem saído de algum pensamento íntimo. — Fico nervoso só de pensar em todo o trabalho que precisa ser feito lá em casa.

Ele puxou a grama sob suas mãos.

— E meu irmão está na guerra agora também, na Cavalaria Irlandesa do Sul — disse.

— É mesmo, senhor? — perguntou Clancy, casual.

— E acho que o meu pai está ficando velho — disse o capitão. — Sabe, ele realmente precisa de nós para adubar a terra, é uma tarefa bem árdua agora. Só nos restaram um ou dois trabalhadores, os outros todos foram para o Exército, como os homens de Humewood e de Coollattin, e das outras propriedades rurais. Meu Deus, rapazes, eu fico nervoso só de pensar nisso.

O'Hara concorda sabiamente com a cabeça. De alguma forma, gostavam quando o capitão falava de seu lugar de origem.

Capitão Pasley estava sereno, apesar de ter confessado que estava nervoso.

O martim-pescador passou voando para o outro lado.

— Adubar a terra é uma tarefa bem árdua mesmo — disse ele, pensativo.

❧

Mas logo estavam de volta à trincheira, cansados — cansados porque haviam assumido uma extensão de quase 20 metros de uma trincheira que pertencera a alguns franceses tristes, e, pelo amor de Deus, a ideia que os franceses tinham de uma boa trincheira era meio estranha. Pelo menos tinham pás decentes por ali, e escovas de aço do Exército para limpar o barro que grudava feito piche nas botas.

Era uma coisa idiota fazer tanto barulho numa trincheira. Na posição em que estavam, o inimigo era mantido a uma distância confortável de uns 270 metros, e não fazia nenhum sentido acordá-lo para que cumprisse o seu dever. A pá de Willie Dunne cavava a trincheira sem fazer muito barulho. O entulho era convenientemente jogado para trás, formando um encosto melhor, uma fileira de montes de terra para impedir que algum tiroteio vindo de trás os atingisse. O resto do entulho era colocado em sacos empilhados na parte da frente, para formar um parapeito decente. Um degrau de tiro era construído logo abaixo, para que alguém pudesse subir e atirar naquela terra-de-ninguém, ou, na pior das hipóteses, ficar ali na escada, antes de escalar a trincheira.

Os argelinos ficavam um pouco mais para a direita da trincheira. Entoavam sempre umas canções bonitas e estranhas na maior parte do dia, e, à noite, Willie os ouvia rindo e falando numa espécie de infinito entusiasmo.

A trincheira logo adquiriu um aspecto razoável.

— Está bem melhor assim — disse o primeiro-sargento.

Depois de todo o trabalho, ficaram à espreita na trincheira, enlameados. A pobre mente humana tinha seus truques, e às vezes dava para esquecer o próprio nome, e até o motivo de estar ali, além de suportar a interminável conversa das armas. Willie acabava se esquecendo até de que dia era.

Então, chegou um dia diferente. Todos tinham acabado de tomar chá, e houve uma sessão de peidos graças aos grandes feijões amarelos da refeição do meio-dia. Como sempre, depois que comiam, os soldados se entreolhavam e pensavam que Saint Julian não era o pior lugar em que haviam estado. Era a ilusão criada por suas barrigas cheias.

A brisa soprava através da grama alta o dia inteiro. Em toda parte, havia uma flor amarela, com uma centena de botões. As lagartas os adoravam. Havia milhões de lagartas, amarelas como as flores. Era um mundo amarelo.

O capitão Pasley estava em seu novo abrigo subterrâneo, preenchendo seus formulários. Cada coisa que entrava e cada coisa que saía tinha que ser registrada. Coisas e corpos. Capitão Pasley, naturalmente, era obrigado a ler todas as cartas que os soldados enviavam para suas casas, palavra por palavra. Às vezes, partiam o coração, havia algo imensamente triste em algumas delas. Eles não queriam demonstrar tristeza, o que dava um tom melancólico aos seus esforços para se mostrarem fortes e animados. Mas era preciso encarar. Deus os ajudasse, mas, às vezes, os esforços dos soldados eram bem engraçados. Alguns escreviam uma carta tão formal quanto a de um bispo, outros tentavam escrever o que estava em suas mentes, como aquele jovem Willie Dunne. Era curioso.

A nuvem amarela foi notada primeiro por Christy Moran, porque ele estava de pé sobre o degrau de tiro com aquele seu arranjo nada prático de espelhos, vigiando para além da quietude do campo de batalha. Aquela brisa ligeira havia refrescado e agora soprava contra os cabelos que saíam do chapéu roto de Christy Moran em alguns pontos. Então, era mais como um vento, que soprava com toda a força contra o chapéu e o espelho de Christy, mas não tinha nada de excepcional.

Excepcional era a estranha nuvem amarela que acabara de surgir do nada, como um nevoeiro vindo do mar. Mas não era um nevoeiro, na verdade; ele sabia como era um nevoeiro, pelo amor de Deus, pois nascera e se criara perto do mar, na maldita Kingstown. Observou durante alguns segundos pelo espelho, esforçando-se para ver e para entender. Eram cerca de quatro horas da tarde, e tudo estava extremamente sossegado. Nem mesmo as armas disparavam. As lagartas espumavam sobre as flores amarelas.

❧

E a grama morria, por onde passava a nuvem. Talvez essa fosse apenas a impressão de Christy Moran; ele puxou o espelho para baixo por um momento e o limpou com sua manga mais limpa. E depois içou-o de volta. A nuvem não parecia muito densa, mas se estendia até onde a vista alcançava. Christy Moran estava convencido agora de que podia ver vultos se movendo dentro daquela fumaça amarela. Devia ser uma nova forma de esconder os homens que avançavam, algum novo aparato de guerra.

— Vá chamar o capitão — disse ele a O'Hara. — Tudo bem, rapazes, fiquem de prontidão. Tragam os rifles para cá. Vocês com as metralhadoras comecem a atirar contra aquela porra de nuvem.

Assim, os detalhes do ataque couberam aos homens das metralhadoras, Joe McNulty e Joe Kielty, que as carregavam, como sempre, vindos de Mayo, e primos também, que haviam se alistado em algum lugar, contra a vontade dos pais, como haviam confessado, e os projéteis começaram a voar para longe, enquanto o aguadeiro conservava a metralhadora bem-resfriada, e o atirador estava bem firme sobre os joelhos, esperando o momento de ter o topo da cabeça decepado.

Mas aquele era um avanço muito curioso. Capitão Pasley saiu de seu abrigo e chegou, contemplativo, perto de Christy Moran, que abandonara seu espelho e estava de pé sobre o degrau de tiro, tamanho era seu espanto.

— O que está acontecendo, primeiro-sargento? — perguntou o capitão Pasley.

— Eu não saberia dizer, por nada deste mundo — respondeu Christy Moran. — Tem uma porra de nuvem enorme a cerca de 45 metros, se espalhando com o vento. Não parece um nevoeiro.

— Pode ser a fumaça das fogueiras que os *boches* acenderam.

— Pode ser.

— Dá para você ver se eles estão vindo?

— Eu pensei que dava, senhor. Mas não parece ter ninguém. Nenhum grito, nenhum gemido. Está tudo tão quieto como um berçário, senhor, com todos os bebês dormindo.

— Muito bem, primeiro-sargento. Cessar fogo, homens.

À direita, os argelinos estavam um pouco à frente deles, pois a trincheira fazia uma curva em uma pequena saliência do terreno. Todos os irlandeses estavam agora sobre os degraus de tiro, em toda a extensão da trincheira — uns mil e quinhentos homens que mostravam sua cara àquele desconhecido fenômeno meteorológico, ou o quer que fosse. Telefonaram para o oficial em comando para contar o que estava acontecendo, mas não havia nenhuma ordem coerente que se pudesse dar, exceto que fossem cautelosos e atirassem em qualquer coisa que se arrastasse.

Não houvera nenhum sinal de fumaça, e ela, em si, não parecia muito ameaçadora. Era até bonita, o amarelo parecia ferver e mergulhar em todas as crateras que podia para depois levantar-se de novo e voltar a marchar com o restante da fumaça. Ainda havia pássaros cantando atrás dos soldados, mas os que estavam à frente haviam se calado. Capitão Pasley tirou o capacete, coçou a careca e o recolocou.

— Eu não sei — disse. — Parece um nevoeiro londrino, só que pior.

A grande serpente amarela atingiu o parapeito da trincheira argelina, mais para a direita, e agora ouviam-se ruídos estranhos. Os soldados pareciam estar correndo atordoados, como se tropas invisíveis tivessem caído sobre eles e os estivessem atacando sem piedade. Aquilo não era bom. Os argelinos estavam gritando agora, e havia outros ruídos aterrorizantes, como se uma horda invisível os estivesse estrangulando. Naturalmente, os irlandeses não conseguiam enxergar o que se passava na outra trincheira, mas sabiam que se tratava de um massacre feroz. Os que vinham de distritos rurais devem ter pensado em fantasmas, em hordas de seres sobrenaturais, pois somente as histórias infantis contadas ao pé da lareira pareciam combinar com aqueles acontecimentos sinistros. Lamentos horríveis vinham dos argelinos atingidos. Agora escalavam as trincheiras e pareciam fugir para a retaguarda. A fumaça continuava chegando.

— É a fumaça — disse o capitão. — Há algo de errado com essa fumaça, cavalheiros.

Agora, na velha casa do capitão, em Wicklow, havia sete lareiras, e duas ou três delas vazavam como baldes furados, e, quando estavam acesas, a fumaça invadia os quartos, na parte de cima. E era uma fumaça maligna, mas não fazia ninguém recuar feito gado, como estava acontecendo agora com aqueles pobres homens da Argélia, que, por algum motivo, arrancavam seus uniformes e retorciam-se no chão, e uivavam, uivavam era a palavra.

Os Fuzileiros de Dublin receberam a fumaça em sua posição mais à direita, ao lado dos argelinos. Aconteceu exatamente a mesma coisa. Agora, os homens estavam possuídos pelo terrível medo daquela coisa escura e infernal que avançava sem parar, parecendo efervescer a grama, silenciar os pássaros e transformar homens em demônios uivantes. Instintivamente, os soldados se abaixavam ao longo da trincheira, como qualquer pessoa faria na mesma situação, amontoando-se subitamente em outro canto, o que, por um momento, fez com que os soldados de lá pensassem que estavam sendo atacados pelos próprios aliados. Por sua vez, esses soldados entraram em pânico e correram para a próxima seção, e, como a linha da trincheira coincidia somente nos ângulos menores com a linha da fumaça, eles precisavam se mover mais rápido para evitá-la. Logo, a terceira e a quarta seções eram um emaranhado de pessoas desesperadas, e a fumaça atingiu a todos em cheio. Na súbita escuridão amarela, ouviam-se sons horrendos, soltos como gritos de desespero.

O'Hara começou a escalar a trincheira, e foi somente o grito agudo de Christy Moran que o deteve. O primeiro-sargento olhava para o capitão. O rosto do capitão Pasley tinha agora a cor de uma batata, e a mesma umidade.

— Preciso ligar para o quartel-general e perguntar o que devo fazer. Que porra é essa?

— Não temos tempo para isso, senhor — disse o primeiro-sargento. — Posso ordenar a retirada, senhor?

— Não recebi ordens para isso — respondeu o capitão Pasley. — Temos de manter esta posição. Só isso.

— Não dá para fazer nada contra essa fumaça, senhor. É melhor fugir agora para as trincheiras de reserva. Tem alguma coisa errada e mortal nessa fumaça.

Mas antes que a conversa pudesse continuar, a fumaça já deslizava pelo parapeito a uns 10 metros dali, como se tivesse dúzias e dúzias de dedos escorregadios, e o seu cheiro era tão ruim que Willie Dunne contraiu o estômago. Joe McNulty veio despencando de seu posto, agarrando a garganta como se fosse um cachorro agonizando por ter engolido veneno de rato.

— Saiam todos dessa porra de lugar! — exclamou Christy Moran.

— Tudo bem — disse o capitão. — Eu vou manter a posição, primeiro-sargento.

— O senhor não vai manter porra nenhuma, senhor, com o perdão da palavra. Vamos embora.

Willie Dunne e seus camaradas escalaram a trincheira e todos começaram a se arrastar pelo chão. Era espantoso poder sair da trincheira e andar no nível das coisas comuns. Fantasmas de soldados emergiram da fumaça à direita e cambalearam gritando, caindo de joelhos, mãos na garganta, como os palhaços dos musicais, que fingem o estrangulamento agarrando os próprios pescoços. Agora não se tratava mais de uma ordem de retirada; os soldados que não haviam sido atingidos pela fumaça dispersavam-se procurando qualquer lugar que julgassem seguro. Centenas de metros além, chegaram até um dos soldados das baterias de artilharia avançada. Sem dizer uma palavra, ele percebeu imediatamente o horror no rosto dos soldados, começou a gritar, a puxar e empurrar os cavalos, para que arrastassem rapidamente os canhões dali, porque seria um terrível desastre permitir que os canhões fossem capturados. Mas foi apenas uma ideia, quando soldados atormentados, cada vez em maior número, começaram a cercá-los, cambaleando como um inimigo insano, e então os homens da artilharia também bateram em retirada, pois não havia nada mais a fazer. Qualquer um que ficasse para trás sentia a fumaça, os dentes dela cravados na garganta, arranhando, cortando, e estava acabado. De vez em quando, milagrosamente, algum dos homens parecia fugir incólume da desgraça, correndo o mais que podia para escapar. Os rifles espalhavam-se agora por todos os campos, como se alguma batalha de verdade estivesse sendo travada, afinal.

Willie Dunne correu com o restante dos homens. Havia um gargalo à frente, onde o solo fora disputado havia algumas semanas, e os soldados tiveram de pegar um atalho difícil para poderem continuar. O que, naturalmente, fomentou o medo selvagem de não conseguirem fugir, e a vil fumaça no encalço deles. Os soldados se lançavam nas crateras tentando alcançar o outro lado inutilmente. Nenhum ato de virtude ou de salvamento era possível; era cada um por si.

Agora, três ou quatro batalhões pareciam estar se misturando: os argelinos remanescentes, alguns soldados franceses e os próprios Fuzileiros, e havia também rapazes de alguns regimentos de Lincolnshire que, com certeza, vinham do flanco esquerdo. Cada qual possuído pelo mesmo impulso e nenhum remorso: fugir da inominável morte naquele lugar. Se fosse uma batalha real, aqueles homens não estariam fugindo. Teriam lutado até o último homem nas trincheiras, suportado tudo, amaldiçoado o próprio destino. Mas era a força de algo que não conheciam que os conduzia, ofegantes, aos empurrões, para longe daquele monstro de pele amarela e tentáculos se alongando, alongando.

Ao longo da estrada, postavam-se agora oficiais tentando, desnorteados, perplexos, fazer os homens retrocederem. Não sabiam o que estava ocorrendo e apenas viam uma deserção em grupo. Nunca se ouvira falar de tamanha desordem, a não ser para algum veterano da terrível retirada de Mons para o Marne, nos primeiros meses da guerra. Os batalhões da reserva concluíram que talvez se tratasse de alguma poderosa ofensiva dos hunos, mas isso lhes parecia um mistério completo, pois ninguém recebera nem sequer uma mensagem, tampouco ouvira falar de algum bombardeio maciço ou tivera de enfrentá-lo. Além disso, não havia projéteis perseguindo os soldados desesperados que fugiam.

Naquele momento, uma versão enfraquecida do mau cheiro parecia estar em toda parte. Penetrava cada nicho, cada canto, nos ouvidos e nos olhos, nos buracos dos camundongos, dos ratos.

Mas o perigo parecia estar finalmente passando. Os homens caíam onde estavam, inundados de suor; homens que já estavam exaustos de correr sobre o solo irregular. Willie Dunne foi invadido por um cansaço tão grande que ficou deitado no lugar onde caíra e mergulhou em um sono pesado e sem sonhos.

Acordou para um mundo amarelo. Seu primeiro pensamento foi ter morrido. Era madrugada, e havia ainda tochas e luzes acesas. Longas fileiras de soldados estavam retrocedendo pela estrada, com um semblante estranho, a mão direita no ombro direito do soldado à frente, às vezes cerca de quarenta homens em cadeia. Horrorizado, Willie lembrou-se do Apocalipse de São João, e ficou pensando se, por azar, não estaria presenciando a data desconhecida do fim do mundo.

O rosto dos soldados estava sujo de uma graxa amarela, seus uniformes se converteram num amarelo peculiar e indesejável, e todas as terras do mundo haviam sido arruinadas e marcadas a ferro. Até as folhas das árvores, tão frescas na véspera, estavam retorcidas e pendiam tristemente dos galhos, não produzindo mais aquela música natural dos choupos ao longo da estrada, mas apenas um farfalhar úmido, metálico e morto, como se cada gota de sua seiva tivesse sido substituída por um veneno mortal.

Foram necessários dois dias para que aquele pedaço atingido do solo de Flandres pudesse voltar à guerra. No primeiro dia, dizia-se, por 11 quilômetros, não havia soldado algum nas trincheiras. Os batalhões de reserva receberam ordem de marchar o mais rápido possível, e os sobreviventes voltaram, tentando se reunir novamente com seus pelotões. Willie Dunne, aterrorizado como estava, sentia-se duplamente desesperado, pois estava sozinho naquela multidão de soldados sombrios. Foi então que se sentiu desamparado no mundo, um ser de baixa estatura. Queria seu sargento, seu capitão e seus companheiros, como um bebê quer sua casa, por mais provisória que seja. Sentiu-se tolo por sentir-se assim, mas a sensação lá estava.

Vagou de volta pelo caminho do medo e ninguém lhe dirigiu palavra. Logo começou a ver corpos espalhados ao redor, e os rapazes que cuidavam dos detalhes funerários estavam ocupados arrumando-os em pequenas covas. Atravessou todas as malditas passagens estreitas e passou pelos homens afogados nas crateras, boiando de barriga para baixo, e, embora temesse o que iria encontrar, chegou até sua trincheira. Tinha, apesar de tudo, uma leve esperança de encontrar seus camaradas acordados, despreocupados, bebendo chá, apressando-se para ir às latrinas, alguém de sentinela, alguém cantando, mas tudo o que viu foi um lugar que tinha se transformado em um poço da morte.

O buraco estava cheio de cadáveres, que, para Willie, pareciam dúzias e dúzias de estátuas de jardim como as de Humewood, onde seu avô havia trabalhado, caídas, como figurantes de algum império desaparecido, pensadores, senadores e poetas desconhecidos, com as mãos erguidas em atitudes impressionantes, seus corpos de pedra, por algum motivo, meio vestidos com os uniformes daquela guerra moderna. Seus rostos estavam contorcidos como os dos demônios nos livros de admoestação, como os rostos dos decaídos, dos amaldiçoados, dos condenados. Horrendos sonhos dependuravam-se de seus rostos, como se houvessem sido tomados pelos piores pesadelos que permaneciam visíveis, agora congelados na mais sinistra das mortes. Suas bocas estavam endurecidas, cercadas de um visco esverdeado, como se eles fossem aqueles camponeses irlandeses de outros tempos que as pessoas diziam que, em época de fome extrema, comiam até as urtigas dos campos. E havia ainda o vestígio, nefasto por si só, daquele cheiro feroz por toda parte.

E ali embaixo, sobre o degrau de tiro que atravessava a trincheira, inteiramente nu, os retalhos de seu uniforme espalhados ao redor como pétalas arrancadas de uma flor, com um rosto como o dos outros soldados, torturados eternamente em sua última agonia, estava aquele homem decente que não quisera abandonar seu posto, amontoado com os demais argelinos e irlandeses, um homem que sabia bem como era duro o trabalho de adubar: o capitão Pasley.

— Descanse em paz — murmurou Willie Dunne.

Então, Willie encontrou John Williams, Joe Clancy, Joe McNulty. Uma dúzia ou mais de homens ligados a ele por algum laço que não sabia explicar. Seu estômago queimava de tristeza, seus olhos queimavam de tristeza, como se a tristeza fosse algum tipo de gás. Estava tão nauseado que sentiu que poderia vomitar como um cachorro. E, misturado à náusea, havia um horrível surto de raiva que o consternou profundamente. Como um velho, arrastou-se até o cadáver do capitão e o velou.

Padre Buckley também andava entre os mortos, de um cadáver a outro, meio engasgado com os resíduos da fumaça. Agora sabiam que aquele era um gás imundo jogado pelos imundos *boches* para a perdição deles, algo proibido, diziam, pelos regulamentos da guerra. General algum, soldado algum poderia sentir orgulho daquela tarefa; nenhuma criatura humana poderia se regozijar de ter obtido êxito com aquela tortura, aquelas mortes. Padre Buckley murmurava rapidamente alguma coisa em cada par de ouvidos que não mais ouviam; parecia ansioso para incluir todos na lista de chamada dos eleitos, para levá-los, especialmente depois de tal desastre, a algum paraíso possível.

— É você, Willie? — perguntou padre Buckley, quando chegou perto do capitão Pasley.

— Sim, sou eu, padre — respondeu Willie.

— Este não é o espetáculo mais triste que já viu?

— É, padre.

— Quem é este homem aqui? — perguntou o padre.

— O capitão Pasley, de Tinahely.

— É claro, Willie — disse o padre, ajoelhando-se perto daquele corpo nu. Não procurava cobri-lo; talvez respeitasse aquele simples aspecto de um homem desgraçado. — Que religião será que ele tinha?

— Eu acho que ele não era católico, padre. A maioria dos fazendeiros prósperos de Wicklow é da Igreja da Irlanda.

— Você deve estar certo, Willie.

O padre ajoelhou-se bem perto do corpo. É claro que não se pode obter uma última confissão de um homem sem voz. Mas talvez houvesse uma pequena cerimônia que se pudesse oficiar, porque agora o padre estava murmurando algo com sua voz cantante.

— Você conhece a família dele em Wicklow? — perguntou o padre, levantando-se penosamente.

— Acho que sei qual é a casa dele. É chamada de The Mount, acho. Ele costumava falar sobre o trabalho de lá. Acho que gostava daquele pedaço de terra que eles têm. Tenho certeza de que o meu avô conhece a família dele.

— Seu avô é fazendeiro?

— Ele era o administrador da propriedade Humewood. Agora, ele tem uns 102 anos. Conhece todo mundo.

— Bom, se por acaso você voltar lá, Willie, poderia contar aos parentes dele como ele morreu? Não fale dessa morte horrível. Mas diga que todos sabiam que ele escolheu ficar, para que não dissessem que abandonara o posto sem ordens.

— Eu vou dizer isso para eles, se eu voltar para lá, porque foi o que aconteceu, padre.

— Sim, foi.

— E como você está? — perguntou o padre.

Os dois pararam ali, inteiramente descuidados, sem realmente pensarem na própria segurança. Sabiam que, naquele dia, os alemães não atacariam. Christy Moran achava que o gás havia feito os próprios soldados inimigos entrarem em choque. Eles estavam envergonhados, dizia, e deixariam que os mortos fossem enterrados. A terrível lacuna que o gás abrira na linha, que fez o general esbravejar e xingar no quartel-general, nunca mais fora mencionada por eles. Eles não tentaram levar a vantagem que poderiam. Era como se, no fardo pesado da guerra, aquele ato tivesse representado o peso de um grande bloco de pedra que nenhuma força humana poderia deslocar. Todos estavam espantados e aterrorizados.

— Como você está, Willie? — repetiu o padre ao não obter resposta. Ele queria dizer que Willie sentiria muito pesar pela morte de seu primeiro capitão, e que depois tudo seria mais fácil, mas, de alguma forma, não conseguiu dizer nada.

Willie não achou palavras para responder. Queria dizer alguma coisa, pelo menos para não ser descortês.

Ali ficaram, a 60 centímetros de distância, naquele vale de lágrimas, um perguntando ao outro como estava, o outro perguntando como estava o primeiro, um não sabendo realmente o que pensar do mundo, o outro também não. Um acenou para o outro, com uma expressão de entendimento sem entender, de dizer sem palavras. E o outro acenou de volta, sem saber nada. Nada, daquele mundo aturdido, de extrema ruína e de miséria exagerada. E padre Buckley não compreendia nada além de seu luto, e Willie Dunne também, naquele dia negro.

Quinhentos homens ou mais, no regimento de Willie, estavam mortos.

Enquanto permaneciam ali, uma estranha chuva desabou dos céus. Caía sonora, estrondosa sobre seus ombros.

∾

Naquela noite, padre Buckley perambulou entre os homens, perguntando se alguém queria comungar. Carregava consigo um pequeno sacrário portátil. Perguntou a Willie se queria comungar, e Willie disse que não. Então, o padre pegou a mão direita do rapaz e apertou-a, e, depois disso, seguiu seu caminho.

∽

Depois daquela batalha, em que ninguém atirara e nenhuma bomba fora enviada para explodir sobre eles, os sobreviventes ficaram entregues aos seus pensamentos.

Willie só pensava em uma coisa estranha: que tinha apenas 18 anos, 19 no próximo aniversário.

— Ele deveria ter fugido, como o restante de nós — comentou Christy Moran. — Fugir, não; quero dizer, bater em retirada.

— O que quer dizer com isso, senhor? — perguntou Willie, desconfiado.

— Ele foi um idiota de ficar lá daquele jeito, Willie. Aliás, ele era uma porra de um idiota.

Willie sentiu o sangue ferver. Não podia suportar o que o primeiro-sargento estava dizendo. Capitão Pasley tomara a sua decisão e eles haviam tomado outra. Isso era sagrado.

Willie queria dizer isso o mais vigorosamente possível. Na verdade, queria partir para cima do primeiro-sargento. Aquela foi a única vez que pensou que talvez o primeiro-sargento não fosse só um saco, mas um completo filho da puta. Nunca lhe ocorreu que o primeiro-sargento pudesse ter falado aquilo apenas para expressar à sua maneira sua tristeza.

Enterraram seus quinhentos homens, quinhentos corações extintos, em mais um novo cemitério cavado naquele atoleiro geral de todas as coisas.

Demorou um pouco para que pudessem enterrar todos, pois os hunos já estavam se reanimando, mas conseguiram. Os rapazes do Corpo Médico do Exército Real eram destemidos, e aquele não era de modo algum um trabalho encantador. E os capelães vieram e fizeram seus discursos. Padre Buckley disse palavras habituais, o capelão protestante também. O rabino também veio e pronunciou algumas palavras em hebraico por Abrahamson, de Dublin, e por um cara chamado Levine, de Cork. Willie Dunne e seus amigos entoaram um hino, "Sim, ainda que eu ande pelo Vale dos Mortos". A voz de Christy Moran parecia a de um cachorro ferido. Os homens que manejavam as pás davam graças porque o verão estava chegando e a terra havia secado sem endurecer. Eram pequenos chineses de bigode e rabo de cavalo; eram chamados *coolies*, uma raça de cavadores que se mantinham à parte, ou talvez fossem mantidos à parte. Os chineses cavaram os buracos, quinhentos buracos. Cheios de irlandeses católicos, protestantes e judeus

Não tardou para a lista de baixas ser substituída pela dos recrutas recém-chegados. Rebanhos e rebanhos e rebanhos deles, pensava Willie. Cordeiros do Rei George. Um fiapo de pensamento na sua cabeça.

O verão foi aproveitado para reestruturar e reforçar o batalhão — era esse o planejamento oficial. O setor deles se aquietou.

Fizeram subir a fumaça azul de seus cigarros até o azul do céu. Comeram como cães e cagaram como reis. Nus até a cintura, ficaram tão negros quanto os árabes dos desertos. A pele clara desaparecia. Homens de Wicklow, de Mayo, não importava. Podiam ser tomados por argelinos, de outra parte do abençoado Império.

Sabiam que batalhas violentas estavam sendo travadas em outras partes do *front*, e todos ouviram falar das histórias penosas dos irlandeses no estreito de Dardanelos. Por muitas e muitas vezes, foram descritos os horrores do desembarque de abril, em que os rapazes tentaram desembarcar do *River Clyde* na praia e foram metralhados às centenas quando saíram dos buracos toscos da proa. Rapazes de Dublin que nunca presenciaram batalha alguma senão o momento de sua morte. Essa história sempre terminava com o detalhe de que a água ficara vermelha com o massacre.

— Então, agora você pode ser liquidado em qualquer canto da Terra — disse Christy Moran.

— É mesmo, primeiro-sargento? — perguntou Willie Dunne.

— Ah, sim, não é só aqui, Willie. Agora você pode escolher, com certeza.

— Bem, isso é útil — disse Peter O'Hara, brincando.

— Vejam — disse Christy Moran, que tentava remover uma grande mancha da sua túnica com chá envelhecido, o que só a manchava mais —, não se pode esconder notícias de um irlandês. Em outros tempos, uma canção nova podia levar um dia e uma noite para chegar de Londres a Galway.

— Sério, sargento? — perguntou Peter O'Hara, depois de um momento.

— De qualquer forma — disse Christy Moran, olhando com desconfiança para O'Hara —, uma boa canção ia de Londres a Galway, porque mensageiros dos hotéis a cantavam. Ela chegaria a Galway ao cair da noite. Mas agora não são canções, são as más notícias que correm, correm pelo mundo todo. De irlandês a irlandês. A porra do Exército britânico está cheio de nós. Devia ser chamado de Exército britânico-irlandês.

Fez-se um longo silêncio enquanto os ouvintes assimilavam essa ideia.

— Bem, o senhor tem razão, sargento — disse Pete O'Hara.

E o inverno veio como um falcão aterrorizando os camundongos nos campos, como um lobo testando a resistência dos inimigos. Como um caixeiro-viajante, trouxe todas as suas roupas e rendas brancas e espalhou-as por toda parte, nos lados imundos das trincheiras, nas estradas destroçadas, nos distantes campos ceifados. Lançou estoques de gelo e geada nos pequenos bolsos sem sorte, em volta da terra, tentando superar a primavera, dando às árvores longos casacos de pele branca, terna, cruelmente recobrindo todas as superfícies, enquanto as flores silvestres do outono ainda exibiam, corajosas, algumas loucas bandeiras, vermelhas e amarelas. Num silêncio ensurdecedor, o inverno roubou a seiva de cada coisa verde que havia subsistido à longa destruição dos guerreiros.

Agora, o grupo de Willie fora enviado de volta até quase os limites do mundo de verdade, onde havia fazendas tranquilas, gélidas e belas sob a lua, bem-delineadas e familiares, como algum pedaço das planícies irlandesas sob a luz ofuscante do dia. Mesmo os bosques impressionavam de tão grandes. As estradas eram todas pavimentadas com pedras do campo, como se poderia ver em quintais de Wicklow; era difícil caminhar sobre elas com as botas de trava. Mas os soldados marcharam pelas estradas em três etapas e, embora estivessem cansados pelo tempo passado nas trincheiras, conseguiam marchar com certo orgulho. Os rapazes exaustos eram carregados pelos companheiros para não atrasarem o passo. Era bom fazer circular o sangue, melhor do que ficar sentado nas trincheiras enquanto os dedos das mãos, dos pés e o nariz permaneciam sempre sob ameaça de congelamento. Havia um cronograma para tudo, e os soldados ficavam contentes de poder cumprir as distâncias no tempo.

Maud havia mandado a Willie, pelo seu aniversário de 19 anos, uma jaqueta de pele de carneiro, e ele a usava com gratidão naquele frio cortante. Batia as pernas ao longo da caminhada. Pensava, de vez em quando, nas levas de homens que tinham pavimentado aquelas estradas. Perguntava-se se eles haviam usado uma mistura de barro e cinzas para colocar as pedras, como era feito na sua terra. E se depois a espalhavam até que ficasse a uns 5 centímetros do nível requerido, e então, de joelhos, faziam pressão sobre os pedregulhos e os nivelavam com um suporte decente. Willie não achava que havia muitas maneiras de fazer aquele trabalho. Começou a pensar que, realmente, os métodos de construção eram comuns a todos os homens, em todos os lugares, assim como os métodos das formigas e das abelhas eram conhecidos por todas as formigas e abelhas, onde quer que estivessem instaladas.

Reparou que as estradas tinham um bom declive para escoar rapidamente a água da chuva e não causar problemas. Havia quilômetros e quilômetros de estradas, e, frequentemente, fileiras muito bonitas de álamos estendiam-se também por quilômetros, ladeando-as.

As pessoas das fazendas pareciam indiferentes a eles.

O'Hara marchava ao lado de Willie, e O'Hara não era um cara ruim, de forma alguma. Seu cabelo vermelho escapava do capacete como fogo.

Capitão Sheridan, que substituíra o pobre Pasley, tinha uma aparência muito agradável. Podia-se dizer que era um belo homem, só que tinha duas veias estranhas, vermelhas e irregulares nas bochechas, o que, à primeira vista, o fazia parecer um palhaço de circo. Mas, de qualquer maneira, ele gostava de ouvir os homens cantarem.

E, para Willie Dunne, melhor que comida era poder abrir a boca e o coração e cantar "Tipperary",* que a longa fileira de soldados berrava.

Qualquer zé-ninguém das tropas conhecia e cantava "Tipperary", como se eles, em sua maioria, não fossem rapazes da cidade, mas nascidos no prados verdejantes daquela região. Provavelmente todo soldado do Exército conhecia essa canção, fosse ele de Aberdeen ou Lahore. Até os *coolies* cantavam "Tipperary" enquanto cavavam as trincheiras; Willie já os ouvia.

Os soldados que ficavam perto de Willie gostavam de ouvi-lo cantar, pois sua voz os fazia lembrar dos espetáculos musicais. Ele

---

* A canção "It's a long way to Tipperary" ("É longo o caminho até Tipperary"), escrita por Jack Judge e Harry Williams em 1912, tornou-se uma entusiástica canção de marcha das tropas aliadas na Primeira Guerra Mundial. Seu refrão é: "It's a long way to Tipperary/ It's a long way to go." (É longo o caminho até Tipperary/ É um longo caminho a percorrer.) O título deste livro é uma alusão a ela. (N.T.)

cantava tão bem como qualquer tenor conhecido. Pete O'Hara também, todos notavam, tinha uma boa voz.

Então, cantavam "Your Old Kit Bag". E cantavam "Charlotte the Harlot", que era uma boa canção, e cantavam "Take Me Back to Dear Old Blighty", embora nenhum deles fosse da velha terra de Blighty, mas tudo bem.

"Keep the Home Fires Burning" era uma das canções favoritas, mas não quando estavam marchando. Era para alguma noite tranquila nas trincheiras de reserva.

Então, a pedido do capitão, entoavam "Do Your Balls Hang Low". Fora uma revelação, e um prazer todo especial, saber que o capitão Sheridan, ao contrário do capitão Pasley, que era um pouco reprimido nesses assuntos, preferia essa canção a todas as outras quando marchavam:

> *Can you sling them on your shoulder*
> *Like a lousy fucking soldier*
> *Do your balls hang low?**

Como Dan Leno com seu sapateado, Willie cantava essa canção com uma paixão infinda. Era uma coisa maravilhosa e estranha ver o capitão Sheridan montado em seu cavalo, com a cabeça para trás, berrando aquelas palavras felizes para o baixo céu de inverno. Ele parecia um menino debaixo de seu quepe, o Sheridan. Passavam-se assim dois ou três quilômetros.

A única coisa diferente que Willie sentia agora, quando cantava com todo o seu vigor, era uma vontade enorme de tossir. Era um

---

* Dá para jogá-las sobre o ombro/ Como a porra de um soldado sujo/ Suas bolas estão dependuradas? (N.T.)

vestígio tardio do gás no seu peito, pensava, alguma partícula do desgraçado gás estava entranhada em sua garganta. Mas os homens não se importavam se ele ficasse um pouco engasgado, e, afinal, ele conseguia se sair muito bem na maior parte do tempo.

Willie sentia-se bem feliz quando estava cantando. Mas não podia afastar a sensação de estar exausto, profundamente exausto — alguma coisa estava errada, bem no seu íntimo. Havia agora sempre uma sombra escura no canto do seu olho, algo, ou alguém, um vulto aflito espreitando, como um anjo, ou como um espectro descarnado. Não conseguia distinguir bem a silhueta do espectro, mas achava que poderia ser o capitão Pasley. Dava-lhe calafrios. E, em termos gerais, Willie achava quase impossível agora ficar verdadeiramente aquecido, coisa que era, ele bem sabia, um problema dos velhos.

A tristeza que ele sentira com a morte do seu capitão, e com a de Williams e de Clancy, alguma coisa acontecera com aquela tristeza. Tornara-se rançosa por dentro, ele pensava, fervera e se transformara em algo que ele não entendia. A essência de seu sofrimento se transformara em uma pequena semente de morte.

Às vezes, sentia vontade de gritar com seus oficiais, com seus camaradas, e até com seu próprio coração, e não sabia o que o impedia, não sabia.

Capítulo Cinco

Reconheceu-se que os soldados passaram por uma experiência muito dura e foram deixados por muito tempo nas trincheiras, e agora mereciam um bom descanso em Amiens. Não seria mais do que alguns dias, deveriam aproveitá-los ao máximo.

Willie Dunne e O'Hara saíram do quartel ao entardecer para dar uma olhada no que havia para ser visto. O sol estava despencando do horizonte, como um homem em chamas. O primeiro-sargento lhes dera bons endereços, e os rapazes tinham um pedaço de papel com o nome de uma rua, o que os levaria até o melhor café de Amiens, para um soldado raso, pelo menos. E, de fato, o lugar estava explodindo de tantos soldados rasos, de muitos regimentos diferentes, estranhos para Willie e Pete O'Hara, mas não propriamente desconhecidos, pois estavam todos marcados pelas sombras da mesma guerra. A bebida do local era uma cerveja com cor de merda.

Durante sua curta vida, Willie Dunne não fora um homem de beber, mas, durante os últimos meses, tomava diariamente um pouco de rum, e achou que aquela cerveja mais parecia água na sua boca.

Mas Willie gostava de deixar de lado suas preocupações, como qualquer soldado. Gostava de entornar cerveja, do calor em seu estômago e dos pensamentos que o álcool provocava.

— É, Pete, a coisa não está tão ruim agora! — gritou para O'Hara, tentando superar o barulho do café.

— O quê?

— Não está tão ruim agora! — gritou Willie de novo.

— Não está tão ruim!

De qualquer forma, aquele não era um lugar para levar Gretta. Ele desejava tanto, do fundo do seu coração, que ela usasse mais sua caneta — ou que a usasse pelo menos uma vez, pelo amor de Deus! — para lhe escrever. Talvez ela tenha escrito e as cartas tenham se extraviado, como podia acontecer com qualquer carta nas estranhas "ruas" e "avenidas" das trincheiras. Quando ele a vira pela primeira vez, ela estava escrevendo, então ele sabia que ela era alfabetizada e tudo o mais, tinha miolos para queimar.

— Mais cerveja, Willie, mais cerveja! — gritou O'Hara para Willie.

— Mais cerveja, mais cerveja! — gritou Willie para o garçom.

❧

O rosto desfigurado do capitão Pasley pairava em toda parte, como uma lua. O homem na lua era o capitão Pasley, com seus braços retorcidos e suas mãos trêmulas.

A cabeça de Willie gritava agora.

Talvez tivesse veneno na água. Ou talvez fosse algo pior que veneno, talvez fossem os sonhos destruídos dos soldados mortos, reduzidos a pó e espalhados naqueles copos amargos.

Agora todo o lugar era uma mistura de cores, como se fosse um copo de cerveja duvidosa. As jaquetas cáqui com longas manchas, as risadas, os rostos de todos que gritavam, também — pareciam cometas que não prediziam coisas boas nem más, augúrios vazios, homens horrivelmente vazios.

Como pode todo o café estar girando como uma grande roda, as canções girando e girando numa grande trilha de estrelas e cores? De certo modo, era bonito. O'Hara estava dançando com uma moça, tudo parecia bom e alegre, e agora Willie estava sendo puxado.

— Não, não, eu não quero, eu não quero, não, não.

Mas ria; verdade seja dita, uma espécie de raiva o consumia por dentro, estava rindo e chorando, Gretta estava dançando em sua cabeça louca, dançando com o capitão Pasley em uma trilha prateada de estrelas, na cauda de um cometa que prometia o paraíso para o mundo e bons propósitos para todas as coisas, e o canto amoroso de Deus.

A dança dele e de O'Hara terminou em um quarto nos fundos do café. Willie desabou sobre um colchão que já tivera uma vida longa e penosa — tinha cortes profundos e os pelos de uma dúzia de rabos de cavalos pulavam para fora. O quarto fedia a pólvora, a algo que parecia óleo, e a outros odores estranhos e fortes.

Mas a garota que o tirara para dançar era mesmo uma beleza. Era sim, de verdade. Willie estava deitado na cama antiga e olhava para ela. A moça usava somente uma camisa longa e uma anágua comprida, que parecia feita de algum metal estranho, e ele deu uma rápida olhada para os seios fartos e bem-feitos dela, para que ela não se ofendesse por ele estar olhando. Do alto da cabeça dela, cabelos negros como um quarto escuro pendiam. Um cabelo negro e espesso, como o borrão de uma noite, tinha ela, e olhos claros, espertos, da cor das penas azul-marinho de uma pega. Meu Deus, pensou Willie, ela parece uma deusa. Mais bonita do que qualquer outra mulher que ele já vira.

— Tem dinheiro para foder? — indagou ela.

— O quê? — perguntou Willie, mas ele havia entendido muito bem o que a garota tinha dito, porque ela falara muito claramente por entre seus dentes afiados.

— Xelins. Tem xelins para foder?

Willie olhou para O'Hara, que não perdera tempo, já estava montado na outra garota. Seu traseiro nu movia-se para baixo e para cima, mas sua calça estava abaixada somente até os joelhos. Pareciam duas bolas de banha. Dois outros soldados faziam o mesmo em outros cantos do quarto. A garota se abaixou, pegou a barra da anágua nas mãos morenas e se levantou lentamente, com os seios balançando um pouco, o que fez o pinto de Willie ficar tão duro que parecia estar se estrangulando dentro da calça. Quando ela se endireitou, a anágua permaneceu erguida, e suas coxas se revelaram, a pele tão branca quanto a casca de um ovo, e pelos negros e brilhantes entre as pernas.

— Misericórdia — disse Willie.

Ela sorriu e soltou a anágua, e ele sentiu o cheiro do calor que soprou sobre ele. A moça abriu o cinto e a calça de Willie, abaixou calça e ceroula com um puxão forte. Willie olhou para baixo, a peruca achatada de seus pelos púbicos, seu pinto inclinado para um lado, mas flagrantemente descoberto. Teve um medo súbito de que O'Hara o visse nu, mas não tinha por que se preocupar. O'Hara estava afundado em seu próprio prazer, gemendo e sussurrando. A garota de Willie, bela e rara como uma rosa negra, levantou novamente a anágua e montou decididamente nele, inclinando o rosto e deixando a face macia colar-se à dele.

Ajeitou o pinto dele para dentro de si, e de repente Willie sentiu um calor gratificante.

Era espantoso, pensava, que pudesse ter um sentimento tão terno em relação à garota. Era como se a amasse um pouco, naquele momento. Tentou olhá-la bem dentro dos olhos, mas ela não parecia gostar muito disso. Quando gozou, ele pensou que a sensação de ter levado um tiro na espinha devia se parecer com essa que experimentara.

Então, deve ter dormido, depois acordado. O tempo tinha passado de um modo estranho.

A garota estava em um canto do quarto, lavando-se numa bacia esmaltada e velha. Willie sentia que seu cérebro estava solto dentro da caixa craniana. O'Hara parecia abatido, sentado, exausto, sobre uma das camas horríveis. E olhou para Willie.

— Vamos embora, Willie?

— Por que está chamando o Willie? — disse a garota bonita, rindo.

— Vamos voltar para a porra do alojamento e esquecer essa merda — disse O'Hara. — É tudo uma merda.

A coxa da mulher ao lado de O'Hara tinha uma grande erupção roxa na parte de dentro. Willie conseguia ver através da meia rasgada. A mulher sorriu, avaliando se ele seria capaz de uma segunda trepada.

— Tudo bem, Pete, vamos — respondeu Willie.

Saíram para a noite sinistra. Amiens era uma cidade fervilhante. O aparato barulhento da guerra espalhava-se ao longo da estrada, e os homens do Exército passavam como um rio. Na parte traseira dos caminhões, rostos novos, todos brancos por causa da viagem marítima e crus de tanta ignorância, com os olhos castanhos, azuis, verdes acesos sob os toldos.

Quando Willie e O'Hara voltaram para o quartel, o primeiro-sargento estava acordado. Ele não disse nada para os dois. Estava deitado no seu leito de campanha, olhando para fora da janela.

∾

Fuzileiros Reais de Dublin,
Bélgica.
Janeiro de 1916.

Querida Gretta,

Espero que esta carta encontre você e os seus bem. Espero que tenha passado um Natal feliz e em paz. Já estamos em um novo ano! Estou sentado nessa trincheira, o vento uivando sobre Flandres como velhos fantasmas. Temos à nossa frente um setor muito tranquilo, com pouco ou nenhum bombardeio, e penso que deve ser verdade que esteja todo mundo começando a morrer de tédio. Não que a gente queira ficar ouvindo o bombardeio, mas eu te digo que uma lata de comida não é como um amigo, não é uma coisa agradável para se ter debaixo do nariz dia após dia. Mas, pelo menos, temos latrinas decentes aqui, o que é bem diferente de todos os outros arranjos improvisados que tivemos de aguentar. Mas você certamente não quer ouvir falar de latrinas. Eu queria poder escrever a você sobre rosas, e flores, e amor, dizendo que vou voltar logo para casa, de vez. Todos nós gostaríamos que a guerra já tivesse acabado, mas, não se engane, ainda queremos enfrentar os hunos, aconteça o que acontecer. Acho que já vi a guerra por dentro e por fora, e a gente aqui acaba ficando tão duro quanto uma noz, o que é bom. Dê lembranças minhas ao seu pai. O vento está uivando hoje. Eu queria que você pudesse ver a neve congelada que cobre tudo, é bonito de ver quando a gente ergue a cabeça por um momento sobre o parapeito, o que é uma coisa muito idiota a se fazer, porque ainda há atiradores em todos os lugares, mas estamos protegidos pela linha de frente. De alguma forma, parece que estamos atravessando um relativo período de paz. As estradas ficam bloqueadas no inverno, e os generais preferem esperar pela primavera para planejar mais coisas. Vivemos o dia de hoje. Meu amigo O'Hara e eu passamos noites conversando como loucos, e, quando precisamos sair da trincheira para fazer uma coisa ou outra na escuridão da terra-de-ninguém, tentamos nos manter sempre unidos. Ele é um cara legal de Sligo, você ia gostar dele, e eu espero que possa conhecê-lo depois da guerra. Ele foi o único que sobrou do nosso pequeno grupo de camaradas. Tem uma voz bonita e gosta de cantar comigo durante o dia. Estamos quase sempre dormindo quando não estamos de guarda, mas a gente não pode ficar dormindo o dia todo e, quando estamos acordados, ficamos consertando as paredes das trincheiras, um trabalho de que só eu gosto, porque me lembra o trabalho que eu fazia com o Dempsey, colocando encanamentos e coisas assim, o que me faz ficar animado. Depois, ficamos procurando o que fazer, e O'Hara, que leu toda a cartilha de regulamentos, gosta de ferver dentro de uma lata todas as coisas, até ficarem sem cor. Nem tenho coragem de contar a você que faz mais de uma semana que não me lavo direito, e só Deus sabe quando vamos poder tomar banho, porque nos disseram que, daqui a uma semana ou duas, vamos para a linha de frente e lá é que não poderemos de maneira alguma nos lavar. Até os oficiais fedem a roupa suja. Por aqui só há fazendas, aqui e ali algumas casinhas de pedra, e nós temos ordens para nos mantermos nos recessos e fendas da nossa própria trincheira. Cavei um nicho feliz onde posso ficar escrevendo para a minha garota. Essa garota mora bem no fundo do meu coração. Eu queria, Gretta, ter palavras para dizer o que penso de você. Como você parece pairar bem alto, como um anjo no céu. É uma sorte ter você nos meus sonhos, você, tão brilhante. Confesso que, de vez em quando, você me beija, e eu fico feliz. Você sonha comigo? Vou terminar a carta agora, e deixar que saiba que estou sempre pensando em você.

Seu Willie.

Pensou que "Seu Willie" não estava muito bom, riscou e colocou "Seu apaixonado Willie". Depois, riscou novamente e colocou "Amorosamente seu, Willie". Sempre tinha problemas para terminar uma carta.

Era uma carta bem comprida e, enquanto a escrevia, Willie ficou pensando se, afinal, não deveria dizer alguma coisa sobre aquela moça de Amiens.

Alguns dias mais tarde, Willie e Pete O'Hara estavam juntos nas latrinas. O pobre O'Hara gemia quando tentava urinar.

— Meu Deus, meu Deus — murmurava, com um suor oleoso escorrendo no rosto.

— Qual é o problema, Pete? — perguntou Willie.

— É como se, puta que pariu, alguém estivesse enfiando uma faca na minha barriga e o filho da puta estivesse tentando arrancar o meu intestino, Willie. Ó, mãe do bom Deus, me salve! Ó, mãe de Deus.

— Você precisa pedir um passe para ir às enfermeiras, Pete.

— É, sim. É isso aí, Willie, eu vou levar esse problema para as enfermeiras. Boas garotas irlandesas. Elas vão ficar encantadas. É claro. Eu não tinha pensado nisso.

— Bem, Pete, então o que você vai fazer?

— Vou falar com o sargento e ele vai dar um jeito.

— Dar um jeito?

— Vai me trazer o que for preciso.

O primeiro-sargento pareceu zombar, dizendo que aquelas mulheres eram perigosas, que tinham sido expulsas de Paris e de Rouen e de outros lugares por um ou outro motivo.

— Mas não são mesmo belas garotas? — perguntara, rindo.

— Filhas da puta. Eu devia ir lá e cortar a garganta delas. É claro, é claro, o Willie tem sorte, não tem problema nenhum.

— Olha aqui, não vá passar isso para mim.

— Ah, e eu, depois de ter fodido com a porra das minhas ceroulas, estou com uma erupção do tamanho da porra da Inglaterra na minha perna toda.

— Meu Deus — disse Willie. — É falta de sorte mesmo.

&

E assim iam as coisas, e eles se arranjando.

Como haviam dito, a companhia foi logo enviada para a linha de frente, mas tudo estava tranquilo naquela região fria do mundo. Cerca de quatro ou cinco homens eram abatidos, por dia, pelos atiradores emboscados.

Certa manhã, logo após o despertar, um rapaz de Aughrim pôs o nariz acima do parapeito, a menos de 1 metro de Willie. Willie Dunne tomava uma caneca de chá meio turvo e não estava prestando atenção enquanto tentava absorver toda a essência de uma folha de chá sobrevivente. E pensar que a folha viera da China só para ser fervida até a morte em Flandres. O rapaz de Aughrim só estivera um dia com eles. Viera com um grupo de soldados enviados para substituir o que costumavam chamar de baixas naturais. Willie achava que o nome dele era Byrne e tinha a intenção de perguntar se ele sabia alguma coisa da família do capitão Pasley, porque Aughrim ficava somente a alguns quilômetros de Tinahely, onde a casa deles estava situada.

Enquanto Willie bebia seu chá, ouviu um tiro. Por um momento, o praça Byrne ficou onde estava, depois tombou de costas no fundo da trincheira. Willie parou de beber por certo tempo. Então, viu sair do olho esquerdo do rapaz, bem do centro do olho, o vermelho, como um botão de rosa. E então, o sangue começou a jorrar para fora, impetuosamente, um jato escarlate, cônico, como se um pintor estivesse tentando pintar sua própria visão.

O Corpo Médico do Exército Real só conseguia se movimentar lentamente, e, depois de mais ou menos duas horas, o rapaz ainda estava onde havia caído. Estava vivo e gritava sem parar. Mas Willie não conseguiu avaliar de imediato o que se passava. Primeiro, manteve-se imóvel no seu nicho. Um pouco depois, não conseguiu mais aguentar os gritos; atravessou a trincheira e ajoelhou-se ao lado do rapaz. Mas ninguém tinha morfina, e o olho atingido devia doer como carvão aceso. O que Willie poderia fazer? Queria ter tido compostura suficiente para permanecer no seu nicho, tomando chá. Não estava fazendo nada de bom pelo companheiro e certamente não estava fazendo nada de bom por si mesmo.

O chá já estava frio e esquecido no estômago de Willie quando o praça desapareceu em uma maca, dobrando a esquina de um acesso lateral, os carregadores praguejando a cada passo. Aquele rapaz de Aughrim seria despejado no pronto-socorro e depois iria para um posto provisório de recolhimento de feridos, se chegasse a viver tanto. Depois, se o tiro não tivesse sido fatal, logo estaria na estação de Charing Cross, sendo encaminhado para algum hospital inglês, entre os milhares e milhares de feridos e mutilados que passavam por Londres. Homens com metade do rosto destruído e membros amputados, homens verdadeira e totalmente arruinados, mas também os atingidos menos gravemente, com ferimentos que os tirariam da guerra por um tempo, talvez para sempre.

Mas Willie não sentiu nada além de um frio desespero quando a maca sumiu. Havia dores agora, coisas agora que nenhuma compaixão podia atenuar. Tudo de que eles precisavam agora era de homens que viessem armados, para atirar nos gravemente feridos, como se faz com cavalos. Nunca se deixa um cavalo com um olho como aquele. Você pode sentir pena o quanto quiser, mas atira no cavalo, para aliviá-lo de sua miséria. Tudo de que eles precisavam era de oficiais que fossem como os veterinários, pensava Willie, porque havia muitos gritos e sofrimento. Sofrimento demais, sofrimento demais, e não era por amor, ou por algo parecido, que se deixava um companheiro gritando, jogado no chão, durante três horas. Não era por amor, e não era por se estar na guerra, e não era certo.

Algumas semanas mais tarde, Christy Moran estava estranhamente alegre. Tinham voltado às linhas de reserva, aquartelados em uma casa de fazenda muito fria e dilapidada, não como a de Amiens.

— Acho que estão planejando te dar alguns dias de folga, Willie. Para sair de licença, para voltar para casa — disse.

Disse com tanto prazer como se fosse uma licença para ele próprio.

— Meu Deus, quando, senhor?

— Em algumas semanas, mais ou menos.

— Ah, isso vai ser ótimo!

— Tente ficar vivo até lá, Willie.

— Vou tentar, vou tentar, senhor.

Capítulo Seis

A sentinela do portão do castelo olhou Willie de cima a baixo quando ele passou, como um fantasma vindo da guerra. A sentinela, é claro, usava o mesmo uniforme, mas muito mais limpo.

Willie bateu na conhecida porta dos aposentos de seu pai. Após um bom tempo de espera, a porta foi aberta por Maud. Parecia estar de mau humor; seu rosto não se iluminou ao ver Willie.

— O que é, o que você quer? — perguntou ela, e ele caiu na risada por causa da rispidez da irmã.

Era claro que ela não o reconhecera.

— Sou eu, Maud... Willie.

— Misericórdia, pobre Willie. Entre, entre.

E foi com uma alegria pouco habitual que ela o puxou para o cômodo recém-limpo. As tábuas do assoalho tinham sido esfregadas, e havia um com borda azul e branca, tudo muito impecável, pensou Willie, muito impecável. Depois daquela longa viagem através das linhas de reserva, atravessando a Inglaterra e o mar da Irlanda, ele só podia estar sujo, mesmo se estivesse limpo quando partira. Mas já iniciara a viagem naquele estado em que os soldados ficam após dez dias nas trincheiras.

— Acho melhor que, antes de você me abraçar ou beijar, Maud, você me prepare um banho e talvez dê um jeito nessas roupas e, se tiver alguma coisa para desinfetá-las, melhor ainda, e para me desinfetar também.

Maud deu um passo para trás.

— Annie, Annie! — chamou. — Annie vai nos ajudar. Não se preocupe, Willie, você vai ficar bem limpo.

E ela arregaçou as mangas do vestido preto e dirigiu-se para a escada de serviço, procurando a banheira de zinco que ficava por ali debaixo. Quase colidiu com Annie na porta.

— Annie, querida, você vai ter de ferver água para o banho do Willie. Nós vamos lavá-lo agora mesmo.

— Willie, Willie! — exclamou Annie. Ela correu em sua direção, com os braços estendidos para abraçá-lo.

— Não me toque, Annie! Estou com piolhos e Deus sabe lá mais o quê!

— Bem, acho melhor limpar você antes de a Dolly voltar da escola, porque você não vai conseguir impedi-la!

— Com certeza — disse Willie.

Annie tivera poliomielite quando menina e adquirira uma pequena corcunda como sequela, mas não era nenhum defeito grave e todos esperavam que ela pudesse arranjar um marido.

— Deixar você aí, assim — disse Annie, desesperada —, sem um beijo. Mas eu vou esquentar água na copa. Quer comer um pedaço de queijo com uma fatia daquele pão que a Maud faz?

— Quero, vou adorar! — disse Willie, rindo.

— Meu Deus, como é bom ter você de volta, e essa risada, e você vai cantar hoje à noite, não vai? Algumas daquelas canções maliciosas de guerra?

— Não vou cantar, Annie — respondeu Willie. — Elas são muito ruins, e, de qualquer maneira, você não entenderia nada. Espero que não!

— E quem é que vai dar banho em você? Meu Deus, acho que vou ter de chamar o papai. Você não vai conseguir matar esses piolhos sozinho. E o papai sempre foi bom tirando lêndeas.

— Sempre foi o rei das lêndeas.

— Sempre! — gritou Annie.

Logo a água estava quente, e a banheira foi arrastada para perto de uma grande janela que dava para a parede do departamento do secretário-geral, mas que deixava entrar um raio de sol tão bom como fogo. A luz solar de Dublin, densa, profunda e bela, pensou Willie, capaz de torrar a pele se deixássemos. Mas o vidro da janela não deixava entrar a brisa de abril, só o próprio sol. O astro-rei pairava sobre a cidade, não se podia olhar para ele, seu pai ensinara havia anos, quando Willie ficava imaginando de que seria feito o sol. Mas seu pai tinha uma mente sensata e rigorosa e considerava o sol de uma maneira científica, o que a sua luz poderia causar aos olhos jovens do filho.

Willie ficou ali; os pensamentos que não eram bem-vindos começaram a perturbá-lo.

Não conseguia deixar de pensar naquele ano de 1913, quando seu pai confrontara a multidão na rua Sackville.

Seu pai entrara numa loja na Sackville. Ele reunira seus homens perto do Monumento a O'Connell para telefonar ao quartel-general e perguntar o que deveria fazer, porque havia centenas de homens da periferia andando por ali, e muitas pessoas respeitáveis, com muitas crianças, tentando abrir caminho por entre a estranha multidão. E o quartel-general mandara limpar as ruas.

Ah, Willie sabia de todos os detalhes, e eles eram agora como brasas em sua cabeça, uma dor estranha. Os piores detalhes lhe tinham sido passados pelo pai de Gretta, é claro, detalhes fortes, cruéis, que já eram suficientemente difíceis de entrar em sua cabeça, mas que, desde então, haviam crescido e se desenvolvido.

Quatro homens foram mortos. Era estranho que aqueles quatro homens significassem tanto, agora que ele já vira tantos outros serem mortos. Mas eles significavam.

O construtor, Dempsey, naturalmente não empregava homens sindicalizados, e por isso eles trabalharam durante toda a Greve-Geral, e por isso eram conhecidos como fura-greves. Coisa que incomodava Willie agora, ao olhar para trás.

Ele se lembrava bem de ter voltado para casa naquela noite, e seu pai ali, naquela mesma sala, sentado sozinho no escuro, ainda de uniforme. Willie se aproximara e perguntara como ele estava, sem resposta. O silêncio naquela sala escura o intrigara, na época, e ainda o intrigava. Aterrorizava.

E Willie pensou que talvez não suportasse ficar nos aposentos do pai sem remoer aquela história muitas e muitas vezes. Na verdade, sentia-se um traidor.

Agora, seu pai estava chegando, com a pequena Dolly pela mão.

E Dolly largou a mão do pai e correu para Willie, sem dizer nada, abraçando as pernas sujas do irmão. Willie acariciou seus cabelos. Ela misturava suas lágrimas de felicidade ao uniforme sujo.

— Aí está você, Dolly — disse Willie. — Aí está você, enfim.

— Ah, Willie, Willie — disse o pai, em toda a sua elevada estatura, o cinturão, como sempre apertado. — O verdadeiro herói retorna.

— Como o senhor está, pai? Senti sua falta. Espero que tenha recebido todas as minhas cartas.

— E você recebeu as minhas?

— Recebi muitas, acho que todas. Foi muito gentil o senhor pensar em me escrever.

— Meu Deus, Willie — disse o pai —, eu me senti honrado escrevendo para você.

— Willie, Willie — disse Dolly —, o que você trouxe para mim?

— Ele não teve como te trazer nada, tenho certeza — disse o pai. — Deixe o rapaz sossegado.

— Depois vamos para a loja do Duffy, Dolly, ver que guloseimas eles têm por lá — disse Willie, um pouco envergonhado.

— É claro que vão — disse o pai.

Então, o pai pôs as meninas mais velhas para fora e Willie tirou o uniforme e as ceroulas, e o pai os enrolou, abriu a porta de trás e jogou-os para Maud e Annie, para que fervessem bem as roupas do irmão. Dolly sentou-se numa velha cadeira, bem-entalhada, mas muito alta, que fora a preferida de sua mãe. Dolly olhava o espetáculo, balançando as pernas como um pêndulo em descompasso.

— Nós não podemos entrar? — perguntou Annie, provocando, e seu pai deu um rugido em resposta, como se ela fosse uma galinha arisca querendo entrar na casa contra a vontade da patroa.

Assim, James Patrick, um homem de quase dois metros, manteve seu filho William, um homem de quase um metro e setenta, dentro da banheira de zinco envolta em vapor, como a mãe de Willie fizera mil vezes quando ele era um garoto. E era algo muito estranho ver o policial vestindo o costumeiro avental de couro que, sem dúvida, conservaram para dar banho em Dolly, e colocando perto de si a bacia com a grande esponja e o sabão carbólico. E ele embebeu a esponja vigorosamente e começou a lavar o filho da cabeça aos pés, despejando-lhe em cima a água em cascata. E os piolhos deviam estar fugindo do corpo de Willie Dunne como aqueles pobres homens tinham fugido dos cassetetes na rua Sackville, e logo a água estava pontilhada de criaturas brancas que se contorciam. Willie viu, debaixo dos flocos de espuma ou através deles, que sua pele estava cheia de círculos vermelhos, então pensou que, além dos piolhos, ele herdara uma micose, ainda por cima. Certamente havia lêndeas na sua cabeça, porque agora, com o vapor quente, a coceira era intolerável. Mas seu cabelo fora recentemente cortado tão rente quanto o gramado do vice-rei, e as lêndeas não tinham chance alguma contra o pente fino que seu pai agora manejava como um delicado cirurgião, tirando todos os ovos.

Então, o pai pediu gentilmente que o filho saísse do banho e foi buscar no armário da copa um grande lençol. Voltou e enrolou-o em torno do filho, dando várias voltas, até que o rapaz ficasse completamente enxuto.

Buscaram, então, roupas de baixo limpas do pai, e as pernas das ceroulas e as mangas da camisa tiveram de ser enroladas para servirem em Willie, que, depois, vestiu seu velho macacão de quando trabalhava em construção. Seu uniforme demoraria bastante para secar por causa daquele tecido pesado dele.

Quando Willie terminou de se arrumar, o pai passou seus grandes braços pelo ombro do filho e apertou-o durante alguns momentos, como um ator em cena.

Não era uma cena comum na vida real, de qualquer forma, e, no rosto do pai, havia uma expressão distante, como se tudo se passasse anos antes e acontecesse de outra maneira, e eles estivessem talvez ainda em Dalkey, e Willie fosse ainda uma criança.

Mas ele era um soldado agora, de 19 anos, e, apesar de tudo, estava contente nos braços do pai, por mais estranho que isso fosse, mais estranho e confortável que fosse.

— Venha, Willie, pegue um chapéu, e a gente vai sair, a gente vai! — gritou Dolly Dunne.

∾

A licença de Willie passou rápido, como se fosse apenas alguns minutos. Ficou horas agradáveis com Gretta, caminhando pela cidade, e ela foi muito gentil com ele. O pai dela estava pensando em desertar, essa era a notícia principal. Ele não queria ir para a França.

Na última noite, Willie sentou-se perto da lareira com o pai. Poderia ter saído para encontrar-se com Gretta, mas tinha um desejo forte de ficar por ali, bem perto do pai. À revelia dos ressentimentos, o amor de Willie por ele continuava intacto. Nunca era demais o tempo que passavam juntos. As duas cadeiras estavam voltadas para a lareira, onde quatro ou cinco tocos de madeira queimavam generosamente. Era uma lareira comum, azul-marinho, de ardósia.

— Essa madeira veio de Humewood — disse o pai. — Seu avô me mandou um bom carregamento, é o que resta.

Era agradável pensar que aqueles troncos haviam crescido nos bosques de Humewood.

Durante algum tempo, ficaram calados. Um calor agradável saía da lareira e entrava pelos seus ossos, era abril. Bem à direita da lareira, no velho papel de parede, estavam ainda as marcas das medições de altura, quando o pai o encostava na parede, como um condenado que seria fuzilado ao alvorecer, colocando o volume de operetas irlandesas na sua cabeça, e depois marcando religiosamente sua altura com o lápis de ponta grossa usado pelos policiais. Willie era capaz de rever, em sua cabeça, seu pai dar uma lambida na ponta do lápis e ficar olhando a nova marca, satisfeito ou não com o resultado. Mesmo à luz vacilante do fogo, Willie conseguia distinguir as marcas nitidamente, porque, se a estampa do papel de parede estava começando a desbotar, as marcas do lápis pareciam novas. Mas já fazia alguns anos, é claro, que haviam abandonado aquele ritual. As últimas marcas, duas ou três, de datas diferentes, estavam praticamente sobrepostas. Eram de quando ele parara de crescer. Havia sempre um olhar de reprovação para aquelas últimas marcas.

— Willie, dentro de uns anos eu vou me aposentar. Portanto, não moraremos mais muito tempo no castelo.

Era espantoso pensar em seu pai aposentado. E também velho, quando chegasse a hora. Willie não conseguia imaginar isso.

— Há quantos anos está na polícia, pai?

— Quarenta, Willie. Foi uma boa vida até pouco tempo.

— Como assim, pai?

— Não é a mesma coisa agora. Há todo tipo de novas maldades agora, que a gente tem até dificuldade para entender.

— Vai voltar para Kiltegan, pai?

— Sim, é claro.

— As meninas vão gostar disso. Annie, principalmente.

— Ela vai, sim, a não ser que eu a case antes!

— O senhor acha? — perguntou Willie, rindo.

— Bem, é claro, por que não? Ela merece uma chance também.

É, realmente, nunca se sabe, apesar da corcunda.

— E você também vai gostar, quando acabar a guerra — disse o pai.

— Ah, vou — respondeu Willie.

Fez-se outro silêncio longo. Willie olhava quase furtivamente para o pai, para o seu rosto grande e sério. E deu um pulo quando o pai, subitamente, olhou de volta.

— É muito duro lá, não é, Willie?

— Lá, pai? — perguntou o rapaz. — Está falando da Bélgica?

— Sim, estou, sim.

— É — assentiu Willie.

— Sei que é. É o que todo mundo está dizendo.

Não disseram nada por mais um tempo.

— Eu penso nisso, Willie. Penso nisso. Penso em muitas coisas. Rezo por você.

— Vou ficar bem, pai.

— É claro que vai, é claro que vai.

∽

— Só queria pedir que você me escrevesse — disse Willie a Gretta na manhã seguinte, quando a acompanhava até a rua Capel, onde ela trabalhava como costureira.

— Não sou muito boa nisso — respondeu ela. — Eu vou melhorar agora. Penso em você o tempo todo, Willie. Quando eu chego em casa, à noite, estou muito cansada e tenho de fazer o jantar, e então sento na minha cadeira como um fantasma, ou pego no sono.

— Eu queria dormir ao seu lado.

101   *Um Longo Longo Caminho*

— Bem, um dia, talvez, Willie.

— Gretta, se a gente pudesse chegar a um entendimento, um tipo de noivado, sabe?

Ela parou na ponte e o fez parar, e virou-o para ela, e sacudiu o dedo diante do rosto do rapaz.

— Temos de esperar, Willie.

— Esperar o quê? — perguntou ele, com desespero.

— Que a guerra acabe e você volte para casa, e saiba o que quer. Não faz sentido um casamento de soldado, Willie.

— Eu sei o que eu quero. Não há nada mais importante no mundo do que isso, Gretta. Eu quero ser seu marido.

— E eu quero ser sua mulher. Sua, entre todos os rapazes de Dublin. Entre todos os rapazes da Irlanda. Deixe-me aqui na ponte, Willie.

— Por quê?

— Não quero que meu patrão, o senhor Casey, nos veja. Ele parece um bispo quando se trata do namoro de suas funcionárias.

— Tudo bem.

— Não fique tão triste. À noite, vou até o portão do quartel, e poderemos nos ver em segurança, Willie.

— Eu te amo, Gretta — disse Willie, sentindo-se triste, infeliz naquele momento.

— E eu te amo, Willie — respondeu ela, e é claro que ele ficou feliz com isso, como poderia não ficar?

∾

E lá estava ela, naquela noite, mantendo a palavra, e o beijou sob os grandes choupos da Lombardia, enfileirados ao longo do grande canal, onde ficavam os portões do quartel. Beijar Gretta era como tirar a licença no paraíso. Então, ela o foi puxando para a parte mais escura do canal, até ele sentir a proximidade dos juncos e o cheiro da água. E eles se deitaram juntos, como fantasmas, como almas flutuantes, e ela levantou a saia na escuridão esverdeada.

Capítulo Sete

Foi na exata passagem da noite para o dia que Willie acordou feliz e tranquilo. Seu corpo estava quente e seus membros não doíam. Era muito estranho.

Seu cérebro, no entanto, era meramente humano e, nos primeiros momentos, ele não sabia onde estava. O longo cômodo, de colunas de ferro, estendia-se à sua frente e uma luz velada se infiltrava onde quer que as venezianas das janelas não estivessem cerradas.

O lugar estava cheio de respirações, os suspiros característicos do sono humano. Os colegas de Willie estavam deitados nos leitos de ferro como prisioneiros. Havia um odor de graxa e os murmúrios agradáveis de homens sonhando. Seu pênis estava duro e ele sentia uma vontade louca de urinar. Quando não era uma coisa era outra.

Reconheceu logo onde estava. Estava na porra do quartel. Sua licença acabara. Tinha de voltar para a guerra.

Procurou embaixo da cama o urinol, encontrou e aliviou-se.

— O que foi? — perguntou um sotaque do sul da Irlanda, e o soldado que estava no leito ao lado pulou da cama, e a sua Bíblia virou-se bruscamente, escorregou do seu travesseiro para o chão e caiu dentro do urinol.

— Meu Deus! — exclamou o soldado, obviamente desorientado. — A palavra de Deus na porra de um penico. Quem pôs isso aí? Não tem um lugar para dependurar essas coisas?

O homem tinha um rosto cavado, olhos desiguais, um nariz torcido como um trinco quebrado, e seus pequenos, estranhos olhos amarelos eram como os de uma serpente mal-intencionada.

— Escute — disse Willie, muito embaraçado. — Eu vou pegá-la para você.

O livro estava num estado deplorável. O papel era daquele tipo fino usado nas Bíblias, para caberem no volume todas as histórias e tudo o mais.

— Olha, vou dar a minha Bíblia para você — disse Willie Dunne, embora a sua fosse um presente de Maud, feita com o mesmo papel fino, e cheia das cartas que tinham enviado para ele e de uma fotografia sagrada de toda a família, tirada numa loja da rua Grafton antes da morte de sua mãe.

— Não se preocupe — disse o soldado.

— O quê? — disse Willie. — Você não pode estar querendo ficar com esta.

Willie Dunne segurava agora a pequena Bíblia arruinada em sua mão direita, a urina ainda escorrendo. Podia ver que cada página recebera sua cota de umidade. O soldado também olhava, fixamente, para seu livro, como se reconsiderasse sua reação anterior. O primeiro instinto de um camarada era ser agradável, porque, afinal, a vida de um soldado é cheia de acasos e o outro, provavelmente, era novo no quartel. Mas a visão de sua Bíblia pareceu sobrepujar qualquer outro sentimento. Subitamente, o homem sentou-se na cama e estendeu as pernas grossas para fora.

— Seu anão filho da puta! — gritou.

— O quê? — perguntou Willie Dunne.

— Seu anão inútil — insultou-o ferozmente o homem, que, por ter dentição ruim, cuspia. Que mudança! Tinha um sotaque de Cork que mais parecia uma doença. E a quem estava ele chamando de anão? Não era muito mais alto que Willie.

O homenzinho saltou da cama e agarrou com as duas mãos o pescoço de Willie Dunne e começou a apertá-lo. Foi tão de repente que Willie teria achado graça se não estivesse sufocando.

Os outros soldados estavam quase todos acordados agora, e alguns deles resolveram simplesmente ignorar o primeiro evento daquele dia e se ocupar com a devida montagem de seus aparelhos de barbear. Portas estavam sendo destrancadas e logo as ordenanças do quartel trariam água morna e outras coisas. Willie Dunne não se defendia da agressão. Seu rosto estava ficando vermelho e o homenzinho continuava tentando estrangulá-lo até a morte.

De repente, o homem de Cork parou e olhou para Willie Dunne como se estivessem sentados em um bar, bebendo juntos.

— O quê? — perguntou Willie, meio morto.

— Eles não vão me deixar ir para a França se eu te matar — disse, agora sorrindo.

— Não vão deixar mesmo.

— Então, você vai mesmo me dar a sua Bíblia?

— Vou, se você quiser.

— Certo, então pegue para mim.

Willie abaixou-se, pegou sua mochila e, relutantemente, tirou dela sua bela Bíblia, deu uma olhada e ofereceu-a ao homem.

— Ah, você é legal — disse o soldado, rindo. — Não vou pegar a sua Bíblia, mesmo que você tenha fodido a minha.

Então, o homem passou a mão pelas bochechas cavadas e olhou em volta, para ver se a água quente já viera. E Willie guardou sua Bíblia novamente na mochila.

— Já fez sua aposta? — perguntou o soldado, mais à vontade em sua camisa, as mangas arregaçadas. — Eu fiz uma pequena aposta no *All Sorts*.

— O que isso significa?

— O Grande Prêmio Nacional — respondeu o soldado, surpreso.

— Ah, sim. Não, eu não apostei.

— O Grande Prêmio é o amigo do homem pobre — disse o outro — e eu sou o homem pobre.

Willie Dunne achou graça. Era uma boa piada.

— Meu nome é Kirwan, Jesse Kirwan, de Cork.

— Willie Dunne, Dublin — disse Willie, e apertaram as mãos um do outro, embora a mão direita de Willie ainda estivesse molhada de urina. — Com quem você está? — perguntou Willie.

— Com os de Dublin, como você. Quase todos os rapazes com quem eu vim são de lá. Nós devíamos nos juntar aos Fuzileiros de Munster, mas decidimos ficar com os desajeitados.

— Ah, que é isso, os de Dublin? — disse Willie, em tom suave.

— Ah, que é isso, os irlandeses — respondeu o homenzinho. Depois, disse, mudando de tom: — O que é que os irlandeses já fizeram?

Willie riu. Havia um travo amargo no seu riso.

— Perdemos um monte de rapazes em Mons, foi isso que fizemos. E em Ypres, e no Marne. Levas e levas de rapazes. Foi isso que os irlandeses fizeram nos últimos tempos.

A água quente já chegara e Willie estava colocando espuma nas bochechas para se barbear.

— Isso mesmo — disse o praça Kirwan, muito satisfeito. — Aí está minha resposta.

Então, as portas foram abertas com um estrondo e os gritos se elevaram no ar.

Um Longo Longo Caminho

O praça Kirwan olhava de vez em quando para Willie Dunne, como se ainda estivesse pensando no que ele dissera.

∽

Seja como for, as moças de Dublin saíram todas, exatamente como no ano anterior, acenando com bandeirinhas inglesas. Os soldados nos caminhões riam e gritavam para as moças bonitas.

Willie Dunne tentava olhar por cima das cabeças de seus colegas mais altos, na esperança de ver Gretta. Seria difícil localizá-la na multidão, mas ela lhe dissera exatamente para onde ele deveria olhar caso ela conseguisse arranjar uma desculpa para se ausentar do trabalho. O chefe, senhor Casey, era um idiota puritano e, se desconfiasse que ela queria despedir-se de um soldado, não lhe daria chance alguma.

O novo camarada de Willie, Jesse Kirwan, de alguma forma conseguira entrar no mesmo caminhão que o rapaz, mas parecia não estar com muita vontade de ficar olhando o que se passava lá fora. Estava agachado num canto, sem nem mesmo sentar-se nos bancos.

— Não vai dar uma olhada na velha Dublin? — perguntou Willie Dunne.

— Ah, não é a minha cidade.

— Não quer dar uma olhada mesmo sem ser a sua cidade? Há um monte de garotas mais bonitas que qualquer coisa.

— Ah, é mesmo? — disse Jesse Kirwan, e subiu no banco, e olhou para fora. — Meu Deus, Willie, você tem razão.

— Viu, você estava perdendo a vista — respondeu Willie.

— Eu estava, rapaz. Como vão vocês, garotas? — gritou Jesse Kirwan. — Não liguem para esses caras. Vocês não reconhecem coisa melhor quando a veem? Viva Cork!

Mas dificilmente se poderia ouvir essa provocação, por causa do barulho dos motores dos caminhões. Saía deles uma fumaça tão feia como a morte. Os rapazes que cuidavam dos transportes eram conhecidos por deixarem os motores saírem das garagens de qualquer jeito.

Bem, Willie não viu ninguém conhecido. Era claro que seu pai havia dito às irmãs para não se arriscarem indo vê-lo partir. Eram dias diferentes agora, dizia ele. O sol da primavera corria ao longo do rio como um milhão de pedras saltitantes.

Então, Willie a viu, exatamente onde ela prometera estar, nos degraus que levavam às balsas. Gretta, Gretta! Ele acenava como um maníaco, gritando o nome dela, Gretta, Gretta! Meu Deus, ela olhava para todos os lugares, menos para o caminhão onde ele estava, e ele ficou com o coração apertado só de pensar que ela poderia não vê-lo.

— Olha, olha — disse ele a Jesse Kirwan —, ali está a minha garota!

— Onde, onde? — perguntou Jesse. — Diz onde, rapaz!

— Ali, ali — respondeu Willie —, aquela ali, de cabelos louros!

Mas não adiantou nada. Eles já haviam passado. Ela não vira Willie e Jesse não a vira também. Oh, Jesus, pensou, já desesperado. Mas, quando Gretta estava quase sumindo de vista, ela subitamente o viu e começou a pular com seu casaco azul puído, talvez chamando-o, ele não sabia, mas ele voltou a acenar, e acenou e acenou.

Mas a felicidade era geral. Havia felicidade nos novos recrutas, que foram libertados da rotina repetitiva do quartel. Agora, eles sentiam a euforia dos atores na noite de estreia, e seus rostos refletiam esperança e empenho. Willie Dunne sentia o cheiro de graxa e cuspe nas botas dos soldados, via os uniformes que, em muitos casos, tinham acabado de ser limpos e passados por suas mães zelosas, os queixos barbeados talvez mesmo sem precisar, os cabelos de diferentes cores alisados e prontos para a aventura. Muitos daqueles rapazes haviam nascido e crescido naquelas mesmas ruas, jogado bola de gude naquelas mesmas calçadas e talvez até beijado algumas daquelas garotas.

Gretta viera ver Willie partir, e isso era tão bom quanto uma carta — tão bom quanto dez cartas.

— Vou te dizer uma coisa, Willie Dunne, vocês têm garotas bonitas em Dublin.

— Elas são famosas pela beleza — disse Willie.

— Têm que ser — respondeu Jesse Kirwan. — Que Deus as conserve, são umas belezas. *Euterpasia ou A Bela Vênus.* — E ele cantarolou um pouco. — Conhece essa canção?

— Não — disse Willie. — E olhe que eu conheço um monte de canções.

— Ou a "Bela Helena, a incomparável, que Páris raptou de sua cidade na Grécia..."

— É muito boa — comentou Willie.

— Sei lá, cara, é apenas uma canção que meu pai cantava.

— Bem, você tem de me ensinar, qualquer hora. Algumas canções antigas têm palavras muito complicadas, isso, sim.

— Ah, não é uma canção para se cantar, não é uma canção para soldados, eu diria.

— O que é que seu velho faz, Jesse? — Era muito difícil manter uma conversa com aquele barulho, mas Willie estava curioso a respeito daquele soldado que tinha quase o seu tamanho.

— Bem, o que é que o *seu* velho faz? — perguntou Jesse, e o caminhão deu um tranco que fez Willie morder a língua.

— Policial — respondeu Willie, embora sentisse a dor da mordida.

— É um trabalho meio esquisito — gritou Jesse Kirwan.

— O que há de tão esquisito?

— O meu pai não acha muito bom. Meu pai não vai muito com leis e policiais e coisas assim.

— Que porra ele é então, ladrão?

— Litógrafo.

— E o que, em nome de Deus, é isso? — gritou Willie.

Jesse Kirwan deu um tapa no ombro de Willie e os dois ficaram rindo como doidos, aproveitando o clima de confusão generalizada.

❧

O mar aberto exibia vistas dançantes, o farol de madeira no canal do rio, a península de Howth, que parecia um homem afogado inchado com água salgada. Willie quase sentia piedade de Jesse Kirwan por ele ter vindo de um lugar tão reles quanto Cork.

Mas, no segundo seguinte, a cabeça de Willie estava martelando. Ele temia, sim, ele temia ter que dizer a Kirwan o que o esperava. Temia dizer isso a si próprio.

❧

O oficial em comando, um capitão de rosto rosado e tapa-olho, alinhou os soldados de frente para o embarque.

Willie lembrou-se de que costumava ir ali quando era pequeno, com seu pai, para ver os carneiros irlandeses embarcarem para serem vendidos na Inglaterra. Seu pai tinha de verificar os manifestos, para que os números não divergissem. Uma precaução tomada contra o contrabando.

O oficial de um olho só estava muito contrariado. Gritava com os cabos e os sargentos, como se a culpa fosse deles. Os rapazes da Irlanda queriam embarcar, mas era muito difícil levar todo o equipamento para cima pelas pranchas de embarque. Ouviam-se assobios e gritos, e os estivadores colocavam as mãos nas cordas de um jeito sugestivo, e a casa das máquinas vibrava como se mil abelhas gigantes estivessem zumbindo.

De repente, Willie parou de se sentir mal. As coisas eram o que eram; quando não se pode mudar uma coisa, melhor aceitá-la. Todos aqueles preparativos eram estranhamente animadores. O ar marítimo encheu seus pulmões e, inesperadamente, ele estava bastante pronto para partir.

Naquele momento, um mensageiro do Exército chegou, a cavalo, parecendo vir da cidade. Seu cavalo fazia nas pedras do cais um barulho igual ao de construtores de navio trabalhando nos rebites. Todos os olhares convergiam para o soldado esbaforido, com seu ar de urgência e uma sacola de mensagens batendo sobre o casaco de couro.

Então, logo havia oficiais emergindo das entranhas do navio, e os soldados receberam ordem de dar meia-volta e ficar olhando para as docas. Teriam sido rejeitados no último minuto? A guerra teria terminado?

— O que está acontecendo? — perguntou Willie a um outro soldado, perplexo, um dos mais velhos, cabeça calva como uma colher (ele empurrava o capacete para trás para coçá-la).

— Não sei, Deus me proteja — disse ele.

Dentro de alguns minutos, uma coluna formada ao acaso já estava posicionada nas docas.

De repente, Willie sentiu uma cotovelada nas costelas, mas era só Jesse Kirwan, surgido do nada e colocado na fileira de quatro soldados.

E agora lá iam os soldados, marchando de volta! Parecia que já haviam chegado à França, pensou Willie com uma risada triste, e marchou junto com os outros.

$\sim$

Aproximaram-se da cidade como verdadeiros fantasmas. A multidão que os havia aclamado se dispersara e havia poucos cidadãos nas ruas.

— O que está acontecendo?* — perguntou o praça Kirwan, como se Willie Dunne, pelo fato de não ser um recruta, mas um soldado experiente, pudesse saber.

— Não tenho ideia — respondeu Willie.

— Acha que eles vão nos desmobilizar ou o quê?

— Não sei.

— Eu sou um dos soldados de Redmond, os Voluntários. Sabe? — disse Kirwan, como se isso fosse algo que Willie não entendesse, como não entendia a litografia.

— O que isso tem a ver? — perguntou Willie.

— Se a guerra tiver acabado, não vou ficar no Exército. — Ele parecia estar muito zangado. — Eu só vim como Voluntário.

— Claro, somos todos voluntários — disse Willie, meio sarcasticamente.

Estavam agora perto do Monumento a O'Connell, onde o pai de Willie estivera havia três anos, pronto para investir contra os populares. A multidão que andava por ali por causa do feriado

---

* O episódio retrata o Levante da Páscoa de 1916 (*Easter Rising*), desencadeado pelos nacionalistas irlandeses na segunda-feira de Páscoa, dia 24 de abril, e sufocado pelos britânicos em uma semana. Apesar de sua curta duração e da repressão violenta, o movimento desempenhou papel relevante para a independência da Irlanda. (N.T.)

bancário era semelhante àquela que viera para o comício de Larkin. Era algo bem peculiar. Alguns homens vinham realmente correndo dos lados do Hospital da Rotunda. Ao mesmo tempo, havia, em alguns pontos, grupos de uns doze homens, mais ou menos reunidos, olhando para trás.

A coluna de soldados recebeu uma ordem enérgica de parar, e começaram a acontecer coisas cujo propósito ninguém conseguia entender.

Porque, tão real quanto um sonho, um pequeno contingente da cavalaria foi alinhado bem debaixo do toldo do Hotel Imperial, e, a um berro do oficial que os comandava, os cavalarianos desembainharam suas espadas, apontaram para a frente e se lançaram ruidosamente na subida da rua Sackville.

Foi a coisa mais espantosa que Willie Dunne já havia pensado que presenciaria em sua cidade natal. Era um daqueles regimentos de dragões, com toda a velha plumagem do século anterior intacta. Mas aquela era a Dublin dos dias modernos, com toda a sua modernidade ostentada pacificamente ali, na rua principal do país, a segunda rua em importância em todos os três reinos. As maravilhosas jaquetas curtas dos dragões cingiam suas cinturas, as plumas negras saíam dos seus elmos polidos, e eles pareciam gregos antigos, e eles soltavam agora seus gritos de batalha, o oficial no comando, que parecia um herói e era, de longe, o mais sonoro.

Os grupos de cidadãos de Dublin começaram subitamente a aplaudir, como se impelidos a romper o silêncio por serem espectadores de uma batalha. Os dragões galopavam como figuras heroicas em uma grande pintura.

Então, ainda mais bizarramente, saíram tiros de rifles do prédio do Correio Geral, num momento de irrealidade total, e cavalos e cavaleiros começaram a cair, como se aquele fosse um velho campo de batalha com turcos ou russos abrigados nos portais do Correio. Com gritos de dor dos cavaleiros e relinchos estranhos dos cavalos feridos, que caíam sobre as pedras do calçamento com o choque dos ferimentos e dos ossos quebrados, o contingente se dispersou, e os cavaleiros sobreviventes fugiram pela rua Henry ou atravessaram de volta à rua Abbey, presumivelmente para tirarem seus cavalos e a si próprios da linha de fogo.

O oficial em comando continuou a cavalgar, descuidado, sem olhar para trás, e devem ter sido necessárias três ou quatro balas para derrubá-lo e a seu cavalo quando foram atingidos.

— Jesus, são os alemães que estão naquele prédio grande ou o quê? — perguntou Jesse Kirwan.

— Eu não sei — respondeu Willie Dunne. — Acho que devem ser eles.

Naquele momento, Willie viu alguns homens da Polícia Metropolitana de Dublin espalhados por ali e gritou para um que conhecia:

— Ei, sargento, aqui!

O sargento voltou-se e olhou para Willie Dunne.

— Ah, Willie — disse. — O pequeno Willie.

— O que está acontecendo? — perguntou Willie. — Meu pai está por aí?

— Eu não vi o chefe — respondeu o policial.

— E foram os alemães que nos invadiram?

— Não sei, Willie.

— Olhe isso aqui — disse um homem, um mero cidadão, mostrando a Willie um papel impresso.

Willie deu um passo em sua direção, o que pareceu irritar o capitão da coluna.

— Passo atrás, praça! — gritou o capitão. — Não se fala com o inimigo.

— Que inimigo? — perguntou Willie Dunne. — Que inimigo, senhor?

— Volte para o seu posto ou eu atiro nele.

E o capitão apressadamente encostou sua Webley na têmpora do pobre homem, um gesto horroroso, pelo que se via, pois um suor espesso logo apareceu na testa do civil. Mas o capitão deu-se por satisfeito assim que Willie retomou seu lugar.

A coluna recebeu, então, ordem de marcha, e eles cruzaram a ponte da rua Sackville e dirigiam-se agora para a rua Nassau. Ouviam-se tiros vindos de outros pontos da cidade. Willie Dunne não conseguia deixar de estranhar aquilo tudo.

Em formação rigorosa, eles passaram marchando em frente ao Trinity College, de onde os estudantes, debruçados nas janelas, aplaudiram. Mas esse mistério ficou também sem explicação. A coluna prosseguiu até o canto inferior da praça Merrion e atravessou aquela praça pretensiosa, tomando a direção da ponte da rua Mount.

❧

Ali, começaram a ouvir o ruído familiar dos tiros de fuzil passando sobre suas cabeças e ricocheteando no calçamento. Pelo que entendia, Willie Dunne podia ver que os disparos vinham de um lugar à esquerda da ponte. Podia ver também que outros soldados de suas próprias tropas vinham da direção de Ballsbridge, marchando.

A sua coluna recebeu instruções para construir uma barricada atravessando a rua, e os soldados invadiram as casas para arrastarem belos sofás e mesas, carrinhos de bebê, colchões. Para sua segurança, refugiaram-se por detrás desses objetos. Ajoelharam-se, então, por trás das aberturas deixadas, e receberam ordem para começar a atirar.

Enquanto isso, as tropas que estavam do outro lado da ponte continuavam a avançar, fileira após fileira, e uma metralhadora surgiu e começou a atirar nos soldados.

Willie Dunne podia ver nitidamente dois segundos-tenentes incitando os soldados para o ataque, e eles foram os primeiros a cair. Willie ficou parado, boquiaberto. Seus companheiros estavam atirando, conforme haviam sido instruídos, e ele estava certo de que alguns tiros atravessavam a ponte e aumentavam o morticínio em curso do outro lado. O capitão mandou cessar fogo.

Estavam agora acocorados entre as peças de mobiliário. *Made in Navan*, leu Willie Dunne debaixo do assento de uma cadeira. Navan era um lugar bem conhecido pela indústria de móveis. Que bunda se sentava ali?, pensou Willie. O praça Kirwan estava bem ao lado de Willie, escondido por detrás de uma almofada bem estufada, coberta por uma capa protetora que provavelmente não fora fabricada em Navan, pensava Willie. De alguma forma, o praça Kirwan pegou uma das folhas impressas que voavam por ali e a estava lendo atentamente.

Na verdade, estava chorando muito.

— Você foi ferido? — perguntou Willie.

O pequeno homem de Cork levantou os olhos para ele e não disse nada de imediato.

— Foi atingido? Está ferido? Devo chamar os padioleiros?

— Não — disse o praça Kirwan. — Ah, meu Deus! Ah, meu Deus!

— O que é?

— É o nosso grupo — disse o praça Kirwan.

— O que quer dizer?

— São os nossos companheiros. James Connolly. E Pearse, o diretor.*

— Não estou entendendo. Quem são eles?

— Está aqui — disse o praça Kirwan, sacudindo a folha impressa. — Diz aqui, seu babaca. Que espécie de homem é você? É uma notícia. Para informar as pessoas.

— Que pessoas? — perguntou Willie. Cerca de quarenta soldados haviam sido acrescentados aos mortos e feridos do outro lado da ponte, e o restante da tropa agora estava deitado por entre os jardins das grandes casas, daquele lado do canal.

— Vamos ver isso aqui — disse outro soldado, que tinha um forte sotaque de Dublin. E começou a ler a folha, rapidamente. — *Nossos gentis aliados na Europa* — leu. — Quem são esses malditos? Estamos lutando contra nossos próprios homens? Em nome de Jesus, o que está acontecendo?

Uma espécie de silêncio ruidoso se fez, e Willie ouvia os gemidos e os gritos distantes dos soldados feridos.

— O que está acontecendo, pelo amor de Deus? — perguntou Willie Dunne. — Eu tenho três irmãs lá em casa.

Receberam ordem de preparar o ataque para auxiliarem os soldados que estavam do outro lado.

— Tudo bem, rapazes — disse o capitão. — Não vamos demorar muito para liquidar esses caras.

Os braços de Willie estavam fracos e seu fuzil parecia pesar como a viga de aço de algum telhado imenso. Ele o levantou com

---

* James Connolly (1868-1916) foi um líder revolucionário esquerdista, fundador do Partido Socialista Republicano Irlandês e comandante-geral do levante da Páscoa. Patrick Pearse (1879-1916) foi comandante do Conselho Militar, no mesmo Levante. Ambos foram fuzilados no dia 12/5/1916. Connolly, que estava gravemente ferido, precisou ser amarrado a uma cadeira para ser conduzido até o local do fuzilamento. (N.T.)

esforço. Estavam prontos para atirar, e Willie escolheu um banquinho conveniente para subir.

— Tudo bem, rapazes, vamos avançar agora. Escolham seus alvos. Atenção aos soldados que estão do outro lado. Só atirem naquele edifício.

Uma metralhadora, trazida sem que Willie notasse e posicionada em uma casa à sua direita, começou a atirar no edifício que estava a uns 90 metros de distância, como fogo de cobertura.

Quando todos estavam prontos para o ataque, e quando os braços de Willie haviam recuperado alguma força, repentinamente apareceram seis cavalos conduzidos por um cavalariço, vindos da praça Warrington. Eram belos cavalos, Willie podia ver, e podia ver o horror no rosto do cavalariço que, fosse qual fosse sua missão, não esperava encontrar uma guerra na interseção do canal com a estrada Ballsbridge.

Os dois cavalos que vinham na frente recuaram. Por algum motivo, a metralhadora começou a atirar no grupo. O cavalariço foi abatido imediatamente, e as suas roupas douradas ficaram vermelhas de sangue, e os cavalos, em pânico, começaram a galopar na direção de Willie e seus camaradas. Mas a ordem de avançar foi repetida, e eles avançaram, correndo na direção do edifício que vomitava balas pelas janelas.

Soldados tombavam ao redor de Willie. Na metade do trajeto, ele teve que procurar abrigo na entrada de um prédio, e os outros também. Dos cem homens que estavam com ele, três jaziam mortos em suas botas, quase uns sobre os outros, os olhos estranhamente fixos nele. Não havia esperança. O próprio oficial havia sido ferido no ombro. Um pedaço de osso furava sua jaqueta. A linha de ataque se rompeu completamente.

Willie ficou parado no pórtico, apertando os olhos para examinar o edifício mais à frente. Precisavam de armas maiores que metralhadoras para tirar os homens que estavam lá. Willie conhecia bem a natureza secreta daquele edifício, as duas camadas de granito que recobriam suas paredes, a fachada de tijolos, como uma forte muralha medieval.

Ele ouviu um ruído atrás de si, um estalo. Alguém viera por detrás dele na penumbra. Virou-se, com o fuzil levantado, e viu-se diante de um homem trêmulo, um homem muito jovem e trêmulo, com seu terno de domingo e uma espécie de quepe militar, e que segurava com as duas mãos um revólver de aparência antiga, levantado contra o peito de Willie.

— Você é meu prisioneiro — disse com voz trêmula.

— Não sou, não — respondeu Willie Dunne.

— Eu preciso de você como prisioneiro, Tommy* — disse o jovem.

— Não — replicou Willie.

O capitão ferido, atrás de Willie, apoiou-se ligeiramente no seu ombro e disparou a pistola. O tiro atingiu o pescoço do rapaz, que desabou no chão de mármore.

— Seu fuzil estava travado, praça? — perguntou o capitão.

Willie ficou olhando para ele por alguns momentos.

— Não, senhor. Sim, senhor. Não, senhor.

O capitão deu uma risada sarcástica e afastou-se.

— Oh, meu Deus — exclamou o rapaz, do chão.

Era espantoso que ainda pudesse falar. Havia um enorme buraco em sua garganta, bem onde Willie achava que as cordas vocais deveriam estar.

---

* Tommy era como eram chamados genericamente os soldados ingleses na Primeira Guerra Mundial. (N.T.)

Willie pensou que seria impiedoso não cuidar do ferido de alguma forma. O velho revólver caíra das mãos do rapaz e deslizava pelo chão, e o rapaz olhava desesperadamente para ele.

Willie ajoelhou-se perto dele.

— Eu não vou atirar em você — disse. — Você é alemão?

— Alemão? O que está dizendo? Sou irlandês. Somos todos irlandeses aqui, lutando pela Irlanda.

Um sangue escuro escorria de sua horrível ferida para as pedras do pavimento e logo correria pela porta e desceria os degraus de granito. Atravessaria o pavimento de granito de Wicklow, pensava Willie, escorreria pelas pedras da sarjeta até chegar ao esgoto. Correria pelo grande cano vitoriano até chegar ao rio e ao mar. O sangue da vida daquele rapaz, Willie sabia, sabia bem. O jovem agarrou o braço de Willie que estava mais próximo de si, sob a manga da farda, mas era a dor que o impelia a fazer aquilo, dor animal.

— Oh, meu Deus! — exclamou novamente.

— Deve haver gente do corpo médico por aqui — disse Willie, mas ele próprio não vira nenhum deles.

— Eu tenho de rezar um ato de contrição — disse o rapaz. O sangue começava a borbulhar na sua garganta, uma coisa horrível de se ouvir. — Você é escocês, Tommy?

— Não.

— Bem, seja o que for, Tommy, pode ficar aqui comigo enquanto eu rezo o ato de contrição?

— É claro que posso.

E o jovem rezou o seu ato de contrição, tão sincero e contrito como qualquer padre poderia desejar.

— Você rezou muito bem — disse Willie. A mão do jovem agarrava firmemente o seu braço, com uma força surpreendente.

— Eu só vim lutar por um pouco de liberdade para a Irlanda — disse o jovem, rindo com tristeza. — Não vai me odiar por isso?

— Não, não — disse Willie. Aquilo era muito estranho, pensava ele.

— Eu só tenho 19 anos — disse o jovem. — Mas quais são as minhas chances?

O sangue, vigoroso e generoso, começou a entupir a garganta do rapaz, e o jovem começou a cuspir e sufocar, manchando o rosto e a roupa de Willie. Ele lutava pela sua vida agora, pela sua própria vida. Os dedos no braço de Willie começaram a se soltar e soltar, até se soltarem por completo. A cabeça do rapaz estava inclinada para trás e ele gargarejava de uma forma incômoda, metálica, como uma tampa batendo. Sufocava, sufocava, sufocava. Seu sangue foi lançado sobre Willie de novo e de novo, como uma rede de pesca. E então o jovem ficou imóvel como um peixe morto.

Houve ainda uma luz em seus olhos, apenas por um momento, e os olhos estavam fixos em Willie. E então a luz se foi, os olhos imersos nas sombras profundas do vestíbulo. Willie inclinou a cabeça e murmurou uma prece rápida.

A tropa foi afastada daquela posição e enviada de volta para o navio. Embarcaram na escuridão confusa, como se tivessem coisas urgentes a fazer em algum outro lugar. Todos estavam atônitos, e horrivelmente famintos e sedentos. Ninguém parecia ter entendido direito aquela história. Ao sair daquele vestíbulo, Willie não conseguia ver Jesse Kirwan em lugar algum, mas acabou encontrando-o novamente no navio. Ao que parecia, nem todos do navio tinham sido chamados de volta para Dublin, e agora havia uma centena de conversas estranhas acontecendo, pessoas perguntando umas às outras que confusão tinha sido aquela e por que havia uns caras com ferimentos leves sendo atendidos pelas enfermeiras; o que, em nome de Jesus, acontecera?

Quando Willie o encontrou, Jesse estava perto da segunda chaminé do navio, sentado tão solitariamente quanto possível num navio cheio de gente. A grande chaminé elevava-se acima dele, soltando um tímido rolo de fumaça no céu que escurecia. Havia agora uma consciência da profundeza do mar, do frio impiedoso, e de todas as outras coisas que transcendiam a humanidade. Mas Willie não sabia dizer se Jesse tinha consciência disso.

Willie sentou-se ao seu lado com a maior naturalidade possível. O frio do mar fazia seu nariz escorrer e ele começou a limpar a secreção que descia. Jesse virou a cabeça e olhou fixamente para Willie.

— Está catarrento, rapaz?

— Está frio, não está? — disse Willie.

— Quer um cigarro? — perguntou Jesse Kirwan, puxando um maço de cigarros pequenos do bolso de seu uniforme.

— Não — respondeu Willie Dunne.

Jesse Kirwan tirou um belo isqueiro do bolso de sua calça, fez fogo, acendeu o cigarro fino e tragou com toda a força dos pulmões. Quase acabou com o cigarro inteiro numa tragada só. Depois, soltou a fumaça azulada.

— Esses Voluntários de que você falou, o seu pessoal — disse Willie —, eram eles que estavam atirando em nós?

— O quê? Não, idiota, eram os outros Voluntários. Você precisa entender, Willie. Nós estávamos do mesmo lado até a guerra estourar, e então alguns de nós disseram que fariam o que o Redmond tinha dito e lutariam como soldados irlandeses, sabe, para salvar a Europa. Mas alguns deles. Bem, eles não queriam isso. Você sabe. Um monte deles, na verdade. Mas os nomes, sabe, eu conheço todos eles. Alguns dos melhores de nós.

Um Longo Longo Caminho

— Eu não entendo essa coisa de voluntário — disse Willie.
— Você disse que é voluntário, mas, sabe, eu também sou um voluntário. Sou um voluntário do Exército.

— Ah, meu Deus, Willie. Isso é totalmente diferente. Você é voluntário para o filho da puta do Kitchener. Você não pode ser tão burro. Olha aqui, rapaz. Os Voluntários de Ulster foram criados para resistirem ao *Home Rule*. Então, os Voluntários Irlandeses foram criados para resistirem a eles, se necessário. Aí, estourou a guerra, como talvez você tenha notado, e a maioria dos Voluntários Irlandeses fizeram o que o Redmond queria e foram para a guerra, porque, para eles, o *Home Rule* era muito bom. Mas alguns deles se rebelaram, e foi isso o que você acabou de ver nas lindas ruas de Dublin! É claro, Willie, os Voluntários de Ulster vieram também, mas não por causa do *Home Rule*, pelo amor de Deus! Mas pelo rei e pelo país, e para que tudo continue assim. Está entendendo, agora?

Bem, a verdade é que tudo aquilo parecia um verdadeiro furacão de voluntários. Seria melhor que Willie nunca mais ouvisse a palavra "voluntário".

— Então, onde é que você fica nisso tudo, Jesse?

— Eu não sei, não é, Willie? Onde é que você fica?

— Bem, eu não sou um desses Voluntários. E, sabe de uma coisa, Jesse, eu queria te perguntar, porque não consigo entender muito bem. Naquele pedaço de papel que eles estavam passando, eles queriam dizer que os *boches* eram ou não aliados deles, em nome de Deus? Nossos gentis aliados na Europa. O que quer dizer isso?*

— O que você acha que é?

---

* Antes do Levante da Páscoa, uma parte dos republicanos procurou a ajuda da Alemanha, em guerra contra a Inglaterra, por meio de um diplomata britânico aposentado, Sir Roger Casement (1864-1916). A Alemanha chegou a enviar um carregamento de armas para a Irlanda, mas ele não chegou ao destino, e toda a negociação fracassou. Casement foi preso e fuzilado após o Levante. (N.T.)

Bem, Willie não sabia. Já fazia muito frio, mas o céu agora estava cheio de estrelas que mais pareciam alianças lançadas contra algo duro como uma bacia esmaltada. Ele quase esperava ouvir as estrelas tilintando. Em todo o navio, ouvia-se o murmúrio das conversas dos soldados, e as máquinas gemiam lá embaixo, mas, envolvendo tudo, havia a nota única e gigantesca do mar. O verde, verde mar verde, enegrecendo.

— A dificuldade da Inglaterra é a oportunidade da Irlanda. Nunca ouviu falar disso, Willie? — perguntou Jesse Kirwan.

— Não, nunca ouvi. Acho que não ouvi.

— Não importaria se a Inglaterra estivesse lutando contra os franceses, os alemães ou os benditos hotentotes. Você nunca ouviu falar dos navios franceses que invadiram Killalla, Willie?*

— Sim, talvez sim, certamente. Bem, faz muito tempo. Em um livro de história.

— Então, foi isso o que você viu hoje, algo parecido com isso. Meu pai disse que isso ia acontecer. Ele é capaz de prever coisas. E eu deveria acreditar mais nele, acho.

— Há centenas de rapazes irlandeses, centenas e centenas deles, que perderam a vida combatendo os alemães, Jesse.

Willie sentia raiva ao dizer isso, uma raiva estranha que parecia queimar a sua garganta, mas ele tentou desesperadamente não deixar que ela escapasse. Estava irritado com aquele homem de Cork, mas achava que o cara logo descobriria que estava errado,

---

* Episódio da história da Irlanda ocorrido no verão de 1798. Revolucionários irlandeses foram a Paris e conseguiram convencer os franceses, simpáticos à causa da independência da Irlanda, a realizarem um desembarque na cidade de Killalla, no distrito de Mayo, dizendo que conseguiriam o apoio imediato de toda a população e que o domínio inglês sobre o seu país teria fim. A população, porém, não mostrou senão indiferença e hostilidade aos franceses, e a investida fracassou. (N.T.)

quando os alemães disparassem alguns tiros na sua direção. E havia alguma coisa naquele homem que não deixava Willie ficar zangado com ele. E, de qualquer modo, Willie achava que uma pessoa deveria ouvir primeiro o que a outra tinha a dizer e ter certeza do que estava sendo dito. E, acima de tudo, a luz das estrelas era tão nítida que sua raiva logo se dissipou. Além disso, em vez da resposta malcriada que Jesse Kirwan poderia ter dado, tudo o que ele disse, depois de um silêncio neutro, foi uma amável frase:

— É claro que eu sei, Willie.

Quando chegou a hora de dormir e Willie desceu para um local iluminado, percebeu que seu uniforme estava muito manchado de sangue. Era o sangue daquele jovem agonizante. Willie lavou o rosto em uma bacia que lhe arranjaram e tentou esfregar as manchas de sua roupa. No manual do Exército, havia instruções sobre como limpar a farda cáqui. Sabão amarelo e um pouco de amoníaco dissolvido em água era o que aconselhavam. Mas ele não tinha sabão amarelo nem amoníaco. Willie tentou novamente pela manhã, mas, em sua maior parte, ele teve de levar o sangue daquele jovem para a Bélgica no seu uniforme.

Capítulo Oito

Depois de uma noite de sono e de fazer a barba, Willie já estava de volta a Flandres exatamente da mesma forma que estaria, com ou sem os eventos mais recentes, o que era suficiente para fazer sua cabeça rodar. Jesse Kirwan foi enviado para a sua própria unidade em algum outro lugar, e Willie Dunne ficou triste de vê-lo partir, mas o que se poderia fazer? Nada.

Nos campos, as flores estavam nascendo; chuvas leves lavavam e lavavam os campos aprazíveis. Naquela região, os fazendeiros pareciam ter decidido começar a semeadura. Os povoados pareciam estar estranhamente otimistas; talvez os corações humanos estivessem infectados com seja lá o que infecta os pássaros da Bélgica. O sol pousava nos objetos com uma graça indiferente e democrática, em armas e arados. A guerra era como um sonho pesado nos limites daquela paisagem desperta, algo remoto e próximo, que poderia destruir as vidas das crianças tanto quanto dos velhos, catástrofe a transformar alma em pó. Havia uma mudança tão grande e tão próxima que nada poderia ser feito a não ser partir ou continuar. Mesmo em Ypres comentava-se que os cidadãos tentavam resistir, lamentando cada bomba que caía, cada macieira em cada jardim destruído, cada tijolo de cada casa bem-construída, cada cinza de suas lareiras amadas. Justamente ali, onde Willie estava, nada mudara — a mudança radical estava do outro lado da planície. Nada mudara. Mas algo mudara em Willie Dunne.

Willie descobriu que sentia falta das palavras sólidas, das ideias confiáveis e da expressão clara e contundente de Christy Moran sobre as questões obscuras, da mesma forma que sentia falta das explicações de um pai. Falava sozinho quando chegava perto de entrar em pânico, temia que suas irmãs fossem arrastadas por um cataclismo além da capacidade de qualquer pessoa.

Encontrou o seu regimento na reserva não muito distante de um lugar chamado Hulluch, e foi informado de que, no dia seguinte, iriam para o *front*, o que foi um choque desagradável, considerando tudo o que passara em sua própria cidade natal.

Mas, pelo menos, encontrou o primeiro-sargento, sardônico como sempre, e, embora o capitão Pasley estivesse morto, o novo capitão era um homem alegre de Cavan, Sheridan, que já estivera em Sandhurst e tudo o mais, mas que não parecia ter mais do que 19 anos também. Era um cara alto, sorridente, com um forte sotaque de Cavan, não um daqueles tipos totalmente ingleses que às vezes são encontrados no Exército com promissores nomes irlandeses.

— Que porra de milagre. Ele conseguiu uma patente — disse Christy Moran. — Eles não dão essas patentes da porra aos católicos nesta porra de Exército. Ele deve ter alguma merda de sangue real ou coisa assim, Willie. Será que os reis da porra da Tara eram os filhos da puta dos Sheridan?*

---

* A Colina de Tara é um dos sítios arqueológicos mais antigos da humanidade, onde foram encontrados vestígios humanos datados de 5 mil anos. Era o centro do universo da Irlanda celta, onde seus reis eram coroados. (N.T.)

Naquela noite, Willie Dunne ficou num acampamento improvisado, uma espécie de cabana baixa que tinha um canteiro alto de flores primaveris atrás. Ouvia-se nitidamente, a distância, a explosão de bombas, e ele ficou sabendo que grandes morteiros foram trazidos até Loos pela artilharia alemã, e que bombas extraordinárias estavam sendo atiradas. Portanto, era melhor ficar muito atento no dia seguinte.

Embora fosse difícil para Willie contar a Christy Moran o que acontecera em Dublin, era ainda mais difícil tirar aquilo da cabeça. Contar como aquele rapaz de Cork, Jesse Kirwan, chorava era ruim o suficiente, mas aquele jovem agonizante o chocara muito, atingira-o no fundo do coração, embora já tivesse visto uma centena de mortes, e até mais. Esperava que Christy Moran pudesse ter uma visão mais fria daquele assunto.

O curioso era que não havia muitos dos outros rapazes irlandeses falando sobre o acontecimento. Willie achava que as notícias não tivessem chegado até ali. Talvez fossem consideradas insignificantes em meio à guerra.

— Filhos da puta — foi o primeiro julgamento do primeiro-sargento. — Que merda eles estão fazendo, causando massacre em casa, enquanto estamos nos fodendo aqui, arriscando a porra das nossas vidas por eles?

— Eu não sei, não sei. Para mim, parece uma coisa terrível. Uma coisa má, sinistra.

— E como é que a coisa está agora?

— Não sei. Eles estavam emboscados por toda Dublin, atirando nos soldados, e nós atirando neles, e o lugar onde eu estava era, era um...

E Willie não conseguia descrever para o primeiro-sargento como estava a rua Mount, não conseguia.

— Pode deixar, eles vão receber o que merecem da porra das mães de Dublin, é o que eu te digo, Willie. E, afinal, o que querem? Ser os reis de Dublin ou o quê?

— Eu não sei.

— Que se fodam, continuem, então. Tudo vai explodir mesmo, ouça o que eu digo. De qualquer forma, Willie..., por acaso você apostou no All Sorts enquanto estava lá? — perguntou o primeiro-sargento.

— Por quê, sargento?

— Porque ele acaba de ganhar o Grande Prêmio Nacional, o filho da puta.

— O senhor apostou nele, sargento?

— Não.

— Bem, eu não apostei, mas conheço um cara que apostou — disse Willie, feliz.

— Bem, isso é ótimo — disse Christy Moran, nobremente. — Pelo menos algum bastardo sortudo pensou certo.

Aquele era o dia de partir para Hulluch e era uma quarta-feira, mas não há um santo dia na guerra, mesmo na Semana Santa. Chegaram notícias de que os rebeldes estavam sendo bombardeados por barcos armados no rio Liffey, e, quando o capitão Sheridan anunciou isso ao homens, que estavam já formados em fileiras de quatro para a marcha, a maioria deles, mesmo os que vinham dos Voluntários, como Jesse Kirwan, e que, portanto, não deveriam acolher com tanto entusiasmo as notícias, talvez até derramassem uma lágrima, aplaudiram.

— Está vendo, Willie? — disse o primeiro-sargento, que estava ali perto. — Você está vendo?

— Certo, homens! — gritou o capitão. — Vamos embora, então.

E partiram, tomando a direção de Hulluch.

Era noite agora, e eles estavam em suas novas trincheiras. Haviam chegado quando já estava escuro e realmente não sabiam como as coisas estavam nos arredores, a não ser, é claro, pelos tiros e outros sons de sempre. Os soldados conversavam, como sempre faziam, e o jantar tinha sido razoável, embora escasso. Willie estava sentado num canto da trincheira, onde havia um nicho escavado por alguém precavido. Aquela era uma boa chance para escrever a seu pai.

Bélgica.
26 de abril de 1916.

Querido pai,

Como é que vocês estão vivendo, no meio disso tudo? Estão todos bem e seguros? Espero que escreva para me contar. Eu vi toda a confusão em Dublin quando já estava quase indo embora. Espero que o senhor esteja atento, tomando cuidado. Os homens aqui sentem um profundo desprezo por toda essa história. Ouvimos dizer que os hunos colocaram um cartaz em frente *às trincheiras dos Munsters, dizendo que havia Fogo e Ruína em Dublin e que os ingleses estavam matando suas esposas e filhos em casa. Bem, os Munsters não gostaram muito disso, e então todos cantaram "God save the King".* E ontem à noite, ou talvez anteontem, eles saíram no escuro e arrancaram o cartaz. O meu primeiro-sargento falou que muito desses caras são Voluntários e ardentes partidários do* Home Rule, *e que ele achava que eles nem sabiam a letra do "God save the King", e muito menos que pudessem cantá-lo para os* boches. *Estou rezando para que o senhor e as meninas estejam bem. Que bons tempos aqueles quando éramos crianças. Não sei por que estou dizendo isso. Não há nenhum homem na Irlanda que tenha servido o país tão bem quanto o senhor. Ninguém jamais vai saber quanto isso lhe custou. Estou pensando naqueles dias que passamos andando juntos, à noite, pelos pátios do castelo. Acredite, o senhor foi um bom pai. Se Dolly não tem mãe, pelo menos tem um pai tão bom como qualquer mãe, sei disso. Por favor, escreva assim que puder e conte o que tem acontecido.*

Com amor, seu filho,
Willie.

No dia seguinte, assim que despertaram, enquanto o dia que rompia mais parecia uma fileira de brilhantes facas de jantar e uma luz estranha cor de ardósia misturada com raios de sol passava através das árvores do bosque, o capitão Sheridan leu em voz alta

---
* O hino nacional inglês. (N.T.)

um comunicado do quartel-general que dizia haver suspeita de um iminente ataque de gás.

Era só o que estava escrito. Mais tarde, porém, o coronel chegou e explicou tudo mais claramente. Os alemães tentariam fazê-los sair das trincheiras como ratos, disse, e, de fato, os soldados galeses que haviam sido substituídos por eles na noite anterior falaram sobre centenas de ratos agonizantes que haviam entrado na trincheira um dia, durante o turno de vigília. Suspeitava-se que algum gás deveria ter escapado dos cilindros onde os *boches* haviam-no armazenado. Os ratos surgiram como camaradas em busca de socorro, mas os rapazes de Cardiff que estavam ali fizeram o máximo para exterminá-los com as coronhas de seus fuzis. Porque aquele era outro tipo de inimigo.

O coronel não era irlandês, e, no quartel-general, haviam lembrado que os irlandeses tinham fugido do primeiro ataque, em Saint Julian meses antes. Willie e seus companheiros haviam recebido muito tempo atrás o que diziam ser as melhores máscaras contra gás. Uma espécie de gorro que cobria a cabeça e tinha uma espécie de bolsa com um nariz esquisito e dois grandes buracos para os olhos. Parecido com o que os Whiteboys* costumavam usar quando percorriam o campo para queimar montes de feno e provocar os senhorios. As máscaras certamente davam um ar ameaçador e fantasmagórico aos soldados que as usavam, mas o fato de as usarem não os fazia se sentirem ameaçadores e fantas-magóricos. Suas bochechas iam ficando cada vez mais quentes e um suor sujo queimava seus olhos.

Mas o coronel enfatizou a necessidade de aguentarem firme e disse que sabia que seus rapazes assim o fariam, sem deixarem que

---

* Sociedade agrária secreta, formada em 1716 para combater os altos aluguéis. Seu nome é uma referência às camisas brancas usadas pelos membros à noite para identificação. (N.T.)

o terror levasse a melhor novamente. Essa palavra, "novamente", não agradou os que a ouviram. Todos sabiam quantos haviam perdido a vida em Saint Julian, e, mesmo que alguns dos ouvintes fossem recrutas novos e nunca tivessem estado naquele lugar infernal, nenhum soldado poderia gostar daquela espécie de ironia antes do que prometia ser uma situação desagradável.

Para enfrentar essa situação, alguns dos que tinham um sentimento religioso — e havia muitos deles, quase todos — ajoelharam-se com o padre Buckley e fizeram uma oração rápida. As sentinelas, é claro, somente inclinaram um pouco a cabeça, sempre mantendo um olho nos espelhos que refletiam o terreno vazio à sua frente. Por estarem em trincheiras, que necessariamente tinham curvas em zigue-zague mais ou menos a cada trinta metros, ninguém conseguia ver o padre Buckley, a não ser no lugar onde ele próprio estava ajoelhado. No entanto, os 1.200 homens do batalhão, por algum sentimento íntimo, ajoelharam-se ou inclinaram suas cabeças e um murmúrio de palavras subiu aos céus. Willie Dunne esperava que Deus pudesse ouvi-las.

O padre rezou o pai-nosso e algumas aves-marias, e preferiu não falar. Não tentou fazer qualquer sermão ou homilia confortadora, porque ninguém poderia ouvi-lo, a não ser os vinte homens mais próximos.

Subitamente, as metralhadoras inimigas abriram suas imundas bocas malditas e arrotaram tiros miseráveis e assassinos. Os homens ouviram os projéteis voando em todas as direções e as bombas maiores, que estavam sendo lançadas, ao que parecia, nas trincheiras de apoio a uma boa distância dali. Mas nenhum soldado deixou de dizer qualquer palavra da ave-maria que estavam rezando, cada palavra confortadora seguindo a outra.

Então, misteriosamente, todos os soldados perceberam que o padre Buckley acabara de rezar. Talvez essa comunicação tenha ocorrido por meio de uma série de contínuos murmúrios, ou piscar de olhos e acenos, ou de qualquer outra forma. Mas foi algo notável, pensava Willie, algo notável.

É claro, qualquer tolo sabia que a chegada de um padre à trincheira significava sempre mau agouro. Se as tropas estivessem sob um comando apropriado, eles poderiam ter se reunido num campo, em algum lugar das linhas de reserva, para assistirem a uma missa decente e ouvirem algum sermão dos seus lábios.

Não é que o padre não fosse bem-vindo. Ele era bem conhecido, porque aparecia sempre em todos os lugares, e, embora fosse um tanto estranho e reservado, os soldados gostavam dele com a mesma afeição que teriam para com alguma amada tia. Se houvesse algo como um homem afeminado, mas destemido, seria aquele padre. Porque era gentil e falava suavemente, com uma entonação culta.

Havia nas suas palavras toques suaves onde os soldados teriam um toque rude, e tons rudes onde os soldados falariam suavemente, embora sua fala não fosse propriamente a de um cavalheiro. Diziam que já fora visto chorando escondido e, no entanto, ele fora visto em uma dúzia de campos de batalha, atendendo de olhos secos aos feridos e murmurando a palavra. Sempre recusava um gole de rum, mas fumava cigarros improvisados, como todos os outros, e usava mesmo os tocos de cigarros como cartão de visita ao se aproximar de um novo soldado. Raramente discutia sobre religião, e pecados e coisas similares não eram tema constante para ele, embora, quando algum soldado o procurava para se confessar, sempre desse a ele a penitência mais rigorosa possível de acordo com as circunstâncias — as circunstâncias da guerra.

É certo que aconselhava castidade aos soldados, mas somente porque uma dose de gonorreia seria algo incômodo e temível para um jovem.

Willie achava que o padre Buckley já vira de perto todos os tipos de ferimentos oferecidos pela guerra, porque tivera todos os tipos de feridos em seus braços. Devia ter murmurado as preces da extrema-unção para homens sem cabeça, e também para homens de quem apenas a cabeça sobrara, cujos corpos explodiram em milhões de partículas pelo ar; certamente tinha sentido montes de entranhas ainda quentes despejadas em seu próprio colo, e havia tentado não mentir para nenhum agonizante, preparando-o para a partida, como se faz com um cavalo veloz nas baias antes de correr. Certamente acreditava que a alma de um soldado partiria do corpo como uma pomba e voaria para seu pombal nas altas regiões do céu. Dizia aos soldados que seus anjos da guarda de infância tinham voltado e permaneciam novamente junto deles, vigiando-os e amando-os silenciosamente. Ele suportara todos os que gritavam de terror e os que gritavam com autopiedade, os que haviam dito palavras generosas — que poderiam ser as lembranças que faziam depois o padre chorar — e ouvira a súbita mudança interior que poderia salvar um homem dos abismos da perdição. E, realmente, ele havia desaparecido nas últimas semanas e, diziam, também em murmúrios, que lhe haviam dado licença de uma semana para voltar à sua cidade, porque seus nervos estavam explodindo. Mas isso era de se esperar. Um homem, especialmente um padre, não poderia ficar presenciando aquelas cenas de fim do mundo sem se abalar — era como se todos os exércitos do Ocidente tivessem se juntado às forças do Oriente naquele apocalipse selvagem revelado ao pobre São João, quando cumpria seu exílio imposto pelos romanos na ilha de Patmos, naquele desaparecido mundo antigo.

De qualquer maneira, Willie sabia e cada soldado também sabia, sem dizer nada ou trocar um olhar com os outros, que as coisas que teriam de enfrentar seriam muito duras, porque o padre Buckley escolhera ficar entre eles.

As sirenes do alarme de gás dispararam subitamente, e Willie quase deixou o santuário onde estava refugiado. Ao seu lado, O'Hara pulou como um cachorro. Tentava impedir, mas aquele terror frio e ameaçador inundou instantaneamente o seu cérebro. Um suor incoerentemente gelado molhou seu cabelo sob o capacete. Todos tentavam enfiar aquelas malditas máscaras de gás. Mesmo que fossem as melhores máscaras já criadas, eram difíceis demais de colocar, e havia sempre o temor de se deixar algum espaço por onde o veneno pudesse entrar. Capitão Sheridan saiu praguejando de seu abrigo junto com Christy Moran, parecendo os monstros das histórias. Mas todos pareciam monstros. O sargento carregava uma sacola de lona com as armas das trincheiras, que mais pareciam armas medievais do que qualquer outra coisa, bastões cheios de pregos, objetos malfeitos com cabos de ferro. Deram a Willie algo que parecia uma clava indiana, e ele a enfiou no cinturão.

— Certo, rapazes — disse o capitão Sheridan, mas suas palavras estavam abafadas e indistintas por causa da máscara. Ele a tirou, meio violentamente. — Certo, rapazes, ouçam, podemos enfrentar o perigo agora, podemos. Quero que vocês se certifiquem de terem colocado bem as máscaras, verifiquem as máscaras uns dos outros, rapazes. E deixem apenas que o gás passe sobre elas. Não tirem a porra dessas máscaras por motivo algum. O gás vai cair aqui sobre nós e permanecer durante um longo tempo. É possível que haja um ataque em seguida. Essa é a coisa importante. E, rapazes, pelo amor de Deus, não deixem que esses bastardos avancem além deste ponto na Bélgica. Deem o cu por isso, se não se importam.

Não foi um discurso ruim, pensou Willie Dunne. Era uma pena que a voz do capitão tremesse tanto, mas, naquelas circunstâncias, ele tinha de falar alguma coisa para os companheiros. O quarto soldado da sua fila era Quigley, que chegara naquela manhã com alguns outros rapazes. Quigley era um jovem alto e expansivo, da cidade. Nunca vira uma trincheira de verdade em sua vida, muito menos esperara enfrentar um tipo de ataque cuja natureza não podia imaginar. Estava com dificuldade para amarrar as tiras da máscara e gaguejava ao tentar. Na parte da frente da sua calça, havia uma marca grande, nítida e escura, de urina.

E Willie estava satisfeito com o fato de já estar usando sua máscara agora e ninguém poder ver os seus olhos. A lembrança daquela outra ocasião, em Saint Julian, uivava em sua cabeça. Uma centena de imagens voltavam para aterrorizá-lo. Sacudiu a cabeça, para afastá-las. Por Deus, O'Hara, cuja perna tocava a sua perna esquerda, estava tremendo. Todo o seu corpo chacoalhava. Subitamente, Willie pensou no que aqueles filhos da puta estavam fazendo em Dublin e amaldiçoou-os por sua violenta ignorância. A figura distorcida do capitão Pasley permanecia iluminada ali, por detrás dos seus olhos.

Através dos buracos para os olhos, Willie olhava para aqueles vinte ou mais homens, seus vizinhos. A equipe das metralhadoras estava pronta, com as armas instaladas em um parapeito, três homens abaixados. Quatro homens haviam sido designados para manejar as bombas e cada qual tinha um cinturão de bombas Mills. Pelo menos era melhor do que as velhas latas de feijão cheias de explosivo que eles costumavam reunir para atirar em um inimigo difícil. Talvez houvesse algo ridículo na cena. Afinal, cada soldado estava agachado na mesma direção, alguns com a cabeça abaixada agora que a artilharia alemã tinha um alcance adequado para atingi-los e que as bombas estavam caindo a apenas alguns metros, diante do parapeito. Eles pareciam os homens no fundo de qualquer igreja rural irlandesa no domingo, quando se ajoelhavam masculinamente num só joelho enquanto as mulheres da paróquia se alinhavam nos assentos. Mas eles não estavam falando de bois e ovelhas agora, não estavam esperando pelo seu Deus, mas pelas longas sombras dos amigos da própria Morte. Não havia nenhuma estrela de Belém ali, nem sábios nem reis, somente os pobres Tommies irlandeses, homens comuns de ruas secundárias e vidas pequenas. Haviam requerido deles atitudes de heroísmo, e, embora não fossem heróis como aqueles das histórias antigas da Grécia, os seus corações, tais como eram, haviam respondido. Nenhum homem iria para a guerra sem pensar em algum dever a ser cumprido, alguma previsão de possíveis feitos capazes de igualá-los às histórias que tinham ouvido na infância. Agora, não havia pais ou mães ali, nem roupas esfarrapadas, nem jogos estimulantes, nem campanários de igrejas conhecidas, nem pedras antigas empilhadas umas sobre as outras, nem a Catedral de São Patrício ou a da Santíssima Trindade. Apenas um sulco na argila, onde eles estavam deitados, em sua completa insignificância. Aquela não era uma cena de bravura, mas Willie, em seu terror, achava que havia alguma verdade nela.

O enredo que antecede uma piada, que antecede uma anedota inventada para manter o fato seguro, que antecede o artigo de jornal, que antecede a história que algum cara possa contar sobre tudo aquilo. Na frieza de seu nascimento havia uma verdade implacável, aquele minúsculo evento que poderia transformar Willie, e a todos os seus belos sonhos, num cadáver.

O gás fervia como um monstro já conhecido. Com a mesma imponência nefasta, ele rolou até a borda do parapeito e, então, como múltiplas cabeças de uma criatura, espalhou-se gentilmente para a frente e afundou a caminho dos que o esperavam. Aquelas excelentes máscaras de gás imediatamente perderam sua excelência para o praça Quigley, que acabara por fracassar na tentativa de ajustar sua máscara ao rosto torto. Um único tamanho devia servir para todos, mas Quigley tinha uma estranha cabeça de repolho, e as tiras não conseguiram se ajustar. O padre Buckley correu para ajudá-lo, e o recruta estava agora cuspindo e tossindo, e começou a arrancar a máscara. O padre fazia sinais desesperados para que o soldado fizesse exatamente o oposto. Naquele momento, outros dois soldados, do outro lado da trincheira, estavam tendo problemas parecidos e, dentro de suas máscaras, tossiam e, sem dúvida, ficavam vermelhos como maçãs maduras em um bom mês de agosto.

O gás mortal espalhou-se sobre a trincheira como um cobertor e, à medida que aumentava de volume, enchia toda a trincheira, até a borda, e passava, como uma horda fantasmagórica, para as linhas de reserva e de apoio, na ambição de escolher suas vítimas. Quigley tombara sobre o chão lamacento e se contorcia como uma serpente, sem sua máscara, e seus olhos grandes eram pedras negras num rosto roxo. Gritava por entre os acessos de sufocação. Cada vez que Quigley abria a boca para gritar, Willie podia quase sentir o gosto terrível de gás que se precipitava, agradecido, para dentro dele. Willie foi tomado por um forte sentimento de piedade. Sim, no meio de tudo aquilo, a piedade o atingiu fortemente pela milésima vez, um sentimento que o fazia quase sentir gratidão por experimentá-lo. O padre Buckley atingia o máximo da sua capacidade de ajuda e de angústia, como se fosse um verdadeiro filho seu que estivesse sendo tão horrivelmente atormentado. Pelo menos seis rapazes estavam agora completamente cegos, e o capitão Sheridan movia-os para o lado dos sacos de areia sobre o parapeito dos fundos da trincheira, indo de soldado a soldado e acudindo-os prontamente, para tentar manter o moral do grupo de soldados. Willie Dunne acabara de defecar na calça. Não conseguira evitar isso, assim como um homem enforcado não pode evitar de mostrar seu pinto endurecido à multidão escarnecida.

— Ah, meu Deus — disse Willie para si próprio. — Ah, meu Deus, proteja-nos.

Ele queria que o esquadrão de seu pai pudesse acorrer agora com seus bastões e expulsar aquele horrível gás desordenado, apagá-lo da página do mundo.

— Pai, pai — disse. E, então, encontrou, na sua mente, a imagem dos portões da casa do seu avô em Lathaleer, com os dois pilares grandes, redondos e gordos, no pátio acolhedor, onde as galinhas enlouquecidas ciscavam nas pedras do pavimento, e seu avô com a grande barba branca típica de um homem de Wicklow.

— Vovô, vovô — murmurava —, proteja-nos.

Dois dos homens da equipe das metralhadoras ainda não haviam sido atingidos e arrastaram a arma pelo chão, bem diante da trincheira, começando a atirar na nuvem de gás. Isso confortava os outros.

Agora, além desse gás, bombas de gás estavam sendo também atiradas contra eles, explodindo com sua característica assinatura de um barulho doloroso. Por trás deles, os homens da artilharia também estavam atirando, e os soldados podiam ouvir suas próprias e felizes bombas disparadas tão velozmente como andorinhas jovens, o que era também um tanto reconfortante. Havia tantas bombas no ar que era um milagre não colidirem umas com as outras. E, então, não se ouviu mais a metralhadora. Algo que os soldados não conseguiam ver a silenciara. Um dos artilheiros deslizou pela trincheira, ainda segurando o galão de água que estava usando para esfriar a arma, como um jardineiro agonizante ou algo assim.

Então, abruptamente, o disparo dos tiros cessou do lado dos hunos, embora os ingleses continuassem a disparar bomba após bomba após bomba após bomba. Depois, por algum motivo, elas também pararam. Mesmo por detrás de suas desajeitadas máscaras, os soldados tentavam olhar uns para os outros, para entender o que estava acontecendo. Pares de órbitas aterrorizadas espiavam por dentro das máscaras. Ninguém sabia. Quigley estava deitado no chão como um vagabundo adormecido. Willie sabia que, se aquele gás podia matar um homem tão rapidamente, devia ser muito mais forte que qualquer coisa. Nos outros homens atingidos, via-se uma estranha espuma amarela escorrendo da própria máscara e formando uma espécie de babador dobrado sobre seus peitos. Eles arquejavam tanto que o padre Buckley mais parecia uma mãe-galinha desesperada, tentando ajudar a todos. Talvez ele estivesse também tentando afastá-los do caminho dos sobreviventes. Não era nada bom ter de enfrentar Deus sabia o quê, vendo um pobre bastardo se debatendo de costas para o chão.

Havia, naquele momento, um silêncio estranho, que não era silêncio, porque Willie podia escutar sua própria respiração como uma bomba de água, seu coração pulsando e se lamentando no peito pela simples falta de ar. O mundo inteiro se fechara sobre ele, era feito de tela; o nível de desconforto em todos os seus membros parecia o próprio veneno. Apesar das máscaras, havia agora, em todos os lugares, um cheiro horrível, um fedor dentro da máscara, um fedor no seu sangue, e seus olhos pareciam estar sendo descascados. Desesperadamente, Willie tentou continuar olhando para cima, para o muro onde ficavam os degraus de tiro. Sentiu um dedo em suas costas e, ao se voltar ligeiramente, viu o primeiro-sargento passando bruscamente, gesticulando para todos subirem nos degraus. Christy Moran devia ter visto algo lá em cima, pois acabara de levantar a cabeça para ver o que acontecera àquela porra de metralhadora. O que teria visto ele naquelas brumas espiraladas?

Um monstro de máscara pulou subitamente para dentro da trincheira. Ele era enorme. Se era ou não, Willie não sabia, mas lhe pareceu ter o tamanho de um cavalo. Ficou parado sobre Willie, e o rapaz só conseguia pensar em vikings selvagens saqueando uma cidade irlandesa. Isso devia ser alguma estampa de livro escolar. Willie nunca vira de tão perto um soldado alemão. Certa vez, vira três prisioneiros alemães, deprimidos, pobres vermes, de cabeça inclinada, sendo escoltados até algum campo de prisioneiros, atravessando a área da reserva. Eram tão tristes e pequenos que ninguém pensara em zombar deles. Fez-se silêncio para vê-los passar. Mas esse homem não era como aqueles. Colocou, de repente, as duas mãos nos ombros de Willie e, por um momento, o rapaz pensou que o homem ia lhe arrancar a máscara. Instintivamente, Willie levantou as mãos para segurá-la. Por alguma razão, sem mesmo ter consciência do que fazia, quando Willie levantou sua mão esquerda, que segurava um tosco machete que lhe haviam dado, o aguilhão da extremidade da arma enterrou-se horrivelmente sob o queixo do soldado alemão. O homem agarrou a própria máscara e, para a surpresa de Willie, arrancou-a. Era muito melhor que as dos irlandeses. Agindo instintivamente, mais uma vez, Willie golpeou com o machete o rosto do soldado inimigo, abrindo-o na bochecha, da boca até o olho. Mas um ferimento como aquele provavelmente fora supérfluo, porque aquele homem imenso foi atingido por seu próprio gás, e seu rosto agora não estava a mais de cinco centímetros do de Willie, porque o homem tombara de joelhos. E estava rugindo algo em alemão.

Havia, naquele momento, mais três soldados iguais àquele nas trincheiras e, como que inspirados pelo gesto do alemão de Willie, os rapazes irlandeses estavam empenhados em tentar arrancar as máscaras dos invasores. Um irlandês tinha uma faca enterrada fundo no seu abdômen, e o soldado alemão tentava mantê-la ali, mas o primeiro-sargento Moran deu um golpe certeiro na nuca do alemão com um malho tosco. Unhas se enterravam em rostos e pescoços. O capitão Sheridan fora prensado contra a parede do fundo da trincheira, e um soldado alemão batia no seu rosto com o punho nu, através da máscara, atingindo-o várias vezes. O soldado foi logo morto por um dos novos recrutas, que, aterrorizado, disparara seu rifle bem nas costas do alemão. Mas o homem caiu de costas tão pesadamente que sua cabeça atingiu Willie na nuca, fazendo-o cair desmaiado.

Capítulo Nove

Quando acordou, Willie não viu nada a princípio, pois sua máscara escorregara para o lado, e os buracos de seus olhos haviam convidado uma de suas orelhas para ver o lado de fora. Em pânico, Willie tentou reajustar a máscara, pensando que agora certamente o gás o atingiria. Mas, quando conseguiu ajustar os buracos para os olhos, viu indistintamente Christy Moran sentado no chão, como um bêbado nas primeiras horas de uma terrível ressaca, sem a máscara. Christy Moran estava sentado ali e, a cada instante, assentia para si próprio, como se estivesse contando para si próprio uma história e surpreendendo a si próprio com ela.

O padre Buckley estava em sua atitude pós-batalha, ajoelhado ao lado de um homem morto. O alemão que atacara Willie como um gigante jazia contorcido ao seu lado, parecendo apenas um companheiro morto para todos ali. Seu rosto estava ferido e desfigurado e o ferimento sob seu queixo, seco e preto. Ele era somente um cara magro como um pequeno galgo, afinal. Willie tocou o braço do homem, e o soldado morto pareceu feito de ossos e tendões. Queria empurrá-lo para longe, mas, por algum motivo, não conseguiu. Quigley estava sendo carregado pelos padioleiros e, miraculosamente, tudo indicava estar vivo ainda, embora seus pulmões devessem estar como um picadinho duro e velho.

O capitão Sheridan estava parado, imóvel e em completo silêncio, segurando com ternura sua máscara de gás na mão direita, seu rosto de Cavan como uma almofada cuidadosamente bordada, seus ferimentos vermelhos e azuis num padrão curiosamente simétrico. Então, como se todos aqueles homens estivessem esperando uma ordem não ouvida, o capitão moveu-se e fez sinal para que o primeiro-sargento se levantasse, e mergulhou no seu abrigo subterrâneo, com certeza para telefonar para o quartel-general. Imediatamente, ele reemergiu, tossindo e de olhos lacrimejantes, porque o gás gostava de se acumular em esconderijos como aquele. Rabiscou uma mensagem a lápis no seu caderninho, e Willie recebeu a ordem de correr até a sede do comando, se conseguisse encontrá-la, e entregar a mensagem. Willie Dunne não era um corredor, mas quem era naquele momento?

Willie encontrou a trincheira de comunicações repleta de feridos, mutilados, homens chorando abertamente, homens gritando de dor, homens sentados no sombrio estupor que anuncia a morte. Então, Willie resolveu pular o parapeito e caminhar em campo aberto. Não se importava com mais nada.

Como aconteceu com a pobre mulher de Ló,* Willie resolveu olhar para trás, para o lugar de onde o gás viera. Agora, poderiam facilmente atirar nele. Havia alguns soldados caídos na terra-de-ninguém, todos parecendo alemães. Quem atirara neles, Willie

---

* Quando as cidades bíblicas de Sodoma e Gomorra foram destruídas por Deus, no Gênesis, pela impiedade de seus habitantes, Ló, que fora considerado o único homem justo de Sodoma, teve permissão para fugir da cidade com sua família desde que nunca olhassem para trás. Sara, sua mulher, ficou curiosa e voltou-se, sendo imediatamente transformada numa estátua de sal. (N.T.)

não sabia dizer. Porque o chão tinha um declive que o impedia de ver também um bom trecho de suas próprias trincheiras em zigue-zague. Havia montes de homens ali. Por entre as apinhadas trincheiras de comunicação, moviam-se filas fantasmagóricas de homens cegos, miseráveis, com uma das mãos no ombro do homem à frente, e um homem que enxergava bem e praguejava que os guiava. Dos mil e duzentos soldados, quantos sobraram? Quantas cartas o capitão Sheridan teria de escrever naquela noite, se os seus ferimentos permitissem? E quantos outros capitães teriam de executar essa mesma dolorosa tarefa? Quantos corações haviam parado de bater, quantas almas haviam ocupado seus terrenos no céu, quantos homens haveria agora na multidão que entupia a estrada sob o portão de São Pedro? E ficaria o santo espantado com aquelas hordas que avançavam repentinamente em sua direção, para suplicarem, com seus sotaques irlandeses que cantavam "Four Green Fields", a misericórdia do paraíso?

A merda que Willie fizera na calça estava endurecendo, fazia com que seu traseiro começasse a coçar terrivelmente.

Era Quinta-Feira Santa naquela terra de dez mil mortes.

A sede do comando da companhia estava alojada no que restava de um velho celeiro. Só dava para ver que algo estranho e sinistro ocorrera a mais de um quilômetro de distância. Os oficiais dos transportes estavam gritando para os motoristas como o fariam em qualquer lugar, a qualquer momento. As grandes carroças de munição eram puxadas por magníficos cavalos de guerra, fortes como locomotivas, com grandes, inteligentes cabeças. Levantavam suas patas dianteiras como dançarinos num balé de estilo repetitivo. Eram quase ridiculamente belos, como os milagres em uma história, e tudo neles fundia-se com as colunas de homens uniformizados.

Willie Dunne descobriu o celeiro em ruínas quase por instinto, pensando consigo: "Deve ser por aqui", e no fim, misteriosamente, de fato era. A parede que faltava no celeiro fora derrubada toscamente, e havia uma lona rasgada substituindo o telhado. No entanto, os três oficiais reunidos em torno de uma mesa, que parecia ter sido trazida de algum café, estavam bastante limpos. Seus rostos tinham sido barbeados, embora um deles, apesar de jovem, usasse umas suíças antiquadas que cresciam para fora das orelhas. Willie já vira o major antes, um tal major Stokes, mas não conhecia os dois outros oficiais. Aproximou-se, todo coberto de lama e sangue e certamente sem se barbear, e estendeu-lhes a mensagem.

— O que é isso? — perguntou o major Stokes.

— Mensagem da Companhia D, senhor.

— Quem é o comandante lá? — perguntou um dos outros homens.

— Capitão Pasley... Não, Sheridan, senhor — respondeu Willie.

— Ah, sim, Sheridan. Certo. Sheridan.

— O Sheridan, curvado feito mola de carro — comentou o major Stokes.

— Como, senhor? — perguntou Willie.

— Eu não estava falando com você, praça.

O major Stokes leu a mensagem, e Willie percebeu que a informação o feriu. Era nítido. O rosto estreito do oficial, marcado por uma centena de sequelas de varíola, contraiu-se ligeiramente. O major colocou uma das mãos na testa e bateu com um dedo nela.

— Outro monte de baixas — disse. — Deus Todo-Poderoso.
— E seu rosto mudou, novamente. — O que há de errado com vocês, irlandeses de merda? Não aguentam um pouco de gás?

— Como, senhor? — tornou a perguntar Willie.

— Tenha calma, Stokes, pelo amor de Deus. Não dá para ver que ele estava lá, com eles?

— Ora, como é que eu poderia saber disso?

— Ele está coberto de sangue — respondeu o oficial. Ele parecia um homem que pode ser visto atrás de um guichê bancário, meio calvo, com bochechas inchadas que pareciam apertar sua boca como dois pompons.

— Vou te dizer uma coisa: você está fedendo pra caralho, praça — comentou o major.

— Deixe o pobre diabo em paz — pediu o capitão com cara de bancário.

O telefone tocou, e o terceiro oficial pôs o fone no ouvido e ficou escutando, grunhindo respostas.

— Quer deixar de se intrometer, Boston? — disse o major Stokes, vagamente. — Será que não posso falar com esse soldado sem você ficar me infernizando?

A única coisa que Willie Dunne sentia era um amortecimento em seus membros, como se estivessem se dissolvendo. Tentava, ainda assim, ler o rosto do homem, sem prestar muita atenção nas palavras. Tudo aquilo estava acontecendo perante Willie, mas a morte do soldado alemão também. Começou a tremer, não por alguma emoção conhecida, mas suas mãos estremeciam e ele se agarrava à jaqueta para acalmá-las.

— O que há com você, seu irlandês de merda? — disse novamente o major.

— Eu caguei na calça, senhor, é esse o fedor que o senhor está sentindo.

— O quê? — perguntou o major, atingido por aquela carga de honestidade.

— Caguei na minha calça, senhor.

— Por que diabos fez isso, praça? — perguntou o capitão Boston.

— Terror, senhor.

— Terror? — repetiu o capitão. — Você disse terror?

— Por que não, senhor?

— Bem, você é mesmo um cara franco — disse o capitão Boston. — É mesmo.

O major Stokes olhava fixamente para a frente agora. Havia uma mesinha no canto do celeiro destruído, com uma garrafa de vidro trabalhado em cima, e Willie somente a notou naquele momento. Era uísque ou algo parecido, e três pequenos copos vermelhos. Parecia o fragmento de um outro mundo perdido naquela confusão. Willie pensou no que se passaria ali entre os três oficiais, o que falariam depois que ele partisse. O major Stokes amassou a mensagem que tinha na mão e sacudiu-a um pouco.

— Guerra filha de uma puta — murmurou.

O terceiro oficial colocou o fone de volta no gancho.

— Quais são as novas de lá? — perguntou o major.

— Se quiser, pode telefonar de volta para o quartel-general — respondeu o homem.

— Por quê?

— Cerca de duzentos *boches* mortos por lá. A maioria deles nas trincheiras. E parece que por hoje cessaram tudo. Parece que não tem mais nenhum puto vindo para cima de nós.

— Isso é excelente, é muito bom — disse o capitão Boston, olhando para Willie.

— Nas trincheiras?

— É, luta corpo a corpo.

— Os irlandeses são bons nessas coisas — disse o major Stokes. Mas era difícil para Willie entender se aquilo era ou não um cumprimento à sua nação. — Sheridan calcula muito mal as baixas que teve. Metade de sua companhia, diz ele aqui. Quer que seus homens sejam substituídos.

— Acabei de conseguir o total das baixas do batalhão — disse o terceiro oficial.

— E então? — perguntou o major, com suavidade. — Seja como for, não posso substituí-los.

— Oitocentos — respondeu o terceiro homem, sucinto.

— Dos mil e duzentos homens? — perguntou o major.

— Sim.

— Meu bom Deus — exclamou o major.

O rosto comprido e marcado de varíola voltou-se para Willie. Difícil dizer se o oficial estava realmente olhando para ele. Ele chorava, definitivamente, mas não o choro das pessoas comuns — era um choro incongruente e peculiar.

— Como é que os ambulatórios vão lidar com isso? — disse o major, e agora ele também estava tremendo, como Willie. Nenhum deles tremia de medo, mas porque o mundo e os negócios do mundo estavam fazendo o pêndulo de seus corações disparar, estavam fazendo tudo o que havia neles disparar.

— Eles vão ter de dar um jeito, David — disse o terceiro oficial, que, como Willie agora notava, também era um major.

— Vão mesmo, os pobres diabos — disse o major Stokes. — Miseráveis colunas de homens cegos e fodidos, e, o que é pior, todos vagando pelo meio de campo.

— Pelo quê, senhor? — perguntou Willie Dunne.

— Volte para o Sheridan, para o capitão Sheridan, praça. Diga a ele que vou telefonar agora para o alto comando e pedir ao general para fazer alguma coisa quanto às substituições. Mas ele vai ter de aguentar na porra da linha de frente até que se arranje alguma coisa. Vou mandar para.ele uns desses *coolies* fodidos para enterrar os mortos. E vou mandar também umas porras de uns baldes com a porra de um cozido quente, ou coisa assim. Não é isso o que vocês irlandeses comem? E, se o intendente puder dispensar um barril ou dois de rum, vou mandar isso também.

— Sim, senhor — respondeu Willie.

— E lave essa porra desse seu traseiro, praça. Aqui é a merda do Exército, sabe. E não o caralho das favelas de Dublin.

— Sim, senhor.

— Qual é o seu nome, praça? Para o relatório — perguntou o capitão Boston.

— Dunne, senhor. William Dunne.

— O pequeno Willie, não é? — disse o major Stokes, mesquinho.

— Não, senhor — disse Willie.

— A porra do filho do Kaiser, não é? O pequeno Willie.

— Não sou, não, senhor. Não sou o filho do Kaiser, senhor. De jeito nenhum.

— Ah, porra, vamos... Ninguém chama você de pequeno Willie? Um cara baixinho como você com o nome de William, não é?

— Não, senhor.

— Porra, não precisa se sentir tão insultado. O que há com você? Anãozinho irlandês de bunda suja. Não me olhe como se estivesse preparando a porra de uma queixa contra mim. Nem me olhe, caralho.

— Deixe o cara em paz, pelo amor de Deus, major — pediu o outro major.

— Sim, sim. Muito bem, praça. Desculpe.
— Tudo bem, senhor.

E, de alguma forma, Willie sentia que estava tudo bem. Dado o novo mundo que dominava agora todas as coisas. E dado que ele próprio, Willie Dunne, tivera que matar um homem. De qualquer forma, não se podia mandar um direto no queixo de um oficial.

— Sim — disse o major. — Claro que está tudo bem.

Willie deu meia-volta e preparou-se para sair.

— Baixinho William — disse o major atrás dele. — Isso é suficiente para você? Não se sente insultado? Não se importa com isso, é claro, não é?

Willie assumiu o risco de sair sem se virar para responder.

— Esses irlandeses de merda — ouviu dizer ainda, às suas costas.

— Eles tiveram um dia infernal lá. — Willie ouviu o capitão Boston dizer.

Através do sofrimento e da escuridão que aumentava, Willie voltou à trincheira para se juntar ao que restava de sua companhia. Com um coração apertado como guia, e uma alma desesperada, o que, nessas partes da terra insultada, mostraram-se bons faróis.

Os mortos foram removidos. Devido à extensão que o gás alcançara e ao fracasso do grupo das metralhadoras, havia pilhas suficientes de cadáveres com jaquetas cinzentas na terra-de-ninguém, e seus irmãos das trincheiras mais afastadas não demonstravam nenhum entusiasmo para enterrá-los.

O major Stokes quase manteve a palavra. Um grude meio duvidoso chegou em uma vasilha coberta, e até poderia ser alguma espécie de cozido, se não tivesse sido religiosamente fervido até que tudo o que continha se dissolvesse em uma pasta marrom.

Um soldado trouxe cuidadosamente um pequeno barril de rum, que, embora de péssima qualidade, foi acolhido pelos homens com alvoroço infantil.

Os prometidos trabalhadores chineses não apareceram, então uma parte dos quatrocentos sobreviventes recebeu ordens para carregar todos os cadáveres, alemães e irlandeses, e mais um pequeno cemitério foi cavado. Sem cercas brancas, lápides ou coisas assim. Apenas fileiras e mais fileiras de covas irregulares, como a horta de um homem pobre, e naquelas covas argilosas foram despejados os soldados mortos. Se já estivessem rígidos, os vivos lhes quebravam um membro aqui e outro lá, murmurando desculpas aos mortos. Eram vestidos com sacos pretos do Exército, e todos os objetos avulsos, carteiras, retratos, cartas, eram cuidadosamente extraídos dos bolsos sujos e lugares ensanguentados, e os comandantes de todas as unidades guardaram esses fragmentos e despojos com as plaquetas de identificação, manuais do Exército e coisas assim, para que eventualmente fossem devolvidos para os pais e mães enlutados nos respectivos países. Muitos da cidade de Dublin, na qual, diziam, ainda havia muitos bairros incendiados. Muitos das pequenas propriedades rurais e das cabanas de camponeses de Kildare, Wicklow e Westmeath veriam o sinistro carteiro à sua porta, carregando um pacote muito bem-feito, papelão fino e mole envolto em papel pardo com um barbante reforçado ao redor, com um lacre de cera por cima, como uma herança. Os pacotes seriam abertos, examinados, fechados com reverência e guardados nos nichos mais seguros daquelas casas tristes.

Willie Dunne avistou seu alemão entre as fileiras e pilhas de mortos e cavou uma cova para ele primeiro. Descobriu nos bolsos do soldado uma pequena Bíblia surrada, em alemão, é claro, com letras estranhas, espessas e negras, e uma miniatura de um cavalo marrom, que devia ser um mero suvenir. Era feita de porcelana e não parecia ser brinquedo de criança, mas, mesmo assim, Willie não pôde deixar de pensar que talvez fora entregue ao soldado, rapidamente, por seu filho ou filha, na porta da rua, quando ele partira. Havia também uma pequena carteira de couro, e, quando Willie a abriu, viu dois pequenos quadrados de uma folha de ouro. Ele sabia que era ouro porque vira coisas desse tipo nas mesas dos homens que trabalhavam na capela do castelo, dourando os escudos e elmos dos Senhores da Irlanda, que eram eleitos para liderarem a congregação. O alemão de Willie podia ter pensado que era alguma moeda, ou então os levava consigo como emblema de seu próprio ofício em tempos de paz. Quem poderia saber?

O céu brilhava nas alturas. Havia um vento novo vindo do oeste, e os cheiros refrescantes de chuva vinham com ele. Apesar disso, os campos e bosques próximos estavam banhados ainda pela luz do sol. É claro que o alemão de Willie carregava também as esperadas fotografias, uma mulher carrancuda com um topete alto, um vestido bruto. Sua cabeça parecia grande demais para o corpo, ela não podia nem mesmo ser comparada a Gretta. A outra foto mostrava uma fileira de crianças, sete, obedientemente alinhadas, e de repente Willie colocou as duas fotos onde estavam, reuniu todas as miudezas e colocou-as de lado para dá-las ao capitão Sheridan. Pois o capitão ordenara que todos os pertences, mesmo os dos alemães, fossem recuperados, não pilhados. No entanto, Willie teve o instinto de guardar no bolso o pequeno cavalo.

Sete crianças, como uma escada.

O'Hara estava trabalhando a uns vinte metros dali, assobiando "The Mountains of Mourne".

Para Willie, era um alívio a simples atividade de cavar, manter a cova quadrada nos cantos. Era como cavar os alicerces de uma casa. Willie até se pegou, como se instruído por Dempsey, colocando pedras nos lugares devidos, as maiores para as paredes internas da cova, as redondas para o pavimento, as pequenas para misturar com a lama. Sabia que isso era ridículo. As pedras seriam postas em cada cova terminada, formando uma espécie de leito de faquir onde jazeriam os corpos. Não achava, porém, que o seu alemão se importaria com aquilo, mesmo sendo tão magro. Onde as Montanhas de Mourne deslizavam para o mar. Ele enterrou novamente a pá, levantou-a meio carregada e jogou a terra na pilha, de uma forma profissional. Como um dançarino. E os alicerces do muro da cidade foram enfeitados com toda sorte de pedra preciosa. De onde vinha tudo aquilo? Pensou que devia ser hora da escola dominical na capela do castelo, onde seu pai costumava mandá-lo e a suas irmãs, embora a mulher do pastor fosse protestante. E os doze portões eram doze pérolas. Ela era uma mulher simpática, chamada Daphne. Willie pensou em como devia estar agora a sua Dublin. Ouvira dizer, é claro, que a artilharia fora levada para a parte de cima do rio e que a rua Sackville fora metralhada com vontade. Os homens vindos de lá nos últimos dias falavam das casas destroçadas, nuas perante o céu, despojadas de tudo que tinham dentro, mostrando ao mundo suas lareiras nas paredes empenadas. Era coisa para fazer qualquer aprendiz de pedreiro chorar, pensando em todo o trabalho exigido para construir casas. Mas, pensava Willie, haveria homens para reconstruí-las. Era o que acontecia também nos vilarejos e cidades da Bélgica. Dublin e Ypres eram uma coisa só. E eu vi os céus se abrirem e deixarem sair um cavalo branco e aquele que estava montado nele era chamado de Fiel e Verdadeiro. Aquele era seu versículo preferido, em toda a Bíblia. E ele não achava que significasse alguma coisa.

Engraçado como uma pessoa começa a pensar numa coisa e depois pensa em outra. E depois em outra. E a terceira coisa era, em algum nível, irmã da primeira? Willie parou de trabalhar um momento e apoiou-se em sua pá, como um trabalhador preguiçoso. A voz de Dempsey ressoava em seus ouvidos. O pequeno senhor Dempsey, com seu rosto redondo. O Pato Dempsey, como era chamado, por causa de seus pés chatos e sua bunda engraçada. Mas Dempsey era o profeta do término da obra no tempo devido, e o poeta da argamassa mista e da pedra extraída com precisão. Ele entendia da textura dos tijolos e poderia dizer facilmente, sem errar, onde cada tijolo estivera no forno da olaria. Os mais leves nas bordas, os mais duros no centro da pilha. Tijolos duros para exterior, leves para o interior da casa, não expostos às intempéries, para dar um realce, formar o arco de um nicho de guardar coisas. Quando jovem, o velho Dempsey trabalhara com telhados e recobrira os edifícios dos quartéis para proteger da chuva os soldados da Irlanda. Fora encarregado de construir os monumentos em homenagem à Guerra dos Boers* em todos os lugares onde ela devia ser comemorada, um trabalho para o qual os tijolos mais bonitos foram trazidos de outras firmas, e nenhum arquiteto se daria por satisfeito até que seu telhado tivesse uma dúzia de voltas e ornatos, e fora o próprio Dempsey que fizera todo o trabalho de demolição e fixara todas as estruturas, e repetira o mesmo trabalho nas paredes. E, aos 70 anos de idade, exposto à chuva e aos ventos. Dempsey e seus operários reconstruiriam Dublin, Willie tinha certeza.

---

* A Guerra dos Boers foi composta de dois confrontos armados na África do Sul (1880/1881 e 1899/1902), que opuseram os colonos de origem holandesa e francesa ao Exército Britânico, o qual, por sua vez, pretendia apoderar-se das minas de diamantes encontradas naquele território. A primeira guerra foi ganha pelos Boers, mas a segunda levou à anexação das repúblicas boeres do Transvaal e do Estado Livre de Orange à colônia britânica do Cabo. (N.T.)

— Vai continuar o trabalho, Dunne? — berrou Christy Moran. — E não fique aí sonhando de olhos abertos, como um vadio.

— Sim, senhor Dempsey, senhor! — gritou Willie.

— Eu quem? — perguntou Christy Moran.

Quando terminou de cavar, Willie puxou seu alemão até o buraco, cruzou seus braços no peito como pôde, quebrando-os na altura dos ombros e dos cotovelos com um malho. Willie sabia que o padre Buckley iria até aquela cova, e a todas as outras no exercício do seu sacerdócio, e diria algumas palavras em favor do alemão para encorajar sua alma a se elevar aos céus, mas, mesmo assim, Willie resolveu rezar uma ave-maria pelo morto, sentindo aquele cheiro de chuva abundante no dia ensolarado.

E, dessa maneira, os soldados foram enchendo os buracos com homens e, no domingo, foram tirados da linha de frente e se arrastaram de volta ao alojamento, para bem longe daquele repulsivo território da morte.

Capítulo Dez

Os pombos passeavam pelo teto de vidro, fazendo barulho com os bicos e arrulhando. Certamente era um milagre um edifício de vidro ter sobrevivido tanto. Mas era um velho edifício, que tinha uma função antiga, limpar as crostas e a sujeira dos trabalhadores dos aterros de entulho, que abriam os sulcos na terra para retirar o antracito que inocentemente jazia ali.

Havia vinte grandes banheiras de esmalte branco em duas fileiras. Estavam instaladas no pavimento de pedras verdes, com seus arabescos reais e torneiras grandes e grossas de cobre. Tudo o que a água sabia fazer era jorrar a uma velocidade tremenda, água espessa, pegajosa, com suas espirais de vapor. As torneiras ficavam tão quentes que deixavam uma marca vermelha nas palmas das mãos. Willie Dunne não conseguia entender de onde vinha aquela água miraculosa.

Ele ficara nu, tal qual a natureza o pusera na terra, e os seus companheiros também, Christy Moran na banheira ao lado da sua, depois O'Hara, depois Dermot Smith, de Cavan, e os outros. Havia, naturalmente, vários soldados novos, e Smith, que em outro tempo fora trabalhador rural em Kilnaleck, era um deles, e McNaughtan, um cara alto e magro com um rosto estranho que mais parecia um saco de biscoitos, era outro.

Todos mergulharam na água com avidez, a princípio franzindo os olhos quando a água escaldante tocava-lhes a pele, toda cheia de esfoladuras e mordidas, e depois pulando de um pé para outro, e McNaughtan se queimou tanto que tirou os dois pés da água e ficou empoleirado na banheira. Mas logo todos se acostumaram com a água e mergulharam naquele mundo de espuma. Somente seus rostos pálidos apareciam por entre as bolhas, pois as banheiras eram profundas e largas. A água os retinha suavemente, esquentando suas vísceras, e, se eles haviam esquecido o que era um banho, e alguns deles provavelmente nunca haviam tomado um banho de verdade desde o dia do nascimento, logo começaram a apreciá-lo e o colocaram em primeiro lugar na lista de coisas maravilhosas a serem experimentadas neste mundo de Deus. No seu íntimo, eles se tornariam devotos daquele banho de imersão. A água tocava neles como uma mãe acariciando suas costas e suas pernas, e fluía em torno de seus genitais como os longos cabelos de uma amante.

— Meu Deus, isso é o que há de melhor — disse Christy Moran.

— Puta que pariu — disse McNaughtan.

— A Santa Madre Igreja e todos os seus santos — disse Smith.

— Em nome de Jesus e de sua Divina Mãe e com o Espírito Santo de bônus — disse outra voz, ligeiramente submersa. Poderia ter sido O'Hara entrando na brincadeira, mas a cabeça de Willie estava afundada abaixo do nível da banheira e ele não conseguia ver nada a não ser os pombos que passeavam no teto.

— Pelo Papa no Vaticano e o amor de Deus, e Joey Lambert, o arremessador de bolas.

— Quem? — perguntou Christy Moran, rindo.

— E Patrick O'Brien, o grande Atirador, e John Johnson, o boxeador, e o seu homem, o famoso sapateador — disse Willie.

— Oh, sim, o seu homem, o famoso sapateador, realmente — disse Christy Moran. — Você quer dizer Dan Leno, seu retardado.

— E "The Bohemian Girl" e "Lass of Aughrim" — disse o praça Smith.

— Oh, sim, sim — gritaram todos mais ou menos em uníssono.

— Será que alguém poderia ir buscar a menina de Aughrim, por favor? — perguntou outra voz, contente. — Aqui tem lugar para ela e outras. Na verdade, acho que eu poderia acomodar a garota boêmia também, por um triz.

— É mesmo um triz — disse Willie Dunne.

— Um triz, um triz! — disse Smith.

— Quem é essa porra desse tal de Triz? — perguntou McNaughtan.

— Triz é o irmão do Tônico — respondeu Smith.

— Revigorante para homens de negócios — continuou McNaughtan, com um risinho malicioso em seu rosto bojudo.

— Exatamente — disse Smith. — Um alimento revigorante para as senhoras.

— É verdade, é verdade — disse Christy Moran. — O melhor caldo para sopas.

— Revigorante para inválidos! — gritou um homem do fim da fila.

— Exatamente! — gritou Smith, com ar de triunfo.

— Mil guinéus para quem puder desmentir essa afirmação! — gritou o primeiro-sargento da companhia, deixando transbordar a água da sua banheira.

Nada daquilo fazia sentido, é claro. Agora estavam todos mantendo um perfeito silêncio, um silêncio aperfeiçoado por aquele momento de descontração e conhecimento geral. O fato de todos saberem o que vem escrito nos anúncios de tônico parecia mergulhá-los mais profundamente no seu contentamento. Nem se fossem jovens padres citando passagens da Bíblia sentiriam ter tanto poder sobre as coisas do mundo.

— Se os hunos resolvessem jogar uma bomba sobre nós, agora, seria bem divertido tirar todos os cacos de vidro uns dos outros — disse Smith, dentro da banheira.

— Eu não vou catar nada em vocês, seus putos — disse McNaughtan. — Vocês é que vão ter de catar os seus próprios cacos.

Todos, cada um deles, cada homem, caíram na gargalhada. Não porque a piada fosse muito engraçada, mas porque a última semana fora uma péssima visão.

Eles riam, e os pombos pareceram apressar os passos no telhado. O vidro naturalmente estava todo manchado de algo verde e pastoso, e, embora antigamente talvez se pudesse ver o céu através dele, isso não era mais possível. Os soldados estavam envoltos em um submundo ligeiramente escurecido, e o vapor completava o trabalho.

Para se divertir, Willie mentalmente rearranjava a disposição das banheiras e, em vez de formarem duas filas, colocou-as num círculo contínuo, parecido com um sepulcro irlandês de mil anos atrás, o que fazia os soldados parecerem água desaparecendo por um ralo. Depois, colocou-as em uma linha cheia de meandros, formando um rio de uns quinhentos metros, imaginava, com um salmão em cada remanso.

Agora, o grande Senhor de tudo estendia Seu longo caniço de pesca — capaz de pescar um homem se o terrível gancho lhe alcançasse a boca — e o lançava pela água daquelas banheiras, e Ele os pescaria e os comeria a todos, Willie temia, um por um daquele submundo.

— Cante a "Meia-Maria",* por que não canta? — perguntou Christy Moran.

— Essa é meio que uma canção religiosa — respondeu Willie Dunne. A "Meia-Maria"... Ele nem em sonho corrigiria o primeiro-sargento. — E é em latim.

Estavam no meio de uma festa. Disseram que seria um concerto, mas não havia artistas de verdade. Foi-lhes dado um pequeno galpão onde esse tipo de coisa acontecia, então contavam com uma plataforma e quatro dúzias de cadeiras. Os soldados que não haviam encontrado lugar para sentar estavam felizes, em pé, na parte de trás, e a maioria deles conseguira pelo menos uma garrafa de cerveja.

Então, um homem se levantou, tomado por aquele ar resoluto que parecia caracterizar a ideia que um irlandês faz de uma festa. Todos se calaram imediatamente. Não foi preciso pedir a ninguém que fizesse silêncio.

O homem jogou sua cabeça para trás e colocou uma das mãos no rosto. Uma coisa muito estranha. Talvez fosse do tipo que prefere cantar atrás da porta e não ser visto pela plateia. Alguns dos melhores cantores eram assim, como Willie já observara.

O soldado soltou sua primeira nota e cantou apaixonadamente uma balada dos dias da Crimeia. Muito cheia de solidão, ternura e sangue. Falava de uma moça, um soldado e morte. Os ouvintes escutavam em silêncio, porque, na canção, havia uma melodia que trazia de suas próprias memórias sugestões coloridas e centelhas

---

* O sargento confunde a pronúncia das palavras *Hail* (Ave) com *Half* (Meia). (N.T.)

vívidas do passado. O passado era algo vaidoso, mas também perigoso para eles, na tóxica devastação da guerra. Precisavam de uma caixa que os mantivesse seguros, e aquele pequeno local para concertos era o melhor que podiam ter.

Cada soldado perdido em seus próprios pensamentos, vislumbres dos rostos amados deixados para trás, sombras de discussões inacabadas e lamentadas, o sentimento da juventude que não estava desaparecendo, mas submergindo em um mar assassino, do qual talvez ninguém conseguisse emergir, banhado no sangue ácido de bombas ou tiros.

Um trecho de estrada particularmente amado, a extensão de um campo, o delineamento amado do ombro de uma esposa, seus pés atravessando o assoalho de um quarto de dormir, suas roupas atiradas sobre uma cadeira. A voz de uma criança cantando, o som de uma criança urinando em um penico, o afeto tremendo de um filho ou filha, os cabelos macios, os olhos grandes, a luta para se conseguir carne e bolos. Para os solteiros, lembranças de suas Grettas, palavras raivosas e boas palavras, palavras de amor, frustradas ou triunfantes. Como a natureza humana era precária, mas podia ser evocada para iluminar as partes sombrias de uma vida. Todo o trabalho e todas as dificuldades para alguém se manter vivo num lugar de paz e num lugar de guerra.

O soldado terminou a canção, e fez-se outro tipo de silêncio, o silêncio dos homens cujas cabeças estavam visualizando velhas fotografias enquanto suas mentes remoíam velhos pensamentos, e então houve um estrondoso aplauso. O silêncio que se fez após o término da canção foi o que mais agradou o cantor.

— É uma bela canção — disse Christy Moran. — Belo trabalho o seu, praça.

O próprio Christy Moran queria cantar "The Minstrel Boy", mas foi tomado por uma espécie de horror e medo indomável. Cantara muitas vezes aquela canção para sua mulher, e ela era bondosa o bastante para não se queixar de sua voz rouca e de ele frequentemente esquecer a letra e gaguejar.

Queria cantar porque, subitamente, experimentava um intenso desejo de conversar com seus companheiros, de comunicar aos homens sob seu comando sua gratidão a eles, seu amor. Um pensamento que nunca lhe ocorrera antes. Queria que eles substituíssem sua atenta esposa, com seu rosto longo e incisivo, sua mão perdida em um miserável acidente doméstico. Queria falar de sua esposa, desejava obscuramente isso, mas tinha medo que rissem dele, ou, pior ainda, que rissem dela pelo que lhe acontecera, um riso que lhe soaria pior que tiros.

Como se sentia culpado ao pensar que fora para a guerra porque não suportava viver com tal problema. Para ele, o desespero de sua mulher era pior que qualquer agressor huno ou ataque de gás. Não tolerava a visão daquilo, embora adorasse a mulher de todo o seu coração, mas adorá-la não significava necessariamente uma vida que ele pudesse suportar.

Subitamente, queria poder nivelar-se com seus homens e dizer aquelas coisas, e cantar para eles a sua canção preferida.

— Realmente, uma bela canção — disse o praça O'Hara.

O'Hara era um tanto músico, porque seu irmão tinha uma banda em Sligo chamada Orquestra O'Hara, e, às vezes, ele substituía o pianista, que era tuberculoso. O ar marítimo de Sligo era pesado por causa da chuva e da umidade, o que não era bom nem para as casas nem para as pessoas que sofriam de tuberculose. Os cômodos das casas transpiravam uma umidade que parecia orvalho, e os pulmões dos doentes se inflamavam, fazendo-os cuspir sangue. O pianista era um gigante, podia ir até o topo de

Maeve's Cairn* e colocar sua pedra sobre todas as outras, como a tradição obrigava, mas aqueles germes se infiltraram nele, ou o que quer que cause tuberculose num homem, ame o ar úmido e viva dentro de um gigante. Então, quando o gigante se sentia indisposto e ficava em casa com sua mãe, tossindo a alma para fora, Pete O'Hara sentava-se com a partitura e martelava canções e baladas com seu irmão, o homem mais garboso no comando de Sligo e que tinha um chapéu de palha bonito como um bolo.

Então, O'Hara levantou-se como um príncipe entrando em seu reino, tirou uma pequena partitura de sua jaqueta do Exército, e, para a inveja amigável, a inveja dolorosa e amigável de Christy Moran naquele local comum de Flandres, colocou-a sobre o piano, esquadrinhou-a com seu olhar míope e começou a cantar uma nova canção que eles ainda não haviam escutado, embora fosse um sucesso nas salas de concerto da Inglaterra. Chamava-se "Roses of Picardy". Fora escrita por um mágico, pensava Willie, para atingir os corações das pessoas simples:

> *Roses are flowering in Picardy,*
> *But there's never a rose like you,*
> *And the roses will die with the summertime,*
> *And our roads may be far apart,*
> *But there's one rose that dies not in Picardy,*
> *'Tis the rose that I keep in my heart!***

---

* Local do túmulo mitológico da rainha Maeve, de Connaught, construído há cerca de 3 mil anos. É tradição que todos os visitantes levem uma pedra para colocar no topo. (N.T.)

** Rosas estão florescendo na Picardia,/ Mas não há uma rosa como você,/ E as rosas vão morrer no verão,/ E nossos caminhos podem ser separados,/ Mas há uma rosa que não morre na Picardia,/ É a rosa que eu guardo no meu coração! (N.T.)

O astuto praça O'Hara cantava o mais informalmente possível, para que as palavras atingissem com a violência adequada a compostura de seus companheiros. Eles nunca tinham ouvido aquela canção antes. Quando ele terminou de cantar, muitos estavam chorando abertamente.

— Meu Deus — disse o pobre McNaughtan. Ele enxugava os olhos na manga, como um mau ator. Seu rosto grande, bolachudo, estava derretendo, vermelho como um traseiro.

Smith olhou para McNaughtan e deu-lhe um tapinha no ombro. Uma coisa tão extraordinária que Willie jurou nunca esquecer como todos tinham ficado comovidos com aquela canção. Era como se, naqueles momentos, eles se sentissem totalmente vingados, com todos os seus pesares e dúvidas apaziguados. Aquele foi o estranho trabalho de O'Hara naquela noite de Flandres — na própria Picardia. Há uma rosa que não morre na Picardia.

Fez-se novamente um longo silêncio na sala. Seriam talvez uns sessenta homens ali, todos irlandeses do batalhão. Os Fuzileiros Reais de Dublin. E muitos deles tinham visto centenas de mortos, e muitos também haviam matado; o próprio Willie matara. Aquela canção seria uma lembrança do que eles eram, ou seria possível para eles voltar a ser pessoas normais, amáveis, imperfeitas, pela paz?

— Bem, meu Deus — disse Christy Moran. — Não sei se posso aguentar isso, ou se qualquer um de nós pode aguentar, rapazes, mas Willie Dunne, que porra, pelo amor de Deus, será que você poderia cantar para nós a sua "Meia-Maria", por favor?

— Vamos, Willie — disse O'Hara. — Eu te dou o tom no piano, se quiser.

— Está bem — disse Willie. — Mas é meio que uma música religiosa.

— E em latim, é, nós sabemos — disse o primeiro-sargento. — Mas a porra da missa não é em latim? Nós, com certeza, sabemos um pouco de latim, não é, rapazes?

— É, vamos lá, Willie! — gritou Smith, talvez para sair um pouco do seu estado sentimental.

Então, Willie começou a cantar a "Ave Maria". Bem, era a mesma música que cantara no concurso de canto, quando seu pai testemunhara o seu fracasso. Mas agora ele já aprendera aquele pedaço difícil entre as estrofes e sabia que estava preparado para cantá-la.

— Aaaaaaveeeee Mariiiiiiiiiaaaa — cantou, com aquelas notas longuíssimas de Schubert. — Gratia pleeena.

Era verdade o que sua mãe pensava dele. Willie cantava como um anjo cantaria se fosse tolo a ponto de cantar para mortais. Sua voz era estranha e aguda, mas não como um contratenor. Parecia que ele estava cortando o ar com uma faca, pois as notas eram puras e fortes. Como um cantor de verdade, Willie conseguia pianos vigorosos e fortes que não feriam os ouvidos. Mas a "Ave Maria" se mantinha num tom constante e firme. O próprio latim não permitia que os soldados deixassem o canto ficar preso na rede e nas armadilhas das lembranças. Era toda nova e do presente. Parecia ser uma canção sobre a coragem, e a solidão, e o esforço desesperado que faziam para formar uma ponte de uma alma a outra. E as pontes eram feitas de ar. A palavra "Maria" eles conheciam, porque era o nome da Mãe de Deus. Desde a mais terna infância até aquele momento, eles haviam sido imbuídos de todas as promessas e de todas as advertências de sua fé católica. Poucos foram além dos ensinamentos escolares, e a fé era nua e crua, mas forte. Pensavam que o paraíso era o próximo passo, sem questionamentos. Sabiam que seria assim porque suas mães, seus pais e seus sacerdotes haviam dito isso a eles.

Um Longo Longo Caminho

Willie atravessou a lacuna entre as estrofes num pulo, sem um arranhão. O'Hara nem sequer notou. Se aquele júri infeliz pudesse ouvi-lo agora! Primeiro lugar com uma porra de uma medalha como prova.

"Ave Maria, gratia plena", cheia de graça, e muitos dos soldados perceberam que se tratava apenas da oração de sempre disfarçada em outra língua, a oração da sua infância e do seu país, a oração que estava no íntimo de suas mentes, que não podia ser cindida nem violada, que não podia perder o seu sentido nem com a morte, cujo cerne era inviolável, a flama, inextinguível.

E Willie cantava, e talvez ele fosse, na verdade, um amador, O'Hara notava que a respiração do amigo era irregular e estranha, mas a admiração de sua falecida mãe estava ali — agora, Willie começava a lembrar o tom de voz de uma criança num quarto em Dalkey, cantando para a mãe após o nascimento de sua irmã Dolly, que a matou, e seu pai sentado, em silêncio na copa, nos fundos da casa, se levantando de repente para um passeio na escuridão, Deus sabe onde, e Willie, aos 11 anos, entrando sorrateiramente para ver a mãe, algo que esquecera até o momento em que cantava, estar com ela, e cantar aquela canção para ela, que já estava com as moedas sobre os olhos,* enquanto a parteira limpava o bebê na sala da frente, e ninguém mais no quarto, somente o distante marulhar do mar de Dalkey, e aquela canção, "Ave Maria, cheia de graça, o Senhor é convosco", e o rosto de sua mãe, que não podia

---

* Na mitologia grega, o barqueiro Caronte fazia a travessia dos mortos para o reino de Hades, e as moedas colocadas sobre os olhos das pessoas que morriam seriam para pagá-lo. Essa tradição aparece ainda em alguns povos, como entre os judeus. A alusão feita no texto parece indicar que seja também costume irlandês, embora a família de Willie fosse católica. (N.T.)

ouvir e ouvia, e da mesma forma agora Willie cantava para aqueles homens abatidos, ouvintes desgraçados, aqueles miseráveis homens, tolos que haviam ido lutar numa guerra sem ter nem sequer o nome de um país só seu, escravos da Inglaterra, reis do nada — nas palavras secretas e amargas de Christy Moran.

Capítulo Onze

Fuzileiros Reais de Dublin,
Bélgica.
3 de maio de 1916.

Querido Pai,

Obrigado por responder à minha carta, pai. Fico muito contente de saber que todos estão em segurança, muito mesmo. É um grande alívio. A Polícia Metropolitana de Dublin retirada das ruas! Foi terrível ler que a condessa Markiewicz* atirou num recruta desarmado em Stephen's Green. Fico triste ao pensar na rua Sackville reduzida a nada. Os soldados fazem circular os jornais por aqui, e eu tento lê-los, especialmente agora, que

---

* Constance Gore-Booth (1868-1927), irlandesa de família aristocrática que se casou com o nobre polonês conde Markievicz, foi feminista, nacionalista e revolucionária. Foi a mulher que mais se destacou na luta pela Independência da Irlanda. Participou, inclusive, da luta armada, principalmente no Levante da Páscoa, em 1916, em Dublin, do qual foi subcomandante. Demonstrou, porém, crueldade e frieza ao executar um jovem policial que atirara em outra mulher do grupo de quatorze que lutavam com os revolucionários. Foi a primeira mulher a ser eleita, em 1918, como representante irlandesa no Parlamento do Reino Unido, mas nunca tomou posse, pois não reconhecia o governo inglês. (N.T.)

estamos de volta às linhas de reserva, graças a Deus. É possível que aí alguns dos rapazes estejam criando problemas para o senhor e os seus homens! Aqui, tenho de dizer, formam-se valorosos soldados. Nada é difícil demais para eles, cavam durante horas, e o senhor não pensaria que rapazes da cidade pudessem enfrentar uma marcha difícil, mas são mestres nisso. São rapazes maravilhosos. Dizem que estão habituados porque costumam andar por toda Dublin, e vão até Shelly Banks no verão, para nadar. Passaram por momentos complicados recentemente. São realmente homens maravilhosos. Tenho de pôr esta carta de lado agora. Vou continuá-la amanhã, antes de enviá-la.

— Estão fuzilando os filhos da puta em Dublin — disse O'Hara, esquadrinhando um jornal. Era divertido ficar vendo, nos jornais irlandeses, os anúncios de selas, sabão, perucas, revólveres, aves, lustradores de móveis, copeiras, criados, maças e toda a parafernália da eterna vida na Irlanda. As novidades eram os obituários, a lista dos homens que não voltariam mais para casa, para suas selas, sabões, perucas etc., nunca mais.

— O quê? — perguntou o praça Quigley, o homem dos milagres, pois fora atingido pelo gás e depois despachado diretamente para um hospital inglês, mas voltara para as trincheiras tão naturalmente como a chuva. Jogava cartas com Joe Kielty, um dos homens mais gentis e simpáticos que já existiram, na opinião de Willie, um rapaz que faria qualquer coisa pelos outros, se estivesse ao seu alcance. Era o melhor especialista em revestimentos da companhia, tinha jeito para a coisa, e nenhum revestimento de madeira colocado por Joe Kielty cairia sobre alguém, a não ser que fosse atingido por uma bomba. Aqueles homens vindos de Mayo eram gentis como poucos. E, mesmo quando perdera seu primo Joe McNulty no primeiro ataque de gás, Joe Kielty aceitara aquilo com uma solenidade que o elevara no conceito dos companheiros. Mas Willie o viu no cemitério, sozinho, perto do túmulo de Joe McNulty, dizendo coisas que ninguém deveria ouvir. Era também um rapaz baixinho, como Willie, com uma chapa de cabelos negros no topo da cabeça. E trabalhara desde criança ao lado do pai, fizesse chuva ou sol, nuns poucos acres de Mayo entre os lagos de Callow, onde ventava muito.

Então, Joe levantou os olhos de suas cartas quando Quigley falou. Costumavam ficar sempre juntos, talvez pelo fato de terem ambos sido tocados pelo mesmo milagre, pois Joe Kielty absorvera a mesma dose de fumaça que o primo e, no entanto, seus pulmões não haviam sofrido nada, coisa realmente muito estranha, e rara. Ele e Quigley tornaram-se, então, amigos, como acontece no Exército.

— Fuzilando todos — repetiu O'Hara, como se aquilo fosse natural, mas não era natural. — Mandaram todos para uma corte marcial, todos os líderes que assinaram aquele maldito pedaço de papel, e dúzias e mais dúzias. Vão ser todos fuzilados pelos militares, e começou ontem de manhã. Mataram três deles. Acho que devem ser os chefes.

— É bem feito para eles — disse Quigley. — O que me preocupava era que minha mãe pudesse ter sido atingida pelo tiroteio cruzado. Ela é especialista em sair de casa nos piores momentos.

— Estamos todos preocupados — disse Willie, com convicção.

— Havia oficiais com eles e tudo o mais? — perguntou Quigley, mais calmo.

— Aposto que sim — respondeu O'Hara. — E aparentemente também pelotões e companhias, e não sei se regimentos, mas...

— É claro, Pete, havia poucos homens — disse Quigley. — Não dá para formar um regimento só com uns poucos soldados.

— Não, não mesmo, mas certamente eles tinham batalhões. Bem, quer dizer, eram todos Voluntários Irlandeses que se afastaram de Redmond, e tem o outro grupo que estava com eles, o Exército dos Cidadãos, que James Connolly costumava treinar. O que quero dizer, meu Deus, é que havia Voluntários marchando em Sligo, com farrapos de uniformes que as mães remendavam para eles. Não pareciam muito ameaçadores. Os moleques de Sligo riam deles. Mas, de qualquer forma, fuzilaram três deles agora. Cerca de cem foram mortos no próprio combate, e uns duzentos dos nossos soldados e alguns policiais também.

— Deus do céu — disse Willie Dunne.

— Sim, Willie — replicou O'Hara. — Alguns dos homens do seu pai foram abatidos, e alguns da Força Policial Real Irlandesa também, e outros. Dúzias de Tommies comuns massacrados, massacrados, eu li, na ponte da rua Mount. Exatamente como aqui. Avançando ombro a ombro, e massacrados como, como o quê? Plantas pisoteadas.

Por algum motivo, Willie não queria dizer nada, descrever o que ele próprio vira e fizera naquela mesma rua Mount. Não sabia bem o porquê. Era como se desejasse nunca ter passado por aquilo, visto aquelas coisas. O lugar em que se encontrava já era ruim o bastante sem que ele pensasse em todas as outras coisas ruins — coisas terríveis, confusas. Tinha certeza de que contara tudo a O'Hara, mas talvez não fosse tudo. De qualquer forma, aquilo parecia ter saído da cabeça de O'Hara com tudo que estava acontecendo. Era um milagre que pudessem ainda ter pensamentos na cabeça. Cérebros cozidos e embaralhados pelo barulho, o terror, as horríveis mortes.

— Trigo — completou Joe Kielty.

— Sim, Joe, como trigo — disse O'Hara. — Obrigado, senhor Kielty. Seja como for, eles fuzilaram os três primeiros em Kilmainham. Pelotão de tiro, carrascos, vendas e tudo. E digo uma coisa para vocês, o cara que escreve isto gosta do que diz. Não há nada que lhe agrade mais, pode-se pensar. Mas ele tem razão, acho que tem. — Fez uma pequena pausa. — Essa é a coisa engraçada.

Ninguém disse nada por um tempo. Joe Kielty e o Milagroso Quigley voltaram às suas cartas.

— Eu acho que a minha mãe perdeu o juízo completamente, é isso — murmurou Quigley. — Não se pode prendê-la em casa.

Willie olhou pela janela do alojamento para o terreno vago dos campos e das sebes. Cresciam desordenadas agora, e não havia ninguém por perto para tosá-las.

— Pearse, Clarke e McDonagh* — disse O'Hara, quase para si próprio. — Imaginem.

Depois de bastante tempo, Joe Kielty disse, com sua voz suave da região de Mayo:

— Espero que três seja um número suficiente para eles, Pete.

— Nem um pouco — respondeu O'Hara.

∾

---

* Patrick Henry Pearse (1879-1916) foi presidente e comandante em chefe do Conselho Militar no Levante da Páscoa. Thomas James Clarke (1857-1916) foi escritor e professor, e empenhou vida e obra na causa revolucionária irlandesa. Thomas MacDonagh (1878-1916) foi membro do Conselho Militar e comandante de uma guarnição no Levante da Páscoa. (N.T.)

Mais tarde, no mesmo dia, estavam somente O'Hara e Willie na cantina.

— O mais estranho — disse O'Hara —, o mais estranho é que eles esperavam que os filhos da puta alemães os ajudassem.

— Quem, Pete? — perguntou Willie.

— Os porras dos rebeldes, Willie.

— Ah, sim, eu sei — disse Willie. — Eu sei. Com certeza. Estava escrito naquele pedaço de jornal. *Gentis aliados na Europa* é o que diziam, não é?

— O que isso quer dizer é que, gostando disso ou não, nós somos a porra dos inimigos. Quero dizer, nós somos a porra dos inimigos da porra dos rebeldes!

— É mais ou menos isso. É assim que eu entendo a coisa, pelo menos — disse Willie.

— Viu só? Acho isso realmente muito estranho — disse Pete.

— É mesmo, muito — concordou Willie.

— Isto é, de qualquer modo que você coloque a questão, eu queria acreditar, eu gostaria de acreditar, de qualquer maneira, que o que estamos fazendo aqui tem uma razão de ser, repelir os hunos e tudo o mais, mesmo que não exista um motivo para isso.

— Eu sei — respondeu Willie. Mas, na verdade, ele não sabia muito bem.

— Então, como podemos chamar isso?

— Eu não sei, Pete.

— Então, onde é que a gente fica?

Era exatamente a mesma pergunta que havia sido feita por Jesse Kirwan. Willie não sabia a resposta naquela época. Mas agora ele achava que sabia.

— Ficamos sentados aqui, Pete. Só isso — disse.

— Como idiotas. — E então Pete O'Hara não disse nada durante um tempo. — Mas mesmo assim eu queria que eles não tivessem fuzilado aqueles caras. — E isso foi quase um sussurro.

— Eu também, Pete — disse Willie, surpreso com sua mudança —, para dizer a verdade. Então, o que isso faz de nós?
— Ainda mais idiotas!

4 de maio.

Está um pouco mais tarde agora, pai. Recebemos notícias dos três líderes fuzilados. Alguns soldados pensam que é uma coisa boa. Quanto a mim, não sei dizer o que penso disso. Como eu queria estar agora aí em casa e poder conversar com o senhor sobre essas questões. Queria que não tivessem fuzilado aqueles homens. Por algum motivo, isso não me parece certo, não sei por quê. O que diz John Redmond sobre isso? Quando eu avancei com o batalhão pelas ruas de Dublin, vi um jovem morto na entrada de um prédio, era um rebelde, e tive piedade dele. Não era mais velho que eu. Eu queria que não precisassem fuzilar os três líderes. O que me faz infeliz é pensar em tudo o que está acontecendo aí em Dublin, onde nada de ruim deveria acontecer. Pelo amor de Deus, pai, espero que não fique zangado com esta carta. Tenho orgulho de usar este uniforme e estou duplamente orgulhoso do Corpo de Fuzileiros Reais de Dublin. Por favor, transmita a Maud e Annie todo o meu amor, e diga a Dolly que ontem eu vi um melro, ou talvez fosse um corvo, fazendo ninho numa chaminé. Uma chaminé bem alta e sozinha. Era tudo o que restara de uma casa, e o pássaro, tranquilo e fiel, catava galhos e pedaços de corda e coisas assim para fazer um ninho para a sua esposa. Eu queria não ter avançado sobre Dublin como fiz, queria ter permanecido em Flandres o tempo todo.

*Do filho que o ama,
Willie.*

Querida Gretta, obrigado pelo seu bondoso e interessante cartão-postal com a pobre rua Sackville em ruínas — quem poderia imaginar? — estou pensando em você — aqui vai um cartão que fizeram da pobre cidade de Ypres — a velha Wipers,* como gostamos de dizer — a Torre de Trapos etc. — Com todo o meu amor — beijos — Willie.

Quase não havia lugar para as últimas palavras, o que fez Willie entrar em pânico, mas ele conseguiu espremê-las no cartão, esperando que estivessem nítidas.

Naquela noite, em sua estreita cama, Willie caiu num sono cheio de sonhos com a clareza abençoada da infância.

 Eles estavam alojados no que restava de uma pequena fábrica antes usada para fabricar os macacões que os homens, agora desaparecidos, usavam em seu sinistro trabalho, três camadas de linho

---

* O nome da cidade de Ypres, quando pronunciado à inglesa, tem o mesmo som da palavra inglesa "wipers" (trapos, panos para esfregar ou limpar). (N.T.)

costuradas juntas para resistir às chamas e erupções de uma antiga metalúrgica da vizinhança. Seus leitos estavam alinhados numa espécie de antessala comprida e estreita, e, no cômodo vizinho, os soldados haviam deparado com uma estranha visão, uma centena ou mais de moldes de papel fino, dependurados em fileiras, as formas dos próprios trabalhadores, jaquetas e calças, a desconhecida companhia através da qual soprava uma brisa suave, vinda de uma janela quebrada, levantando e animando os moldes, como sombras de pessoas vivas.

O Exército não retirara os moldes de lá. Talvez, em seu silêncio, eles fossem lembranças vagas de vidas passadas, dias passados.

Nesse lugar transitório, Willie Dunne descobriu uma espécie de paz de espírito. Sim, a distância, os canhões selvagens tocavam suas grandes notas, como os sinos de uma terrível cidade. Os corações que dormiam nas várias regiões da Inglaterra, perto do mar, deviam ter ouvido aquelas notas também. Mas Willie caiu entre as tábuas da memória e dormiu como uma moeda sobre um piso velho. Ele ficou ali, na poeira de lugar nenhum, afundando sozinho.

O sonho em que estava era quase tão nítido quanto se não fosse um sonho. Estava de volta às trincheiras, em algum lugar, olhando para a terra-de-ninguém atingida pelas bombas, sem o espelho, apenas seus olhos, nus. Sua pequena cabeça espiava o lado de fora, ele podia ver, e ela brotava da terra, tão visível como a luz do dia para um franco-atirador. Mas ele não conseguia se mover, a cabeça estava fixa ali. Perto dali, absurdamente perto, estava um soldado alemão, em sua própria trincheira, mexendo numa pequena caixa. Dentro dela, o soldado colocava grãos, talvez sementes de grama. Ele deixou a caixa no parapeito e mergulhou na trincheira. A luz amarela, ampla, quente do sol inundava o mundo; uma nuvem cinzenta e escura de chuva pairava no distante horizonte. A brisa soprava através dos pequenos bosques, e nas árvores jaziam pendurados os corpos de papel dos homens perdidos, os moldes de suas almas gastas. Pombos arrulhavam as dezesseis notas que Willie sempre contava nos bosques de Kiltegan e de Kelsha quando era criança. Co-co-co, coco, co-co-co-coco, co-co-co-coco, co. E sempre, Willie, e sempre, Willie, e sempre, Willie, tudo. Isso era o que ele pensava que os pombos estavam dizendo quando tinha 7 anos, nas terras de seu avô, o próprio White Meg, outrora administrador daqueles bosques. Agora, os pombos arrulhavam nos bosques belgas, embora imaginários, e sonhados. Um suor escorria pelo seu corpo adormecido, embebia suas roupas de baixo. Os piolhos trabalhavam em suas axilas, apesar da bênção dos banhos. Mas Willie não os sentia. Estava observando agora, dentro de seu sonho. Um pombo aterrissou ruidosamente perto da caixa do soldado alemão, caminhou pelo parapeito e enfiou a cabeça. Sem conseguir pegar todos os grãos, o pombo arremessou-se para dentro e, naquele exato momento, apareceu o alemão, bloqueando com a mão a saída da ave e agarrando a caixa. Willie Dunne quase aplaudiu. Certamente fez algum tipo de ruído, pois o soldado parou instantaneamente. Seu rosto comprido voltou-se e ele olhou através da terra-de-ninguém, bem no rosto de Willie.

Willie sabia que era o seu alemão, o rapaz que ele matara. Queria chamá-lo, contar que guardara o cavalo para ele. O soldado tirou o pombo da armadilha e segurou-o com as duas mãos. Ele não vai matá-lo para comer?, pensou Willie. A carne de pombo não era desprezível e, se o soldado a deixasse cozinhando por algumas horas na sua lata ou em outra vasilha, não se arrependeria. Com uma torção da cabeça, ele quebraria o pescoço fraco com mais rapidez que o de uma galinha.

Willie queria que o homem fizesse isso. Podia sentir o gosto da carne escura do pombo, toques de sabor dos bosques e de uma secreta atmosfera. Mate e coma-o, mate e coma-o.

Mas o seu alemão apenas levantou os braços para o céu ameaçador e abriu as mãos, e o pássaro voou como um anjo tolo, como um trapo cinzento.

Sempre, Willie, e sempre, Willie, e sempre, Willie, tudo.

O pombo e todos os seus companheiros pombos arrulharam no bosque. Era uma cacofonia. E os braços do seu alemão permaneceram levantados, como se ele os tivesse esquecido, e o rosto do seu alemão permaneceu fixo no seu, e a luz chuvosa lhe caiu no rosto, substituiu nele o longo banho de sol.

Capítulo Doze

Naquela estranha semana, as estradas de entrada ou saída dos distritos ocupados pelas tropas de reserva ficaram cobertas de flores. Willie e sua companhia sofreram as inexplicáveis indignidades da fadiga. Cavaram trincheiras que nunca seriam usadas, marcharam de ponto a ponto como insanos, ouviram longas palestras sobre como cuidar dos pés para evitar o "pé de trincheira" e como cozinhar legumes na latinha apropriada do seu equipamento, embora nenhum deles tivesse visto um legume de verdade havia muito tempo, como executar o exigente cerimonial da saudação militar e os nervosos rituais do trabalho de sentinela. Uma centena de coisas que eles já sabiam e que, se não soubessem àquela altura, não precisavam ficar sabendo.

Enquanto isso, as margens das estradas floresciam, quase sonoras, trazendo à memória a lembrança das cores. O sol arrogante as tocara e a chuva casual fizera o resto, deixando milhões de marcas de respeito sobre as negligenciadas bordas de campos, trilhas e estradas. Mesmo nos campos, onde era aparente que alguma calamidade fizera desaparecerem todas as plantações, uma pletora de flores silvestres havia aparecido, exércitos e mais

185 *Um Longo Longo Caminho*

exércitos de cabeças amarelas, cabeças douradas e azuis, vermelhas e brilhantemente verdes. Era como um paraíso súbito. Os pássaros procuravam impetuosos os lugares onde viveriam durante todo o verão, os heroicos martins-pescadores e andorinhas de volta dos Portugais e Áfricas que haviam conhecido, vindos para descansarem novamente em Flandres, na segurança de Flandres. Willie imaginava em que casas haviam se abrigado durante o inverno, que famílias e crianças haviam-nos cuidado como seus. Ou será que haviam levado uma vida selvagem, nos pântanos e bosques desolados, distantes dos atribulados homens, mulheres e filhos? Agora, os pássaros tinham voltado, e é claro que não pediram notícias da guerra; construíam seus ninhos enlameados sob os beirais dos telhados, com cuspe e barro, e, no ar da noite, disparavam como flechas sem arco. E Willie pensou nas muitas espécies de animais invisíveis que procuravam uns aos outros no mundo subterrâneo, e nos girinos que formavam uma multidão de vírgulas enferrujadas em cada pequena poça.

E da Irlanda gotejavam, a cada dois ou três dias, os nomes dos que eram executados, fazendo com que os soldados vindos de Dublin se perdessem em um turbilhão de preocupações, achando que o Armagedom estava prestes a desabar sobre os seus lares desprotegidos. Ficavam atordoados, atormentados com o rosto dos seus filhos de 6 ou 7 anos, suas preciosas crianças clamando que voltassem para casa. Mas não podiam.

Os homens executados eram amaldiçoados, e louvados, e havia dúvidas, e desprezo, e os responsabilizavam, difamavam, e, ao mesmo tempo, admiravam, e lamentavam suas mortes, tudo numa confusão infinitamente pior por estarem em guerra.

Mas talvez o Armagedom não estivesse tão distante como a Irlanda.

As camas dos jovens ingleses estavam vazias; eles tinham ido para a guerra. E os colchões de pena de ganso, os lençóis comuns de linho, os travesseiros de penas de milhares de fazendas de Ulster não tinham agora jovens para sonhar sobre eles. As vilas e as cidades do norte da Irlanda enviavam seus filhos, cheios de vida. E os velhos e superlotados cortiços de Dublin, também. É claro que os dois grupos de filhos enviados gostavam de trocar insultos entre si quando se encontravam por acaso, ou quando estavam perto uns dos outros nos alojamentos. Os originários de Ulster pensavam que todos os rapazes do sul eram suspeitos, partidários do *Home Rule* e pior, e sugeriam isso em frases agressivas. De qualquer forma, grandes exércitos se amontoavam em todos os lugares, grandes divisões, de modo que um único homem era somente uma das luzes tremeluzentes em um amplo céu de milhões. Todos concordavam que devia haver movimento no *front*. Os rapazes da França estavam se afogando nas cavernas de Verdun, se afogando em seu próprio sangue. Milhões de homens para repelir outros milhões. O Kaiser mandava miríades de rapazes; o rei da Inglaterra, miríades dos seus. Grandes tropas de mulheres seguiam, para enfaixar, consolar e enterrar. E toda a Inglaterra, e todos os velhos impérios, Britânico, Austro-Húngaro, Prussiano, os impérios de meia pataca, e os famintos, tristes reis e cidadãos, todos eram parte do mesmo tumulto, ansiavam por notícias, e as montanhas ficavam longe, e milhares de viúvas usavam faixas negras nos braços, na Irlanda, e geralmente eram tratadas com bondade, com solidariedade sussurrada e outras sobras de palavras sábias. Porque a caixa de palavras sábias estava ficando vazia.

187 *Um Longo Longo Caminho*

⁐

— O senhor está dizendo que eles amarraram o praça Kirwan numa roda de canhão — perguntou Willie — e o deixaram ao ar livre durante um mês?

— Bem, é assim que nós entendemos que deve ser o Castigo de Campo Número Um. Somente por duas horas diárias, e somente por três dias seguidos. Digo somente, mas sei que isso é uma vergonha — disse o padre Buckley. — Mas, Willie, isso já acabou, e agora ele está sendo ameaçado com algo muito pior.

Era tarde da noite, e o padre fora até o alojamento procurar Willie Dunne para uma conversa particular. Perguntara-lhe como estava seu pai, e o rapaz respondera que bem. Perguntara, então, se estava lembrado de um praça chamado Jesse Kirwan, da cidade de Cork, e Willie só precisou pensar alguns segundos para se lembrar, imediatamente, do jovem baixinho que estivera com ele naquele horrível episódio de Dublin. E o padre Buckley disse que o praça Kirwan estava preso, esperando pela corte marcial, e que fora falar com ele a pedido do oficial em comando. E que perguntara ao praça se havia, por acaso, alguém que o conhecesse e pudesse depor em defesa do seu caráter. E ele dera o nome de Willie Dunne.

— Mas eu só o conheci durante um ou dois dias — disse Willie Dunne. — Aquele dia, em especial. E o que ele fez, padre?

Em geral, ouvia-se falar de algum cara que fora preso por ter desrespeitado um oficial, ou por não cumprir seu dever. Ou então a polícia militar podia pegar um idiota passeando por alguma parte proibida de uma aldeia ou cidade, ou fazendo algo bobo que o Exército não aprovava, como não bater continência para um oficial, ou falar a coisa errada no lugar errado. Pois não importava a matança que houvesse nos devastados campos do Senhor, o Exército sempre estava profundamente ligado aos seus regulamentos, sempre permitindo que os oficiais do estado-maior não assistissem às batalhas, não entendessem o que acontecia nas batalhas, e eles provavelmente preferiam assim. Eram somente os oficiais das linhas de frente que sabiam das visões sinistras e da música atroz que ali se executava.

Mas, de vez em quando, um soldado era preso por algo bem grave, havia más ações sendo praticadas nas aldeias, havia moças estupradas e assassinadas por homens desequilibrados, havia perversões que vinham à tona nos soldados por causa da guerra. Diziam frequentemente que os chineses do trabalho braçal podiam cortar a garganta de alguém assim que olhavam para essa pessoa, que traficavam ópio, e que era assim que sobreviviam às tarefas chocantes que lhes eram dadas. E ouviam-se também boatos estranhos de assassinatos, e mesmo de atos sinistros de massacre de prisioneiros. Corações ficavam obscuros como os das vacas abatidas, o sangue brilhante congelando-se num personagem noturno. Então, talvez aquele Jesse Kirwan tivesse se transformado num desses caras aterrorizantes, mas, mesmo assim, Willie Dunne ficaria surpreso com isso — embora o tivesse conhecido somente por um dia ou pouco mais.

O rosto do padre Buckley estava agora encovado, profundamente encovado, como um homem muito velho. Qualquer brilho que um dia, por acaso, tivesse apresentado era agora apenas história. No entanto, Willie achava que ele não devia ter mais de 40 anos, o que já era velho demais para um soldado — mas ele não era um soldado. Debaixo do chapéu, seu cabelo mais parecia arame enferrujado, cheio de nós, inútil.

— Ele é acusado de desobediência, Willie. Há algo muito errado com ele. Ele se recusou, Willie, se recusou a continuar. E recebeu a Punição de Campo por isso. Depois, recusou-se a fazer o que lhe era ordenado, mesmo pelo seu sargento, e declarou que não seria um escravo. Seus amigos tiveram que dominá-lo e amarrá-lo à força na roda do canhão. Então, ele começou a gritar e a guinchar para os soldados que passavam. E, mesmo quando não estava amarrado, quando exigiam que arrumasse sua cama e esvaziasse os penicos...

— Tenho certeza de que ele não gostava disso — disse Willie Dunne.

— Não mesmo, e tudo o que ele fazia era resmungando e gemendo, e me disseram que ele falava sobre certos temas impróprios com os camaradas da sua companhia, sobre liberdade e coisas assim, e rebeldes, e também me disseram que costumava falar disso sozinho, no escuro, como se estivesse fora de seu juízo. Ele parou de fazer tudo, não quer obedecer a nenhuma ordem, nenhuma. Ele insultou grosseiramente o seu oficial em comando, me disseram, um jovem dos prósperos vales do Condado de Dublin, que provavelmente nunca ouvira um palavrão de verdade em sua vida antes. Agora, ele não quer comer, não quer trocar uma palavra com ninguém. Eu conversei com Kirwan durante uma hora na sua cela, um quartinho onde o encerraram e que, entre outras coisas, já foi um abatedouro, e ele não disse nada até eu lhe perguntar se conhecia alguém que poderia falar em sua defesa, e então ele disse somente estas três palavras: praça William Dunne, e, por milagre, milagre, Willie, eu conhecia você, entre todos os homens dos Exércitos do rei.

— Bem, pode ser outro Willie Dunne — disse Willie —, porque eu só o encontrei naquele dia.

— Eles vão submetê-lo à corte marcial em pouco tempo — disse o padre Buckley —, e não sei o que vai acontecer com ele, nem quero pensar nisso, mas eles estão usando os soldados como exemplo neste tempo de guerra, e houve também aqueles dois homens fuzilados por deserção, você sabe, nas divisões dos irlandeses, e eu posso dizer, Willie, eram bons homens, eu conhecia os dois, e um deles esteve fora daqui durante um ano e, em Hooge, avançou pelo meio das chamas, literalmente chamas, sua companhia foi toda queimada pelos lança-chamas. E o outro homem deixou três crianças, e eu não aguento ficar pensando nisso, naqueles três pequenos, e em toda a morte que já está nos rodeando.

— Eu sei, padre, mas eu não sei por que ele mencionou meu nome. Por que ele não deu o nome do sargento ou dos outros rapazes do seu pelotão, ou de alguém mais próximo a ele?

— Bem, Willie, porque ele já havia atormentado seu sargento e, eu não sei, acho que os outros rapazes ficaram desesperados com ele. Será que você pode ir falar com ele, de qualquer forma? O capitão Sheridan disse que tudo bem.

— Eu não sei, senhor. Já perguntou ao meu sargento? Já falou com ele?

— Eu não falei com ele, mas poderia. Você quer que eu fale?

Willie Dunne não sabia o que queria.

— Podem fuzilá-lo, Willie, e, na melhor das hipóteses, podem mandá-lo para a prisão por um tempo, e isso é algo tão terrível.

Somente uma vez Willie passara por um soldado acorrentado a um canhão, um Tommy aterrorizado como um desfigurado Cristo. Mas virava-se o rosto para uma vergonha tão atroz.

— Olhe, Willie — disse o padre Buckley —, posso entender muito bem que, por ser o filho do chefe superintendente, você

191   *Um Longo Longo Caminho*

relute em fazer uma coisa assim quando um homem está sendo acusado. Mas, para ser muito franco agora, eu preciso saber o que há de errado com ele, se posso ajudá-lo ou não. Você não precisa depor em favor dele no tribunal, se não quiser.

Willie permaneceu sem dizer nada. Estava aturdido.

— Eu não espero que um homem seja santo aqui. Você espera, meu querido? Willie, nós bem sabemos que, de vez em quando, e você já viu isso, há um quê de inferno aqui. E a minha função, no que se refere à guerra, é conduzir um homem, qualquer homem, a um lugar seguro, se eu puder, onde a sua alma possa florescer, e eu não acho que Deus espere que nós todos sejamos, agora, santos na Terra.

O filho do chefe superintendente. Certamente não era isso o que o retinha. Ora, seu pai seria o primeiro homem a fazê-lo aceitar aquela tarefa! Não, a verdade era que... Bem, Willie não tinha palavras para expressar, mas a verdade era que seu espírito estava fragilizado. Estava se esvaziando e encolhendo, ele sentia menos do que sempre sentira. Uma parte de si estava tão cansada, embora estivesse fisicamente bem. Comia com apetite. Podia cavar durante três horas, sem parar. Mas estava aterrorizado, naquele lugar onde..., onde quer que estivesse aquela coisa essencial tão valorizada por seu pai, mas cuja definição exata Willie não conhecia. Porque o que Willie realmente queria era casar-se com a sua Gretta, remar com suas irmãs e construir edifícios para Dempsey. Não queria visitar homens de Cork, como serpentes em suas celas. E não visitaria. E ainda assim, ainda assim, o padre Buckley usara uma expressão que Willie conhecia muito bem de sua infância, e que seu avô, o velho administrador, costumava também usar para dirigir-se a ele, quando era um garoto de 5 ou 6 anos — meu querido.

— Acho que estou apelando para a sua compaixão, Willie — disse o padre Buckley.

— Desculpe se estou fazendo tempestade em copo d'água — disse Willie. — Afinal, não sou eu que estou preso.

— Então, você vai falar com ele?

Mas Willie não conseguia dizer sim ou não. Ficou em silêncio novamente, mas não como estava Jesse Kirwan, sem dúvida. Tentava se lembrar do que o próprio Jesse dissera sobre si. Não conseguia. Mas voltaram à sua memória, de uma forma assustadora, o rosto estreito do rapaz, com o nariz engraçado quebrado, e o modo como ele chorou na rua Mount. Certamente, o cara era temperamental, pulando no pescoço de Willie como fizera. Mas Willie também pensava, ressentido, o que havia com ele afinal para se recusar a obedecer às ordens? As ordens não eram grande coisa. Eram só um jeito de fazer as coisas caminharem, avançarem. Talvez aquela não fosse a palavra certa.

O padre segurou por um momento o braço esquerdo de Willie num gesto de amizade e igualdade, depois o soltou e acenou com a cabeça. O padre tinha uma boca, Willie viu, de longos dentes amarelos. Os dentes que, de cima e de baixo, brilhavam à luz das lâmpadas a óleo, como dois pequenos atiçadores de latão. Os olhos, sérios e sofridos, eram tão negros como os de uma truta pescada.

O sacerdote exausto estava sorrindo para o soldado exausto. Foi assim que Willie percebeu que dissera "sim" sem nem mesmo dizer nada.

∾

Finalmente, os dois exércitos inimigos se defrontaram, mas, naquela vez, os homens da companhia de Willie não estavam envolvidos.

Foram os soldados da 36ª Divisão de Ulster que entraram em ação no dia 1º de julho.

Notícias terríveis chegaram até eles — os homens da 16ª que estavam em seu confortável alojamento. Dois mil rapazes haviam morrido ou estavam agonizando, e mais 2 ou até 3 mil estavam feridos. Alguns batalhões loucos alcançaram as trincheiras do inimigo, mas não havia reforços para apoiá-los. Os canhões e os contra-ataques os liquidaram.

Mas O'Hara olhou para Willie Dunne e Willie olhou para Dermot Smith e Smith olhou para Kielty. Aqueles eram tempos estranhos. Eles já sabiam como era ver 2 mil cadáveres; era um fato.

Havia aldeias em Ulster que ficariam sem nenhum homem nelas. Eles nunca mais voltariam para guiar o arado e blasfemar contra o Papa aos domingos, era uma pena.

O confronto havia sido terrível, e as notícias sobre ele confundiam os espíritos dos soldados. Havia um estranho amor pelos corajosos homens de Ulster, o que um homem poderia fazer contra aquele amor? Nada, somente aumentá-lo, pensando e chorando escondido. Talvez houvesse soldados, muitos, que nem se importavam com os miseráveis homens de Ulster, ou com qualquer outra coisa, naqueles dias confusos e enlameados de guerra. Talvez.

No próprio 3 de julho em que as notícias selvagens chegaram, Willie acompanhou o padre Buckley até a retaguarda das retaguardas, onde Jesse Kirwan era mantido prisioneiro, uma espécie de submundo de um submundo.

Ainda assim, os campos de lá eram bem vivos, e os agricultores franceses esperavam poder fazer uma colheita lá pelo fim do verão, se a guerra avançasse para o outro lado, na direção da Alemanha. Os salgueiros que ladeavam as estradas brancas agitavam suas folhas alegre; havia gansos parados nas margens úmidas, como patos inflados.

Jesse Kirwan estava preso na latrina de um abatedouro em uso. Willie e o padre atravessaram o grande vestíbulo de concreto, onde havia dúzias de bois mantidos em cercados. Willie viu um boi sendo levado através de trilhos de ferro, tocado com um bastão de metal, para que seguisse, mesmo relutante, para onde devia. Um cara bem-apessoado derrubou-o com uma marreta, dando-lhe um bom golpe nas têmporas. O boi ajoelhou-se como um animal a rezar e caiu morto como um ator, sem discursos, somente um uivo truncado, horrível, como o de um cão.

Willie nunca ouvira um som como aquele vindo de um boi em toda a sua vida. Depois, vieram os açougueiros, o animal foi içado por um gancho preso aos músculos de sua perna, e os açougueiros o partiram em dois. Eram cataratas do Niágara de sangue, como uma cortina, encharcando as capas amarelas dos homens, escorrendo sobre suas cabeças. Seria mais razoável talvez dependurar e sangrar o animal primeiro, tirar todo o sangue, mas a pressa predominava. Batalhões, divisões para serem alimentados.

Sua cabeça foi decepada com perícia, os pesados membros dianteiros, as enormes pernas, os pequenos e arruinados testículos, a cauda, e havia vísceras arrancadas, e havia empacotadores prontos para reunir os diversos pedaços, jogá-los em grandes carros de lata e conduzi-los para fora, sempre com pressa.

Por que mantinham Jesse Kirwan em um lugar como aquele, Willie não sabia. Mas o que Willie realmente sabia? Não muito, naqueles tempos, pensou.

Talvez o compartimento não fosse realmente uma latrina, ou talvez houvesse sido, antes da guerra. É certo que havia uma placa metálica que dizia *Hommes** sobre a porta, mas, quando Willie entrou com o padre Buckley, não viu sinais de mijo ou lugar para cagar. Havia um soldado, porém, numa cadeira como uma dessas cadeiras de armar usadas nos concertos em parques — ou uma dessas cadeirinhas verdes alugadas por centavos no parque de Saint Stephen, com as quais as guardadoras juntam algumas moedas nas sonolentas semanas do verão, entre os gerânios e os nastúrcios de seus canteiros negros e abundantes. O soldado levantou-se quando o padre apareceu, e um jornal do regimento caiu de seu colo. Saudou o padre adequadamente, dobrando o braço e colocando a mão na posição certa.

— Eu vou na frente e falo com ele — disse o padre. — Vou ver como ele está. Espere aqui, praça, com o cabo.

— Sim, senhor — respondeu Willie, e parou onde estava, feito um pônei.

O padre esperou que o cabo destrancasse uma pequena porta de metal, inclinou seu corpo alto, para passar, e desapareceu. O cabo olhou inexpressivamente para Willie.

— Eu só tenho essa cadeira — disse, com sotaque irlandês.

— Ah — disse Willie, e balançou a cabeça como se dissesse "não importa".

— É. Ele não é um cara ruim. Sabe, ele só finge. É quieto, meio tímido. Alguém deveria aconselhá-lo. Se ele agir como um branco agora, bem, certamente eles vão perdoá-lo.

---

* Em francês, *hommes* quer dizer homens. (N.T.)

— Já falou com ele, senhor? — perguntou Willie.

— Ah, sou proibido de falar com os prisioneiros. Isso não é permitido.

— Ah — disse Willie.

— Eles não querem que a gente seja, seja influenciado, convencido de alguma coisa de que a gente possa se arrepender, porque, bem, isto aqui é a coisa mais parecida que existe com um corredor da morte. De onde você é?

— Segundo Batalhão, Fuzileiros Reais de Dublin.

— Não, de que parte da Irlanda?

— Ah, de Dublin, senhor, Wicklow. Sabe como é, mais de Dublin mesmo.

— Ah, isso é bom, não é?

Mas Willie nem sabia mais se era bom ou não. Achava que era.

— Sim, bom — respondeu.

— Fiquei sabendo que esse cara ficou aborrecido quando começaram a fuzilar aqueles filhos da puta em Dublin — disse o cabo. — Eu não ficaria.

— Não?

— Não. Eu fiquei foi feliz para caralho. Desgraçados. Eu só falei com ele uma vez. Ele me pediu para contar o que estava acontecendo. Era a primeira vez que ele ficava preso aqui, lá por volta de maio. E ele ficou preso desde aquela época, eu acho. Ou sofreu Punição de Campo. E agora está de volta. Desta vez vai ser pior. O major Stokes é um filho da puta. Não pensaria duas vezes antes de mandar fuzilar um irlandês, de qualquer maneira. Diz que somos todos uns rebeldes da porra. Eu, que nunca atravessei a porra de uma rua no lugar errado.

— O que o major Stokes tem a ver com isso, senhor? — perguntou Willie. Ele se lembrava muito bem daquele homem. Um tipo louco, que esgotara todas as suas forças, sim.

— Ele é o presidente, ou coisa assim, da corte marcial. O principal, essas coisas. É, então o seu amigo aí, ele estava me pedindo, me pedindo, isso em maio, e, você sabe, eu não posso falar nada, não devo falar, mas uma noite... Bem, eu senti pena dele, foi lá pelo meio do mês, e acho que eu estava um pouco, só um pouco chateado também, como todos os rapazes, com as notícias vindas de casa, mas que se foda ele, estamos em guerra aqui, então eu fiquei ali, na escuridão, e disse nomes e datas, sabe, 8 de maio, Kent, Mallin, Colbert, Heuston, etc., etc. Sim, e como eu me lembrei daquilo, bem, eu não sei, estava gravado na porra do meu cérebro, e eu disse todos os nomes e datas, e ele só ficou ali olhando para mim, como se eu mesmo tivesse fuzilado os caras E eu mesmo também podia ter ido parar na corte marcial por isso, então não diga nada a ninguém, praça.

— Não direi, senhor.

— Que situação de merda. Estamos sendo mortos até o inferno por causa da porra desses hunos, não é, rapaz? E esse cara lá dentro, todo amarrado nos próprios intestinos, com dor de barriga, fazendo tempestade em copo d'água. Eu penso é no pai e na mãe dele. O que vai ser deles se resolverem fuzilar esse idiota?

— Não sei.

— Nem ele sabe — disse o cabo, e mudou completamente de tom: — Mas é um bom sujeito.

Naquele momento, a cabeça lustrosa do padre Buckley apontou na abertura da porta, e ele chamou Willie. Acenou para o rapaz, deu-lhe um tapinha no ombro e voltou a acenar, bem ao seu estilo, e passou para a antessala para deixar Willie entrar.

O cubículo estava escuro e tinha somente um raio de luz num canto, vindo de uma janelinha. Talvez por isso fora escolhido como prisão, porque não havia saída alguma que Willie pudesse ver, a não ser que se conseguisse passar pelo filósofo do lado de fora da porta. De um jeito ou de outro, Willie sentiu que estava indo falar com um homem que conhecia sua vida inteira, o que era estranho, já que o encontrara apenas uma vez.

Num catre colocado a um canto deitava-se Jesse Kirwan, com seu cabelo cor de trigo. Seu uniforme estava surpreendentemente bem-passado, como se aquele pequeno homem não se mexesse muito. Não parecia um rebelde de forma alguma, tampouco alguém que se recusara a obedecer uma ordem. Parecia, sim, uma pequena figura de pedra, esculpida havia muito tempo por algum escultor sem jeito para a coisa. Perto de sua cabeça, havia uma caneca de metal sobre um banquinho. Havia uma tigela com um cozido cheiroso, e uma colher, mas o alimento não fora tocado.

Havia também um bom pedaço de pão preto que Willie gostaria muito de poder provar. Em vez disso, caminhou até o catre e parou, e olhou para baixo.

Os olhos de Willie se habituaram mais com a escuridão, ele pôde ver melhor o rosto de Jesse Kirwan. A palidez da pele era amarela úmida, e Willie se entristeceu com aquilo.

— Você está bem? Está passando bem? — perguntou.

Cerca de meio minuto depois, Jesse Kirwan virou um pouco a cabeça e lançou um olhar enviesado para Willie.

— E você aí — cumprimentou. — É Willie Dunne, não é? Porque a minha visão não é das melhores.

— Sim, sou eu.

— Meu velho companheiro das ruas de Dublin.

— Isso mesmo.

— Não, eu só queria ver você antes... Bem, é claro que eles vão ter de me fuzilar. Mas eu não sei, aquele foi um dia e tanto em Dublin.

— O padre Buckley me pediu para ver você e dizer que não desobedeça e que se mostre arrependido, e coisas assim, para eles não terem de te fuzilar.

— Não, eles vão ter de me fuzilar. Eu quero que eles façam isso.

— Por que, em nome de Deus, você quer que eles te fuzilem?

— Dá na mesma, Willie. Eles só vão escrever no meu lençol "Morto devido aos ferimentos" ou "Morto em ação" e mandar para a minha casa junto com o meu uniforme.

— Por que você quer que eles façam isso?

— Porque um irlandês não pode tomar parte nesta guerra, agora. Não agora, depois que aqueles rapazes foram executados. Não mesmo.

— E o seu pai? E a sua mãe?

— Eles me compreenderiam se eu pudesse explicar isso a eles, o que, é claro, eu não posso.

— Para que morrer se ninguém vai saber o motivo?

— Ah, sim, é uma questão particular, entre mim e o meu anjo da guarda. Entende? Mas olhe, já está tudo decidido. Eu só queria te ver de novo para que alguém soubesse o que aconteceu, e por quê.

— Você quer que eu entre em contato com o seu pai?

— Não, não, nada disso, Willie. De forma alguma. Só para que alguém soubesse, só isso, foi que eu pedi para te ver. Uma viva alma. Bem, eles me perguntaram se alguém poderia depor a meu favor, e eu não conheço ninguém por aqui que me conheça o suficiente para isso. Mas, de alguma forma, o seu rosto e o seu nome me vieram à mente. Espero que você não se importe com isso, Willie.

— Eu não sei o que você quer.

— Eu não quero nada.

— Por que você se alistou, Jesse, se você se sentia assim?

— Eu achei que seria uma coisa boa. Parecia uma coisa boa. Mas não é bom agora. Não estou fazendo tempestade em copo d'água. O Exército me acha um mistério. Gosto disso. Eu sei que não posso sair daqui de qualquer outra maneira. Eu me alistei até o fim da guerra. Mas eu não vou mais servir usando o mesmo uniforme que os rapazes usavam quando fuzilaram aqueles outros rapazes. Não posso. Não estou comendo, então vou emagrecer e não tocar o pano deste uniforme, sabe? Acho que estou tentando desaparecer.

E então, Jesse começou a tremer. Talvez fosse somente pelo fato de estar fisicamente fraco, mas parecia ser puro medo. Willie temia aquele medo, se era medo. O pequeno homem continuava a tremer. Talvez estivesse até soluçando um pouco.

— Não sei o que dizer — confessou Willie.

— Veja bem, Willie, o que eu quero é que alguém seja testemunha da minha situação, mas não uma testemunha que fale sobre ela, e eu sei que você pode fazer isso.

— Você quer que eu deponha na corte marcial, que eu invente alguma coisa?

— Isso não vai me ajudar em nada. Não me importo se você tiver que ir até lá. Para testemunhar, sabe? Mas eles vão me fuzilar. É o regulamento do Exército. Uma coisa leva à outra.

— Bem, eu não vou até lá se não for para dizer alguma coisa. Mas o que eu devo dizer?

— Diga que me viu chorando nas ruas de Dublin. Você acha que eu estava com medo? Eu não estava com medo. Estava pensando. Eles estragaram tudo. Agora, não vamos mais ter um país. Agora, tudo o que você e eu e os outros tentamos fazer é inútil. E talvez eu pudesse ter enxugado minhas lágrimas naquela ocasião e continuado tentando. Mas aí eles começaram a fuzilar aqueles pobres homens, e aquilo foi um golpe baixo. Por que foi que você se alistou, Willie?

— Eu não sei.

— Ah, bom.

— Porque eu nunca passei de um metro e oitenta.

— Como assim, Willie?

— O motivo.

— Você é um cara estranho, Willie.

— Eu sei.

— Guarde tudo isso com você e, se eles deixarem você ir à corte marcial, tudo bem.

— Certo.

— Certo? — perguntou Jesse Kirwan.

— Certo — respondeu Willie Dunne, e se preparou para ir embora. Mas alguma coisa o reteve. Não sabia o que era. Um medo de dar o passo para o momento seguinte, medo da história, medo do futuro. E a moeda — do quê? — da estranha amizade, talvez, que girava entre eles, naquele lugar sinistro.

— Olhe, Willie — disse Jesse Kirwan. — Milhões de rapazes já morreram aqui. Talvez mais milhões morrerão. Montes e montes de nós. Vou dizer no que errei, Willie Dunne. Pensei que fosse uma coisa boa seguir o que John Redmond dizia. Eu pensei que, pelo bem da minha mãe, de sua boa alma, pelo bem dos meus próprios filhos, eu deveria vir e lutar para salvar a Europa, para que logo depois pudéssemos ter um *Home Rule* na Irlanda. Eu vim lutar por um país que não existe, e que, agora, Willie, guarde o que eu digo, não existirá mais. Não pense que eu não estou arrasado com essas notícias. Sei que você não pensa como eu. E não sei o que trouxe você aqui. Talvez você pense que a Irlanda está bem como está e esteja lutando por isso. Bem, Willie, talvez essa Irlanda existisse há dois anos, quando você a deixou, mas duvido que continue a existir por muito tempo.

— Será que você não pode comer a sua comida enlatada como o restante de nós, Jesse, e mandar para o inferno a Irlanda, e essa Irlanda e aquela Irlanda? Você aborrece qualquer um com esse falatório, meu caro. Você não acertou no cavalo que ganhou o Grande Prêmio Nacional? É disso que deveríamos estar falando.

— Ganhei? Ganhei? Eu nem pensei em ver o resultado. Meu Deus, espero ainda ter o bilhete.

— É assim que se fala. Tudo o mais que você está dizendo é jogar conversa fora.

— Eu sei, eu sei. Você é um cavalheiro por aguentar isso. Peguei esse hábito do meu pai. Um cara que se tortura, complica tudo, meio louco, como você nunca viu igual. Era melhor que tivesse sido um tocador de acordeão e me deixasse o instrumento. Sabe? Mas foi isso o que ele me deixou, essas besteiras, este tormento de falar sobre liberdade. Eu sabia o que isso ia me trazer no fim!

— Vamos, Jesse, faça a coisa certa e, quando nos encontrarmos de novo, você poderá falar quantas besteiras quiser sobre a Irlanda. Pare com isso.

Mas Jesse Kirwan apenas abriu um sorriso cansado e levantou sua mão trêmula. E pegou a mão direita de Willie entre as suas, e a apertou, muito calorosamente.

— Tudo bem — disse Willie. — Olhe, eu trouxe isto para você.

Remexeu em seus bolsos e retirou a pequena Bíblia que lhe fora dada por Maud.

— Eu tirei as cartas e a fotografia que estavam nela.

— Eu já tenho uma Bíblia, Willie — respondeu Jesse, mas, de qualquer forma, aceitou a de Willie.

— Bem, pelo menos agora você tem uma sem manchas do meu mijo.

Então, Willie Dunne tornou a sair para onde estavam o curioso padre e a curiosa sentinela. Mas não lhes disse nada. Sentiu que havia piolho em seu sangue; seus braços doíam. Por um momento, quisera abraçar Jesse Kirwan como a uma criança, mas não o fizera, e seus braços doíam por isso.

O padre Buckley acompanhou-o de volta até o alojamento. A rotina da guerra se desenrolava ao redor deles; montes de munições eram levados num grande e infindável comboio. Alguns regimentos de cavalaria estavam alojados ali, e havia mais ou menos mil cavalos, todos selados e prontos, em duas fileiras que pareciam infinitas, alinhadas num vasto campo. Eram belos cavalos, como saídos de uma fábula. Pacíficos bosques se estendiam ao longe, à direita, com altos troncos negros envoltos num ar de simplicidade e com a força de um livro de histórias.

— Ele sabe que Jesus o ama, me disse isso — comentou o padre Buckley. — A mãe dele é muito religiosa, ele me contou. Aliás, é uma convertida. O que ele disse para você, Willie? Temos alguma chance de salvá-lo?

Willie parou na estrada de cascalho. Alguns colegas haviam trabalhado recentemente para pavimentá-la, preparando-a para as chuvas fora de época. Deviam ser os engenheiros, ou então os *coolies* chineses. Mas, agora, o sol de julho estava escaldante e tinha um ar heroico. Parecia música. Oração.

De qualquer forma, Willie olhou para o padre. Claro, agora pesava sobre si uma espécie de promessa de não dizer nada. De ser uma estranha testemunha e não dizer nada. Para quê?

Willie sentiu um súbito desejo de beber, de foder, de fazer qualquer coisa que não fosse aquilo, andar junto àquele sinistro padre, com seu rosto sério, feio. Willie não entendia Jesse Kirwan. Ele só o encontrara uma vez. Por que teria de se preocupar com o desfecho daquilo? Só nos últimos dias, haviam ocorrido milhares de mortes perto daquele maldito rio. Dois mil irlandeses, somente na 36ª Divisão. Pensou que Jesse Kirwan estava enrolado na corda que ele próprio fabricara; sabia que estava. Construíra uma armadilha para si próprio nos bosques do próprio coração. Era a presa, o coelho, e o caçador, ao mesmo tempo.

— Por que ele não continua fazendo o que deve e espera a guerra acabar e volta para casa depois, e aí ele pode ter as ideias que quiser? — perguntou Willie.

— Eu queria que fosse assim. Talvez esta não seja hora para isso. Pessoas de todo tipo estão tendo ideias. Talvez seja um tempo para se ter ideias, Willie. Quando a morte está à espreita. Bem, nós podemos rezar por ele. Deus é bom.

Willie concordou, e eles continuaram a caminhar juntos.

Capítulo Treze

Em agosto, exatamente quando o tempo piorou, Jesse Kirwan foi executado. Não era que o major Stokes mostrasse qualquer tipo de sentimento vingativo. Na verdade, como presidente da corte marcial, ele discursou com graça e piedade. Mas estavam todos presos às limitações das leis militares. O padre Buckley fez o que pôde para ressaltar o bom caráter do acusado. Willie Dunne, como esperado, não teve permissão para depor, nem mesmo foi chamado para assistir ao julgamento, pois não era oficial e, portanto, não tinha voz em tal ocasião. O padre Buckley, na presença dos juízes, sentiu-se desconfortável, um peixe fora d'água. Acostumara-se à companhia dos soldados rasos. No entanto, disse sinceramente o que sabia. No seu íntimo, o padre não conseguia parar de se perguntar se não teria sido melhor passar a palavra para o sacerdote anglicano, embora o major Stokes o tratasse com a maior cortesia. Mas o próprio prisioneiro não se mostrava arrependido e, embora conseguisse sentar-se na cadeira que lhe designaram na sala, obviamente estava muito doente e fraco. Não havia nada que o major Stokes pudesse fazer. O mundo inteiro estava em guerra e tanto os soldados convocados quanto os voluntários tinham de cumprir o seu dever diante do horrendo desafio com o qual se deparavam. Era a própria liberdade que estava em perigo. O major Stokes disse tudo isso com um rosto sério e corado. Lembrou ao tribunal que, no primeiro ano da guerra, seiscentos soldados franceses haviam sido executados por covardia. Sua Majestade, em comparação, fora clemente. Mas a guerra estava entrando numa nova fase de emergência, e a disciplina agora era tão valiosa como a própria vida.

Como de praxe, um soldado devia ser morto ao alvorecer, no momento entre a escuridão e a luz nascente. Doze homens do seu próprio batalhão foram escolhidos, para que ele servisse de exemplo. Mas Jesse tivera somente uma chance de conhecer, embora rapidamente, seus camaradas soldados. Eles não o conheciam, pois ele mudara tão rapidamente de comportamento que não tivera tempo de viver como um soldado comum, entre eles, mijando e cagando e contando piadas junto com os outros.

Quando foi trazido para se posicionar contra o mastro, precisaram amarrá-lo, porque ele não tinha mais forças depois de tamanho jejum. Estava magro como um galgo.

Fazia frio naquela manhã, e dava para sentir o cheiro da chuva que caía no oeste.

Alguém prendeu com um alfinete um pedaço de pano branco no seu peito, em cima do coração, como uma condecoração militar. Ou como se seu coração estivesse participando de algum estranho ato de rendição. Certamente, Jesse Kirwan tinha uma fé sem complicações e um raciocínio direto, mas seu coração foi perfurado pelo tiro de um dos homens do grupo.

Eles levantaram seus rifles e, quando o major Stokes abaixou o seu bastão de comando, mataram Jesse Kirwan.

Os pássaros começaram a cantar nas árvores atrás do corpo caído. Era como se ele nunca tivesse existido. Como se não houvesse motivo suficiente para viver, como se todas as histórias e pinturas fossem uma mentira sem sentido. Como se sangue fosse cinzas e a canção de uma vida, somente a penosa extensão do choro de um bebê. Como sua mãe o amara, como se alegrara com o seu nascimento e o alimentara era algo que não se podia saber. Ele parecia, naquele momento, não deixar eco algum no mundo.

Deram permissão a Willie Dunne para juntar-se ao grupo que cavaria uma cova na terra para Jesse. A verdade era que aquela terra seria remexida quatro ou cinco vezes nos anos vindouros. Jesse Kirwan seria arrancado do seu leito eterno e espalhado pela terra bombardeada, arrancado e espalhado novamente, até que restassem apenas os átomos de cada pedaço dele.

Enquanto cavava, Willie não conseguia deixar de pensar no uniforme que fora removido do corpo de Jesse e seria enviado a seus pais, e em como eles ficariam intrigados com aquele buraco ensanguentado. Como o pai e a mãe segurariam o uniforme sem seu filho dentro, e pensariam em centenas de coisas.

O padre Buckley naturalmente assistiu ao enterro. Queria falar de seu luto. Quando o magro cadáver foi enterrado para descansar e a terra, atirada sobre a cova com golpes de pá, o padre se abriu com Willie. Não conseguiu segurar, pensava Willie. Contou coisas que não era bom Willie saber. Coisas que doíam, como se Jesse Kirwan estivesse se aproximando cada vez mais de Willie, como um irmão. Willie tinha vontade de fechar os ouvidos àquelas informações.

Mas o padre contava cada detalhe daquela morte horrivelmente rápida. Talvez quisesse cantar hinos a uma alma que começava a voar para o céu, e tão inesperadamente. Jesse devia ter dito algumas coisas ao padre, no escuro de sua prisão; coisas pequenas, inúteis.

Que a mãe de Jesse, Fanny Kirwan, era uma pequena mulher da ilha de Sherkin, no litoral de Cork. Que a família dela descendia dos milenaristas de Manchester e que haviam se mudado para Sherkin à espera da Nova Jerusalém. Mas, no fim, a seita se dispersara, e não havia nenhum homem com quem Fanny Kirwan pudesse se casar. Ela fugira para a cidade de Cork com Patrick Kirwan, um litógrafo católico, pai de Jesse, e nunca mais voltou, causando sofrimento a si própria e a seu pai. Era regra de sua seita que ninguém se casasse fora das famílias escolhidas, e, quando alguém o fizesse, por mais amado que fosse, deveria ir embora para nunca mais voltar. E ela escolhera fugir, porque tudo o que mais queria era ter filhos. Perdeu seu lugar na Nova Jerusalém e no seio de sua família, para ter filhos. E ela tivera um filho, disse o padre Buckley, e eles o haviam enterrado.

Bem, tudo isso soava como uma fábula para Willie Dunne, uma fábula, não uma história real. Tinha vontade de atirar no maldito padre e na voz pesarosa com que contava aquela história. Willie não queria que aquela história permanecesse em seu coração pelo resto de seus dias, por Deus.

A história permaneceu em seu coração pelo resto de seus dias.

Na escuridão daquela noite, Willie Dunne saiu furtivamente do alojamento, foi até a cova e cantou "Ave Maria" para a sombra desaparecida de Jesse Kirwan. Uma tempestade estava para desabar. Como aquela era uma música que costumava cantar para o pai, Willie não conseguia deixar de pensar no pai agora.

Pobre Jesse. Willie mal o conhecia, mas sentia por ele um afeto de irmão. Cantou as duas estrofes da música. A lua brincava entre as nuvens de agosto. Como Willie Dunne não era nenhum bobo, sabia que não seria o mesmo Willie Dunne que fora antes.

∾

— Isso é triste pra caralho — disse O'Hara, deitado em sua cama.

Willie pensava: "É mesmo."

— É terrível pra caralho pensar nas coisas pelas quais podemos ser fuzilados — continuou O'Hara. Mantinha uma voz baixa. Estava deitado de lado, e seu rosto encarava Willie na escuridão de agosto. Ao longe, ouviam o ronco contínuo dos grandes canhões que haviam acordado a ambos. Ainda deviam ser umas cinco horas da manhã. Talvez o bombardeio fosse onde estava a linha dos franceses, porque gostavam de bombardeios às quatro e meia. Mas podia ser em qualquer outro lugar.

— O que você quer dizer? — perguntou Willie.

— Desobediência, um homem ser fuzilado por causa disso. É o que quero dizer. Mas há coisas piores.

— Como assim?

— Bem, você chegou aqui em 1915, não foi, Willie? Mas já havia Fuzileiros Reais de Dublin antes, os mais velhos. Bem, estávamos na Índia quando a guerra estourou e fomos despachados para cá. Deve ter ouvido falar do que tivemos de aguentar nas primeiras semanas. Muitos de nós foram mortos. Foi uma época terrível.

— Ouvi falar, muitos veteranos foram mortos.

— Sim, é isso, Willie. Caras que estavam no Exército porque, ah, foda-se, Willie, não tinha mais nada que eles pudessem fazer. Mas um cara como o seu amigo, fuzilado ontem, era um voluntário.

Um cara se alista voluntariamente, e aí a gente pensa que iam tratá-lo de maneira diferente. Sabe? Você fuzilaria um homem que se ofereceu voluntariamente para ajudar, se ele de repente decidisse que não quer mais ajudar? Hein? Não fuzilaria. De qualquer forma, como eu estava dizendo, nos primeiros dias da guerra...

Então, ele parou de falar. Willie continuava atento, mas O'Hara havia parado.

— O quê? — perguntou Willie.

— Ah, talvez fosse melhor eu não contar. Talvez não seja bom nem para mim, pensando bem. Pense bem. O fato de o seu amigo ter sido fuzilado me faz pensar no que seria motivo para eu ser fuzilado, uma ordem adequada, até merecida.

— Por quê, Pete?

— Bem, naqueles dias, a guerra era um pouco mais aberta, só um pouco, você sabe, mais movimentada. Dava para deitar na borda de um campo e ver a porra de um huno do outro lado da plantação de trigo ou do que quer que fosse, e combatê-lo assim. Era a porra desses canhões e os exércitos da porra construindo a porra dessas trincheiras de norte a sul na merda desse mundo. Mas naquele tempo era diferente. A gente podia estar num lugar em que os alemães haviam estado alguns dias antes, e vice-versa. E os soldados eram todos veteranos, velhos de guerra, e já tinham visto tempos bem ruins na Índia. Estávamos sempre morrendo de disenteria, malária e coisas assim por lá. Éramos como porcos empacados lá, com o calor, a febre. Era melhor na porra da Bélgica! De qualquer forma, o meu pequeno grupo foi enviado para uma pequena aldeia, um lugar pequeno como a porra de uma pequena aldeia irlandesa, e nós entramos, aterrorizados como coelhos, mas, você sabe, com bastante ímpeto, pelo amor da comida e da porção de rum, sabe? Bem, Willie, é claro que não havia nem mais uma alma lá. Foi nesse dia que o Jerry atravessou a aldeia, matou tudo o que achou pela frente, destruiu tudo, e o que ele não matou ele comeu, ou fez pior. E pior ainda é o que eu vou contar. Você já ouviu falar das freiras, você sabe, estupradas, e ouviu falar dos bebês sendo... Não é? Eu nunca vi essas coisas, mas entramos naquele pequeno lugar, como eu dizia, e não havia nada lá, algumas pessoas deitadas ao redor, mortas, e até alguns cães, eu me lembro, mas, no meio da aldeia, havia um pequeno edifício, poderia até ter sido uma capela, mas ainda estava meio inacabado, não sei. Eu e os rapazes entramos lá e havia uma mulher, uma moça, amarrada lá. Bem, ela fora amarrada de barriga para baixo numa espécie de jugo de bois ou algo assim, e havia sido chicoteada, e sua saia estava levantada, uma saia larga, azul-marinho, e a bunda da coitada estava de fora, e juro que estava vermelha como uma beterraba. A primeira coisa que fizemos foi nos precipitar até a menina, sabe, para desamarrá-la. Eu fui o primeiro a dar a volta e ver o seu rosto, e, meu Deus, era uma coisa horrível de se ver, embora já tivéssemos passado por uma batalha e visto um sem-número de homens massacrados. Alguém cortara a sua língua e podíamos vê-la jogada na palha, como, deixe ver, um filhote de rato, sabe, sem pelos e ensanguentado, e na testa da menina alguém talhara a palavra "d-e-u-t-s-c-h", que quer dizer, Willie, "alemã", e um dos rapazes me disse: "Espere, Pete, será que escreveram isso na testa dela porque ela acabara de ser usada pelos *boches*, ou porque ela traiu seu próprio povo, ou por que, afinal, escreveram isso?", e eu respondi: "Escreveram porque eles acabaram de estuprar, violar a pobre mulher, e agora nós deveríamos libertá-la e ajudá-la." Mas então o rapaz disse: "Bem, Pete, nós não sabemos se foi isso", mas o jovem tenente que estava conosco

chegou e disse: "Ajudem essa mulher e faremos um relatório."
Então, Willie, nós a desamarramos e, claro, você sabe, ela estava
meio louca, não conseguia falar, sofria terrivelmente, estava chorando e soltando o gemido horrível que se faz quando não se tem
mais a língua. Era simplesmente horrível. E o rapaz disse: "O que
vamos fazer, senhor? É claro que não podemos levá-la conosco", e
o tenente respondeu: "É claro que podemos." O tenente tinha
cerca de 19 anos, não estou mentindo, e talvez nunca tivesse visto
uma mulher nua, ainda mais sem a língua, aposto um milhão de
libras. Bem, que se foda, a gente voltou para a base atravessando a
vila e ajudando a moça, e ela dava chutes e gemia daquele jeito, e
não se deixava facilmente ajudar, e o sangue começou a jorrar de
novo de sua boca ferida, e atravessamos o campo por onde tínhamos
vindo, e, bem quando estávamos no meio dele, algum idiota nos
bosques, à nossa direita, abriu fogo com sua metralhadora e lá se
foi o tenente, porque, naquele tempo, os oficiais ainda usavam
seus uniformes especiais, como loucos, mas o que nós sabíamos
sobre isso?, e lá se foram também mais alguns soldados, e eu não
sei como, mas conseguimos nos arrastar com a moça louca e nos
refugiar com ela na vala que havia ao longo da trilha do campo,
como cães escaldados. E o rapaz de quem eu falei, ele ficou tão
aterrorizado que deu um soco no rosto da mulher e disse que ela
era uma puta feia alemã, mas isso ela não podia ser, bem no meio da
Bélgica, mas ele estava com medo, sabe, e ruim da cabeça, como a
gente fica por aqui. Então, ficamos esperando. Nenhum som vindo
dos bosques, nem um rangido. Esperamos uns dez minutos. Um...
Como se diz? Aeroplano apareceu, e era raro ver um deles naqueles
dias, e nos assustou mais ainda, e ele tinha umas marcas engraçadas
nas asas, então soubemos que não era um dos nossos, dos Fuzileiros
Reais. Mas, naquela época, nunca se ouvia um tiro vindo de um

aeroplano, ou uma bomba sendo lançada, eles serviam só para vistoria, mas isso já parecia ruim o bastante, e nós ficamos pensando que sofreríamos toda a sorte de ataques do Exército alemão, e ainda estávamos a pelo menos um quilômetro de onde gostaríamos de estar. Então, aquele filho da puta agarrou a mulher, levantou sua saia e começou ele mesmo a estuprá-la, bem ali naquela vala. A coisa mais louca que se poderia ver.

— O que você fez, Pete?

— É essa a questão, sabe? Eu não fiz nada. Ajudei a segurar os ombros dela. Meu Deus! E eu não sei por quê, até hoje.

O'Hara parecia agora encolhido e contrito. Era visível. Mas Willie Dunne não era um padre. O som dos canhões, a distância, parecia o das grandes ondas do Great South Wall nas profundezas do inverno, quando elas avançavam e arrebentavam contra o clube de natação Half-Moon, que outrora fora o alojamento dos soldados, no tempo em que os soldados usavam jaquetas vermelhas. Willie ficou quieto feito um rato desconfiado no canto de um quarto. Olhou para o rosto de O'Hara à luz salpicada do luar. Devia ter 23, 24 anos, pensou Willie, um homem velho por certos padrões, e jovem por outros.

Willie nunca ouvira uma história tão terrível. Já vira coisas terríveis. Enterrara Jesse Kirwan. Presenciara a morte do capitão Pasley. Mas, agora que ouvira aquela história, tudo em que pensava era na sua Gretta; Gretta com aquela saia azul-marinho, e aquele rapaz estúpido e mau agarrando-a numa vala, como um cão. Sem saber o que fazia, sentou-se abruptamente na cama, avançou para O'Hara e acertou-lhe um soco direto no rosto. O'Hara olhou-o de volta, fixamente, atônito. Antes que O'Hara conseguisse voltar a falar, Willie acertou novamente o punho fechado contra seu chocado rosto. O lábio rachou-se com o golpe e começou imediatamente a sangrar um sangue escuro na escuridão. Mas O'Hara não disse uma só palavra; ouviam-se apenas os canhões distantes, como cavalos selvagens, fantásticos, arando a terra pedregosa.

— Seu escroto covarde... — disse Willie.

— Quer falar baixo? — sibilou O'Hara. — Quer que eu seja linchado?

— Você merece, babaca!

— Eu só contei a porra dessa história porque o seu amigo foi morto!

— Do que você está falando, pelo amor de Deus? Acha que eu quero ouvir a porra da sua história idiota? No escuro?

— E você teria agido diferente, é claro, o filhinho de merda do policial!

Era difícil manter uma conversa daquelas em voz baixa, sem acordar ninguém. E por que Willie continuava a manter baixo seu tom de voz era um mistério para ele próprio, ou pelo menos seria, se refletisse.

— Porra, me diga que isso não é verdade, Pete. Diga que não é verdade.

— Não seja tão certinho, irmão, porra! Você não foi comigo foder aquelas putas há umas semanas? Hein? Não pense que você é santo.

— Não sou santo, não tem nada a ver com isso. Você está falando de um assassinato!

— Nós não a matamos. Nós a levamos até o capitão. Foi o tenente que foi assassinado, e os outros rapazes que foram assassinados. E fomos assassinados desde então. E quem se importa com a gente, Willie? Ninguém. Para eles, não importa se vivemos ou morremos, sempre há outro escroto burro para tomar o nosso lugar.

— E o que aconteceu com ela, Pete?

— Quem?

— A belga, Pete, que você... Como nas histórias sobre os alemães, Pete, as histórias que nos contaram, o que eles fazem com as mulheres.

— Não se faça de santinho, Willie. Você faria a mesma coisa.

— O que aconteceu com ela, o que aconteceu com ela?

O'Hara ficou em silêncio por um tempo.

— Certo, está bem. — Mas não parecia ser capaz de prosseguir a história pelos próximos minutos. Então, acenou com seu rosto machucado. — Ela morreu por causa do que acontecera com ela. Ficou sangrando aquelas horas todas. Não foi tratada como deveria. Ela foi despedaçada, não foi? E morreu. E nós tentamos salvá-la.

— Você acha, é?

— É só uma história, Willie, uma história de guerra.

— Pode ficar com a sua história, Pete. Pode ficar com ela.

E Willie voltou a deitar-se, tremendo, na cama. Os canhões estavam em silêncio agora. Ficou imaginando as tropas francesas escalando as trincheiras e caminhando sobre chão irregular. Havia centenas, milhares de pessoas daquelas vilas destruídas mortas, sem dúvida, mulheres como aquela mulher, e velhos homens e suas esposas, e as crianças da Bélgica, engolidas pela boca da guerra. E, se O'Hara e seu camarada tinham feito aquilo no início da guerra, o que não seriam capazes de fazer agora? O que ele próprio, Willie, não seria capaz de fazer? Não eram eles todos espelhos uns dos outros, espelho atrás de espelho, de cama em cama, de alojamento em alojamento, de batalhão em batalhão, de regimento em regimento, de divisão em divisão, todos, por toda aquela região devastada? O que acontecia com seus corações e mentes? Poderia a alma permanecer boa? O coração? Seria O'Hara uma criança jogada entre sangue e almas partidas? Seria O'Hara também seu irmão, como Jesse Kirwan? Seria toda a família da humanidade um inimigo em si? Não haveria mais nenhum exército decente sobre aquela terra ingrata?

Capítulo Quatorze

Mas tudo, não importava o quê, por mais desconfortável, destrutivo ou animador que fosse, podia ser levado para a batalha com o resto do equipamento de cada soldado. Tinha de ser. Luto e horror não podiam ser deixados para trás. Foram reduzidos a nada e carregados como blocos de pedra.

Eles foram, todos, marchando dois a dois pela estrada feroz, a cada passo afastando-se do paraíso inventado do campo de retaguarda. Não mais pássaros pela manhã e o trabalho sujo e fatigante de cortar e cavar, as marchas no pátio de marchar, e "a porra daquelas eternas flexões", como dizia Christy Moran, especialmente "a porra daquela mais complicada", quando se esticavam os braços e depois se levantava uma perna "como uma porra de um bailarino", primeiro a perna esquerda, depois a direita.

— Exatamente quando — perguntou ele aos homens, retoricamente — vocês descobriram que seria útil, na porra das trincheiras, ser capaz de levantar a perna para trás enquanto a sua bunda abaixa?

Mas estava tudo nos manuais, e um primeiro-sargento devia ser fiel a essas coisas, como um padre agnóstico. E, Deus é testemunha, quando a razão e a misericórdia fogem do mundo, não há nada como um manual. Era espantoso, para Willie, ver que os

219 *Um Longo Longo Caminho*

oficiais tinham uma verdadeira paixão por tais metodismos, via diariamente o capitão Sheridan produzindo, em seu escritório temporário, mil folhas escritas, pacientemente traçando nelas linha após linha com sua mão de Cavan. E os mensageiros chegavam e partiam correndo, ou então o capitão tagarelava ao telefone, quando funcionava, sempre que já havia escrito bastante.

Eles sabiam, todos, que o ano mais sinistro da guerra era aquele que estavam suportando, em toda a linha de Portugal ao mar. Especialmente em torno do rio Somme, a Morte sorria seu riso alegre. Havia dias em que os jornais traziam três colunas cerradas de nomes de soldados em tipos pequenos, letras especiais vermelhas, sendo vermelho o sangue da vida de milhares de homens.

Não eram apenas os homens de Ulster da 36ª, de jeito nenhum. Eram os escoceses das montanhas (alguns deles estranhamente nascidos no Canadá, notava Willie), negros africanos, grandes grupos de trabalhadores chineses incinerados enquanto trabalhavam, australianos e neozelandeses, em grupos violentos de jovens que caminhavam penosamente através dos campos até receberem tiros de metralhadora em seus olhos, seus cérebros, seus rostos, seus peitos, suas pernas, suas barrigas, suas orelhas, suas gargantas, suas costas (mais raramente, a não ser que os *boches* viessem por trás deles), na cintura, nos joelhos, no coração. Não havia cidade ou aldeia na anatomia do corpo humano — se o corpo pudesse ser considerado um país — que não tivesse sido perfurado por uma bala.

Naquele momento, eles ouviram uma boa-nova, que seções do seu próprio regimento haviam ganhado terreno, enfrentando os fatídicos tiroteios e as explosões de enlouquecer das bombas *shrapnel*. Eles haviam passado por uma carnificina para se apossarem pelo menos de uma aldeia arrasada, chamada Guillemont, poucos dias antes, embora tenham perdido centenas de rapazes de Dublin e mais centenas houvessem sido atingidos por tiros e estivessem gritando nos hospitais, sem braços, sem rosto. Talvez nenhum homem pudesse falar de vitória enquanto os corpos de seus companheiros ainda fossem visíveis e atormentassem os seus sonhos, e fosse preciso seguir para os mesmos lugares dos mortos e dos feridos.

E elas estavam lá, as forças Aliadas, em combate desde fevereiro, quando o solo começou a secar, tornando-se inútil e espantosamente árido. A própria Guillemont já fora atacada pelo menos três vezes, e todos os pobres soldados que estavam ali — das nações que inocentemente haviam entrado na guerra — foram repelidos pelas baionetas e a ferocidade desesperada, ou se juntaram ao solo imundo.

Mas a recente vitória, regada a morte, levara Willie Dunne e seus companheiros de volta à linha de frente, como dizia o capitão Sheridan, "para consolidar a vitória e tentar seguir até Guinchy", outra aldeia misteriosa e deserta. Nas palavras de Christy Moran: "para empurrar os infelizes de volta a Berlim."

Eles chegaram à região dos mortos. A coisa mais estranha. O único lugar que o padre Buckley conseguiu arranjar para o seu pequeno serviço antes da batalha foi um pedaço de campo onde outra batalha se desenrolara havia alguns dias. As poucas centenas de homens do batalhão de Willie pararam ali, na escuridão. À frente, era como se houvesse um grande parque de diversões, com maravilhosos aparelhos que rodopiavam e rodopiavam na noite e alguns fogos de artifício para divertir a multidão. O barulho do bombardeio a distância, no entanto, não era festivo — as bombas explodiam uma atrás da outra, como um gigante a socar um estômago. Os soldados abaixaram os braços e as mochilas e olharam em volta. Toda a área estava tomada de mortos, e, pelas placas de identificação, dava para ver que eram irlandeses. Alguns jaziam como se, por um certo tempo, tivessem tentado continuar caminhando, mesmo depois de caídos ao chão, na dança lenta do ataque. Os tiros das metralhadoras fizeram seu horrível trabalho, despedaçando rostos e ensanguentando os uniformes sujos.

Mas o padre Buckley precisava de um lugar de onde pudesse falar aos soldados. Deu algumas velas aos homens, e eles as acenderam, para sugerir um lugar de oração.

— Quero falar para todos vocês, igualmente — disse o padre Buckley. — Muitos de vocês são novos na linha de frente e podem achar difíceis essas experiências. Eu lhes asseguro que Nosso Senhor está com vocês, vigiando-os. Vocês são parte de uma divisão de homens extraordinários. Tenho observado a piedade incrível que existe entre vocês, soldados. Sua fé sincera e, em particular, sua devoção à Nossa Senhora. Vocês estão lutando numa guerra sagrada, não só para defender o povo católico da Bélgica, mas para obter um certificado seguro e incontestável da liberdade da Irlanda e de sua existência como uma nação independente, orgulhosa e leal. O que nos une a todos é essa certeza de que Deus, que celebra sinceramente a bondade de cada homem, deseja somente o melhor para vocês. De que vocês florescerão como soldados e como homens. Ele compreende os seus temores e encanta-se com a sua coragem. E saibam, homens, que, aonde quer que vocês forem, eu seguirei, e que tudo que estiver ao meu alcance eu farei, e estarei sempre ao lado de vocês na hora de necessidade, não somente como um simples padre do condado de Kildare, mas como a sombra de Deus nesta terra, e que eu direi em seus ouvidos tudo que vocês precisarem ouvir. Portanto, meus bons amigos, não temam coisa alguma, pois o bom Deus voa a seu lado e inspira amor e alegria intocáveis aos seus corações.

A chama das velas tremeluziu com a respiração dos homens como se, ao tentar ouvir cada palavra do padre, eles houvessem prendido o ar, como se, estranhamente, estivessem contentes em morrer enquanto se esforçavam para ouvir.

Era realmente como se até os mortos estivessem ouvindo e como se o padre também falasse para os mortos. Era bem verdade que aqueles outros batalhões da 16.ª que haviam tomado Guillemont tinham sido divididos em três partes, como a Gália de César: os feridos, que haviam enchido cada hospital de campo e estavam agora amontoados em Trônes Wood com seus gritos e dores; os vivos, exaustos e abatidos; e os mortos, que estavam ali.

O padre Buckley pediu novamente à Mãe de Deus que protegesse os homens. O padre franzino e curvado, com aquele rosto feio que, à luz do luar e das explosões, parecia suave e jovem, recitava a Ave-Maria: *"Ave Maria, gratia plena..."* Os soldados esforçavam-se para entender as palavras, embora as conhecessem perfeitamente desde a mais remota infância. Ali, não havia a indiferença mostrada pelos homens no fundo de uma igreja rural aos domingos. Willie Dunne juntou as mãos com o restante da tropa e sentiu o súbito bálsamo da oração do padre. A ideia de uma mãe iluminou-se diante dele, nítida e nova, como se nunca tivesse ouvido antes a palavra mãe e tampouco soubesse da sua existência. Pensou em sua mãe morta, no tempo em que ela estava bem e, como se fosse a primeira vez, nas chances e mudanças por que passa uma vida.

— No meio da vida, estamos na morte — disse o padre Buckley, o que era uma verdade impiedosa no local onde estavam, ouvindo, naquele momento, com ouvidos de filhos.

Havia coisas em que Willie se permitia pensar, ele concluiu, e coisas que proibira a si próprio. Olhou para os rostos a seu redor: O'Hara com seu segredo; Christy Moran num joelho só como um camponês, embora viesse de Kingstown; o rosto gentil de Joe Kielty, mostrando somente uma espécie de atenção sonhadora. Joe parecia tão relaxado quanto um bebê adormecido. Willie não tinha palavras para dizer o que estava sentindo em resposta às palavras do padre. Pela primeira vez na vida, perguntou-se o que significavam palavras. Sons e sentido, é claro, mas também algo mais, uma espécie de música natural que justificava a bondade ou a crueldade de um homem, palavras temperadas como aço, suaves como o ar. Sentiu sua cabeça dolorida clarear, suas costas mais leves, suas pernas mais fortes. Tudo aquilo era tão estranho para ele como a visão da morte. Esperava que as palavras pudessem alcançar os mortos e ser um bálsamo também para eles.

Enquanto isso, as explosões à frente deles pareciam despedaçar as próprias estrelas, extinguindo-as violentamente, arrancando aqueles botões de luz tímida.

O acesso à trincheira era uma fétida galeria recoberta com um imundo tapete de cadáveres esmagados. Willie conseguia ainda sentir a carne pulverizada nos uniformes destruídos que se agarravam às suas botas. Aqueles eram os corpos de criaturas que haviam ultrapassado a própria humanidade para entrarem num estado que não tinha lugar entre as coisas dos humanos, o mundo dos humanos. Poderiam ser animais putrefatos jogados no fundo de algum matadouro, prontos para serem atirados com urgência nas fossas. Sobre que vidas, nomes e amores ele estava caminhando agora, não era mais capaz de saber; aquelas formas esmagadas não mais deixavam escapar as canções e os significados da humanidade.

Havia bombas caindo em todos os lugares, agora com uma generosidade industrial. O triste é que eram suas próprias bombas, lançadas de alguns quilômetros atrás pela sua própria artilharia, cujos calibres e trajetórias estavam tão gastos que os projéteis caíam ou longe ou perto demais — no caso, enquanto tropeçavam sob a pesada bagagem, perto demais. Willie tentou fechar um pouco os olhos enquanto passava pelos cadáveres mais recentes, as formas mortas de seus próprios companheiros. Não queria ver homens que ele conhecera reduzidos àquilo por nada. Queria ser um cavalo na estrada, com arreios de couro, prestando um bom serviço.

Levantaram a um luar violento, e entraram bizarramente num grande campo de milho alto, as frágeis hastes acariciando gentilmente seus rostos, e, porque Willie era um homem baixo, teve que se agarrar ao casaco do primeiro-sargento Moran, que ia à sua frente, para não se perder e ficar vagando para sempre naquela plantação inesperada. As bombas absurdas seguiam religiosamente a tropa pelo campo, esmagando tudo na escuridão, e o cheiro ruim de pólvora e outros produtos químicos anulava o antigo cheiro seco do milho. Willie ouviu os homens gritarem, tropeçava em pequenos lugares desastrosos, não conseguia deixar de ver, mesmo com os olhos semicerrados, os rostos destruídos aqui e ali, ou de tropeçar em braços ou pernas úmidos. Como era fácil desmembrar um homem; como suas partes podiam ser descosturadas rapidamente. Aquela guerra precisava, pensou Willie, de homens feitos de aço, que pudessem marchar através do caos para que, quando fossem explodidos em mil peças, não houvesse quem chorasse por eles em casa, nenhuma dor extrema. Willie passou pelo pobre Quigley, não mais miraculado, mas com um braço arrancado do ombro, onde havia somente uma porção de carne sangrenta. Seu rosto havia sido levantado pela explosão e metade fora arrancada, deixando exposta a horrível mandíbula com dentes amarelados de fora.

Chegaram a um local de extensões de arame farpado com cadáveres antigos amontoados em três ou mais camadas, homens da Irlanda também, numa centena de posições terríveis. Willie sabia que as lacunas deixadas por eles na divisão seriam preenchidas. Mais homens da velha Dublin e dos arredores trazidos em barcos superlotados e pelos trilhos da estrada de ferro, cruzando de ônibus o país aturdido, jogados nas trincheiras e depois em locais como aquele e em outros milhares de infernos. Esse pensamento, de alguma forma, aumentou mais seu pânico, como se ele fosse responsável por tudo, pelos homens mortos e pelos que morreriam em breve. Willie queria que os mortos ressuscitassem e que os vivos voltassem para casa. Havia somente uma batalha naquela guerra, mas as tropas mudavam continuamente, como um tubo que se enche em cima e se esvazia embaixo, de modo que ninguém, pensava Willie, sabia o que estava por vir, e nem poderia sentir que fizera mais do que urinar de medo em suas calças. Agora, Willie sentia os dedos gélidos do terror na sua garganta, começava a murmurar, a rezar não para Deus, mas para Gretta: "Querida Gretta do belo traseiro, preserve-me, salve-me." Ele estava cortando o arame farpado da melhor forma que conseguia, como todos também cortavam, aquela armadilha mortal pela qual teriam de passar tão rapidamente como coelhos assustados.

— O que você disse? — perguntou uma voz atrás dele; era Joe Kielty.

— Oh, me desculpe, Joe — respondeu Willie, trabalhando no arame farpado com aquelas tesouras desajeitadas. — Não sei por que estou tão apreensivo.

— Não se preocupe — disse Joe Kielty, que afinal tinha 25 anos e não era nenhum covarde —, vamos ficar bem, tenho certeza.

— Fico contente de ouvir isso, Joe. Estava precisando muito ouvir isso.

E, ao dizer isso, o mais animado que pôde, O'Hara olhou.

— É isso aí, Willie, nos deixe para cima.

— É o que eu vou fazer, Pete, se eu puder. — E não demonstrava nenhum vestígio do horror que sentira ao ouvir a história que Pete lhe contara.

— Que merda de plantação é essa, afinal? — perguntou Christy Moran.

— Não sei, sargento. Não se vê isso em Mayo — respondeu Joe Kielty.

— Não são pedras o que vocês plantam lá? — disse o primeiro-sargento, gentilmente.

— É sim, é mesmo — respondeu Joe Kielty. — Mas são as nossas pedras. Nós gostamos delas.

— É trigo — disse uma voz.

— Não é trigo de jeito nenhum — disse Joe Kielty —, com sua licença.

— É beterraba? — perguntou outro soldado.

— Que beterraba que nada! — disse uma voz de Wicklow, zombando de leve. E até o próprio Willie vira pilhas de beterrabas nas margens das estradas de Wicklow, em setembro. — Isso aqui está enterrado no solo feito nabo.

— Pelo amor de Deus, quem se importa com o que isso é?

— Bem, eu não sei. Dá para comer isso? — perguntou um outro.

— Pedaços de merda amarela em cima dessas estacas? Acho que não, meu rapaz.

— Se não dá para comer, foda-se.

— Foda-se você — disse O'Hara, e todos riram da pior piada em Flandres. Isso era tão bom quanto um sermão.

Chegaram então a um local tão sonoro, tão vazio, tão devastado que os olhos humanos tinham dificuldade em vê-lo, em ver o que era. Tecnicamente — segundo o capitão Sheridan —, estavam se dirigindo para as linhas alemãs que haviam sido capturadas e atravessariam a própria aldeia de Guillemont para chegar até as trincheiras que estavam além. Mas, para atravessar a primeira linha de trincheiras, os soldados tiveram de passar por um campo de uns dez hectares. Para Willie, parecia que aquele campo havia sido o coração de uma batalha, daquela em que estavam ou de alguma outra. Os guerreiros permaneciam ali, todos mortos, um por um. Um acolchoado gigante de cinza e cáqui, como se as terras houvessem sido vigorosamente aradas, mas depois semeadas com as gigantescas sementes dos cadáveres. Havia uma legião de soldados britânicos ali, inesperadamente misturados com os *boches*. Jaquetas cinza e jaquetas cáqui, mil capacetes espalhados como cogumelos, mil mochilas, a maior parte ainda atadas às costas dos soldados mortos como horríveis corcundas, e feridas, e feridas como... Willie avançou com O'Hara e Joe Kielty, seguindo Christy

Moran e o capitão Sheridan. O capitão continuava a bater seu bastão na perna e ainda não sacara o revólver.

— Vamos, rapazes — dizia. — Vamos ficar bem. Vamos, vamos, rapazes.

A morte era um amontoado de destroços, coisas atiradas pelo caminho para fazê-los tropeçar e cair. Era cada vez mais difícil descobrir uma passagem através dos espíritos humilhados. Ratos talvez pudessem usar seus olhos e lábios para achar o caminho; as órbitas vazias olhavam para os soldados vivos, dentes sem lábios pareciam apenas ter acabado de dizer algumas boas piadas. Riam, seriamente. Mais centenas de soldados estavam de rosto virado para a terra, e virados de lado, como se não se importassem com aquela horrível diversão, mostrando as lacunas onde seus braços e pernas haviam estado, peitos dilacerados, e centenas e centenas de mãos e pernas avulsas, e grande poças de vísceras, tudo misturado à esparsa vegetação do solo de marga. E, tão sólido como a carne putrefata, havia o cheiro, o fedor de um milhão de faisões podres, que se infiltrou nas línguas dos soldados feito líquido. O'Hara vomitava enquanto andava, cuspindo na frente de seu uniforme, assim como muitos outros. Não havia nada que pudessem fazer, apenas seguir uns aos outros até o outro lado. Com o canto do olho, Willie pôde ver padre Buckley, na retaguarda do batalhão, lá longe, nos limites das tropas massacradas. Desviou rápido o olhar. Não gostava do modo como o padre olhava por ele. Havia almas demais sem preces para as salvar, almas demais, almas demais.

Passaram por Guillemont dois a dois, e era estranho pensar ser aquele um local de vitória. Não havia nada lá. Os sapadores trabalhavam aplainando o solo para que o maquinário e os suprimentos e os caminhões pudessem passar. Uma longa estrada estava sendo reforçada e reparada por cerca de 2 mil chineses. Alguém, nos seus próprios canhões ou nos dos alemães, tinha na mira tudo o que era feito, e havia milhares de bombas caindo em todos os lugares, como a cena selvagem de alguma peça sem sentido ou propósito, mero espetáculo. Havia uma espécie de fascinação suja em ficar vendo os *coolies* cavando e cortando, como se ignorassem o perigo. O que podiam fazer? As bombas caíam entre eles e ouviam-se gritos distantes, e então fileiras de escavadores fechavam-se, e tudo ficava como antes. Bem, eram heróis pra caralho, se eram, pensou Willie Dunne. Era um quadro de estranha coragem, de indiferença estranha.

Quando os soldados chegaram às trincheiras que lhes haviam sido designadas, por algum milagre, havia vasilhas de um cozido fumegante. Como chegaram até ali ninguém sabia, mas os homens não estavam reclamando. O capitão Sheridan conduziu sua seção até as novas trincheiras, muito bonitas as trincheiras, pelo menos para Willie. Eram o auge do trabalho alemão, com muros adequadamente estacados e a lama socada com ramos desfolhados de árvores, e havia mesmo uma drenagem nos seus pés, pranchas colocadas sobre concreto com água escorrendo por baixo. Willie olhou um abrigo, quinze degraus abaixo, e havia luz nele, como mais um milagre, e o rapaz viu a borda de uma mesa e alguns papéis arrumados sobre ela. Não havia nem sinal dos hunos que se abrigaram naquelas trincheiras durante meses e meses, nenhum cadáver, então alguém estivera ali para limpar tudo. Todos se admiraram da estranheza daquilo tudo e, felizes, mergulharam no maravilhoso cozido. A melhor parte do carneiro, parecia! Willie queria tagarelar, não podia evitar isso. O molho do cozido era melhor que água, melhor até do que rum, abrandava e extinguia a sede. Os rapazes se sentiam como reis num festim.

Dúzias de homens exaustos, com uniformes sujos, segurando com seus dedos feridos as toscas latinhas de comida.

E o capitão Sheridan, sorrindo para si mesmo.

Tudo o que Christy Moran podia oferecer naquele momento de alívio generalizado era uma incoerente palavra: "Bastardos!"

Mas ninguém sabia a quem ele estava se referindo. Toda a humanidade infeliz, talvez.

E então eles receberam permissão para dormir, se conseguissem. Bem, naquela ocasião, dormiram como cães caçadores. Christy Moran mais tarde se referiria àquele sono como "uma soneca antes de irem para Guinchy".

O capitão Sheridan instalou-se num abrigo e começou a preencher folhas e folhas de papel. Relatórios sobre a saúde dos soldados, relatórios sobre suprimentos, respostas operacionais, declarações, uma carta para a esposa, na cidade de Cavan, quatro cartas para as famílias dos soldados mortos, um pedido do endereço residencial do praça Quigley ao quartel-general da divisão, um relatório sobre o estado da trincheira, um pedido ao quartel-general de provisões e suprimentos, mais sabão, especialmente para os pés dos soldados.

Enquanto o capitão terminava de escrever, chegou correndo um mensageiro com uma ordem para que se posicionassem às quatro horas e iniciassem um bombardeio às 4h45, com o objetivo de atingir a parte leste da aldeia de Guinchy às 15h30 em ponto, se possível, e o propósito de estabelecer uma ligação com etc.

231 *Um Longo Longo Caminho*

— Claro — murmurou para si próprio. — Não estamos aqui para cavar. O que eu estava pensando? Foi aquele bendito cozido.

❧

Às quatro horas, os soldados já estavam despertos e em suas posições. A trincheira era maior que de costume, então, era possível ter uma noção pouco comum da própria companhia e de algumas das outras companhias do batalhão. E ter consciência de quantos deles havia era algo bem-vindo.

Willie Dunne, como os outros, apoiou-se sobre o parapeito, com seu rifle e sua mochila. Ocorreu-lhe subitamente que aquela era a primeira vez que ele enfrentaria um ataque de verdade. Não era um pensamento interessante. As terras à frente ainda estavam muito escuras, embora, de poucos em poucos minutos, houvesse uma explosão vinda das linhas dos *boches*, iluminando o terreno adiante. Havia novos recrutas agora, um cara chamado Johnson e três rapazes que pareciam ter vindo da rua Gardiner em Dublin, cujos nomes Willie ainda não conseguira saber. Na verdade, pareciam crianças. Chegaram direto para aquela operação, ela seria seu primeiro contato com a guerra, e, como o próprio Willie não entendia bem o que estava para acontecer, sentia pena deles. Sim, pena. E o que deveria ele, perguntava-se, sentir por si próprio? Por Deus, e não era que a porra do mijo pesava na sua bexiga de novo? Estava quase estourando. Inclinado sobre o lado da trincheira, agarrando uma bela escada de assalto alemã, Willie tentava controlar a bexiga, tentava. De repente, a artilharia explodiu numa vasta linha em algum lugar, um som distante, e então, muito rápido, mísseis de grande calibre passaram sobre a cabeça de Willie, causando um tremendo barulho a meio quilômetro através dos campos. Certamente, os *boches* haviam suspeitado do que estava para acontecer e tentavam alcançar os canhões britânicos, aquartelados com esperança no solo limpo de Guillemont, ou em algum outro lugar vantajoso e eficiente. Ah, Willie Dunne rezava agora, vantajoso e eficiente. Bom Deus dos vantajosos e dos eficientes, estou rezando, rezando, e pedindo: me dê coragem, ó Senhor, não me deixe morrer hoje, mas voltar para casa em segurança, em Sua hora, para Gretta, querido Deus, me proteja. O barulho ultrapassava todos os sons que Willie já ouvira. O'Hara sussurrou, entre as explosões.

— Novas ordens, Willie. Coisa grande, hein?

E Willie não duvidou nem por um minuto da sua intuição. Talvez aquelas fossem as novas bombas de que tinham ouvido falar, canos tão grossos quanto os dos esgotos, pesadas e vermelhas como bestas armadas jamais vistas em toda a Criação. A urina explodiu e encharcou as pernas da calça do rapaz.

— Mijão — riu O'Hara, bondosamente, e deu uma cotovelada de brincadeira em Willie.

— Meu Deus! — disse Willie Dunne.

Naquele momento, os canhões dos *boches* acertavam a mira no terreno que antes fora a sua própria trincheira, e o solo adiante pulverizava-se horrivelmente. Com certeza, ninguém poderia esperar que um soldado pulasse para fora com sua bela pele humana e conseguisse caminhar através daquela torrente. Não, não, deviam ser seus próprios canhões, pois o fogo de barragem começou a avançar pelos campos num show selvagem, criando de repente milhares de buracos no barro miserável por onde se deveria caminhar.

— Puta merda — disse O'Hara. — Puta merda.

Willie olhou para Joe Kielty, à sua esquerda. O companheiro devolveu-lhe o olhar serenamente, piscando amigável e acenando.

Não operava o canhão naquele dia porque queimara a mão. Cara estranho, o Joe Kielty. Chegou mesmo a dar um tapinha nas costas de Willie. E então, antes que alguém pudesse fazer qualquer coisa — mijar, gritar, entrar em pânico ou morrer —, o capitão Sheridan deu a ordem para a sua companhia, e Christy Moran repetiu-a a seus rapazes, como um eco, e as escadas subiram na trincheira.

Diante de Willie, surgiu subitamente o campo aberto. Ao leste, estava o nascer do sol, frio, róseo e claro. Parecia haver bosques por toda parte do horizonte, mas nenhuma árvore por perto, apenas aquela vista nua, explosiva. Willie agarrou seu rifle em dois lugares e içou-se sobre a trincheira. O capitão Sheridan, no melhor estilo Sheridan, parecia destemido, acenando para eles com o bastão, sem se importar ainda em sacar seu revólver, e gritando algo que ninguém conseguia ouvir. Avançou à frente deles cerca de 20 metros, e os soldados o seguiram solenemente, mantendo-se em fila, como haviam sido treinados, mesmo os novos recrutas fazendo tudo certo, apesar dos buracos de bombas. Sua própria barragem estava à frente do capitão, cerca de 45 metros, e os rapazes sabiam que tinham de tentar segui-lo sem ficar para trás, porque então, meu Deus, estariam em campo aberto e descobririam logo em que estado de desordem ou ordem estavam os *boches*. Mas a barragem estendia-se à frente deles e à frente do capitão Sheridan, e nem um punhado de galgos poderia segui-la, nem um punhado de galgos.

Mas os soldados prosseguiam, desimpedidos. A barragem fizera maravilhas no arame farpado da linha inimiga, e eles acharam bem fácil ultrapassá-lo, e, de repente, um sentimento maravilhoso invadiu o peito de Willie. Ele, de repente, se sentiu orgulhoso, verdadeiro e jovem. Era algo parecido com amor. Era amor. Sentia a força das pernas apesar do peso da bagagem. Conseguia ver, como num sonho, Joe Kielty de um lado e O'Hara do outro, todos avançando admiravelmente. Toda a linha avançava, toda uma linha de irlandeses, pensou, sim, sim, era magnífico.

A barragem desapareceu numa moita a distância e, quase imediatamente, as metralhadoras começaram a atirar. O capitão Sheridan foi atingido e caiu como uma estátua. Todos viram isso, nitidamente. Num riacho, dois dos novos recrutas da rua Gardiner foram removidos da linha; um foi deixado para trás, gritando, mas ninguém podia parar para ajudá-lo, era proibido. Willie olhou para trás e viu linhas e linhas do seu batalhão avançando, e dúzias e dúzias de homens tombando sob o estranho tiroteio raivoso. Um grupo de soldados que carregava sua própria metralhadora foi abatido, formando um monte sangrento. Então, um jato de sangue escuro cruzou o rosto de Willie, porque agora bombas de morteiro caíam entre eles e alguém fora reduzido a nada. No entanto, graças a Deus, ao seu lado ainda se moviam seus queridos companheiros, Joe Kielty e Pete O'Hara. Willie nem sabia, mas estava chorando, chorando estranhas lágrimas. Avançava sempre. Passaram pelo capitão Sheridan, ainda vivo, sentado como um bebê de seis meses, parecendo inteiramente atônito, seu braço esquerdo parecendo completamente crivado de ferimentos de balas, e, bem no seu peito, um outro buraco, de onde escorria um filete espesso de sangue vermelho. Senhora Sheridan, senhora Sheridan, senhora Sheridan eram as estranhas palavras que pulavam na garganta de Willie. E os soldados seguiam, caminhando, tropeçando.

Deve ter ocorrido um certo caos na ordenação das fileiras de soldados, pois Willie conseguia ouvir claramente a voz rude de Christy Moran berrando para todos manterem as fileiras e as cerrarem. Cada um dos soldados podia agora, de alguma forma, sentir o que as metralhadoras estavam fazendo, como se todos fossem um único corpo, e, quando os homens caíam, todos caíam por um momento, caíam e novamente se levantavam, mantendo o passo, milagrosamente. Assim, parecia o segundo anterior a atingirem o chão abaixo das trincheiras inimigas, e Willie viu um destacamento de artilheiros à frente começar a arremessar suas bombas Mills, e ouviram-se então grandes explosões, e parecia que, por sorte, elas tinham atingido a metralhadora do inimigo, mas, o que quer que tivesse sido, o pelotão de Willie podia agora continuar a avançar, e, em uma fração de segundo, eles estavam dentro da própria trincheira inimiga, era como uma versão louca do treinamento, mas, de qualquer forma, mergulharam na trincheira, e a primeira coisa que Willie sentiu foi as mãos de um homem em sua garganta, sua garganta, como um louco pesadelo, mas Joe Kielty, o gentil Joe Kielty, tinha nas mãos um instrumento assassino, como um martelo arredondado, e atingiu o homem que atacara Willie, depois esmagou com o martelo ou o que quer que fosse aquilo outro soldado, e ouviram-se tiros e grande confusão, e os alemães chegavam, vindos de outra parte da trincheira, e tinham as mãos para o alto e gritavam como macacos: "Kamerad, Kamerad!", ou uma coisa assim, e, embora o rapaz que restava da rua Gardiner tivesse atirado neles, logo percebeu seu erro e já estava reunindo os alemães num grupo, e que porra estava acontecendo naquele momento Willie não sabia, mas parecia tudo um pesadelo quente, escuro e sedento, tudo, e ele se perguntou como aquele calor não secara a urina da sua calça.

Então, Christy Moran disse ao grupo para manter a posição na porra da trincheira, pois os filhos da puta dos *boches* voltariam para o contra-ataque num minuto, todos os cornos filhos de uma puta. E ele parecia muito agitado, seu rosto branco como a lua que brilhava, cavado como o de um morto, mas, muito estranhamente, quando se aproximou dos prisioneiros, o sargento não foi violento, foi bastante gentil e mandou-os sentarem e ficarem quietos.

Willie sentia uma sede como nunca antes experimentara. Ficou ali, ofegando, o dia todo, ofegando. Mas o contra-ataque não veio naquele dia. Nada veio, nem água, nem comida. Os alemães capturados foram conduzidos de volta a Guillemont. Talvez recebessem comida, pensou Willie. Mas e a porra dos irlandeses?

Eram eles heróis, idiotas ou o quê? Ele ficou ofegando, hora após hora, todos ficaram. Ao cair da noite, outro batalhão da 16ª Divisão veio substituí-los e eles seguiram seu caminho, liderados agora por Christy Moran, pois Sheridan estava ferido e os dois tenentes que haviam liderado as companhias estavam mortos.

Exaustos, famintos, sedentos, os soldados voltavam, se arrastando. Passaram por homens que conheciam e por homens que não haviam conhecido, todos recentemente mortos pelo caminho. Eram como marcas pintadas nos campos. Willie conseguia ver onde as metralhadoras tinham feito um arco em forma de foice nos homens tombados. Era um milagre, um milagre, que nem todos tivessem morrido. Willie não conseguia entender como haviam conseguido escapar. Rezara e rezara para o seu Deus e, de alguma forma, isso bastara.

Voltaram para a outra trincheira, e a triste verdade era que o capitão Sheridan havia morrido e estava sendo colocado numa maca. Willie e os outros pareciam atraídos por aquela maca e a seguiram pelos labirintos das trincheiras, por todo o cemitério, até Guillemont. Ao passarem, outros membros do seu batalhão observavam e até aplaudiam aqueles soldados que acompanhavam seu líder morto. Como as notícias de que Guinchy fora tomada haviam se espalhado depressa, os homens da 16ª a atravessavam, embora a vila estivesse reduzida somente a uma faixa de terreno plano com algumas leves manchas brancas nos lugares onde o cimento e os tijolos das casas havia muito tinham sido pulverizados. Então, eles eram os heróis de Guinchy, de certo modo, Willie Dunne e seus companheiros. Mas, em seus corações, eram fantasmas. Nem sequer olharam para os homens que os aplaudiam ou honravam, ou o que quer que fosse que estava acontecendo. Porque eles sabiam, já que os camaradas em questão não estavam ali ao lado deles, que pelo menos quatro homens do seu pelotão tinham morrido, que talvez dois terços dos homens da companhia e talvez metade do batalhão tivessem morrido, e o outro terço, ficado terrivelmente ferido. O pobre Quigley se fora. O hospital de campanha não conseguiria lidar com aquele dilúvio de dor e desespero. O mundo estava destroçado em mil pedaços. O capitão Sheridan era um cadáver. E todos gritavam, gritavam por dentro, os heróis de Guinchy.

Capítulo Quinze

Havia uma carta de sua irmã, Maud, esperando por Willie, o que era estranho, pois até então ela não lhe escrevera, embora tivesse enviado alguns bons pacotes:

Castelo de Dublin.
Setembro de 1916.

Querido Willie,

Espero que você esteja bem espero que receba esta carta. Dolly, Annie e eu enviamos todo o nosso amor. Mas o papai está aborrecido com você Willie. Sua carta mais recente ele diz que não foi boa ele está zangado Willie. Isso que você disse a ele talvez você possa escrever de novo e tranquilizá-lo. Ele disse que você não deve perguntar sobre Redmond ele quer que você escreva para ele Willie. Espero que você esteja bem mandamos nosso amor e por favor encontre uma margarida seca que a Dolly está mandando no envelope, ela encontrou no jardim do castelo. É boa como urze ela diz. Por hoje é só Willie.

Sua irmã afetuosa,
Maud.

﹏

Willie ficou queimando os miolos para descobrir o que ofendera seu pai, mas, verdade seja dita, nem era preciso queimá-los muito.

Os soldados foram levados de volta a um distrito muito agradável e tão distante das linhas de frente que nem mesmo a artilharia podia ser ouvida, apenas os aeroplanos que passavam velozes sobre suas cabeças, o que era uma visão alegre, mantinham a guerra próxima.

Enquanto escrevia sua última carta, Willie tivera a estranha sensação de que estava falando de coisas que não devia falar na presença de seu pai, por assim dizer, mas, quando criança e adolescente e mesmo depois de mais velho, sempre fora muito aberto e se sentira à vontade com ele, e fora elogiado e apreciado por ele, então achava que podia falar o que pensava, como sempre fizera. Mesmo assim, sentira uma pulga atrás da orelha, algumas palavras ousadas demais poderiam perturbar uma mente conservadora como a de seu pai. E, agora, Willie estava muito, muito longe e temia ser muito arriscado tentar resolver tudo por cartas, especialmente porque não tinha muita certeza de qual fora a ofensa, ainda que tivesse uma vaga ideia. Mas Maud não teria escrito se não fosse algo importante, porque ela só escrevia para comunicar nascimentos, mortes e casamentos, pois achava que era para isso que serviam as cartas, e era totalmente contrária a fofocas e notícias corriqueiras.

﹏

No entanto, a distância entre a guerra e o lar alongava-se, ampliava-se. Não se tratava de quilômetros pragmáticos pelo meio, mas de outra, mais misteriosa medida de distância. Os ícones podiam se tornar frios num leito de campanha, por mais brilhantes e enfeitados que parecessem. Então, era nos sonhos que o pai de Willie pesava mais; nos sonhos, estava Gretta.

O grande espetáculo daqueles dias não era uma batalha, mas uma luta. Não uma luta que fizesse parte de alguma batalha, porque agora as intempéries do inverno estavam chegando, com temíveis geadas e o endurecimento da terra. Dava pena dos batalhões que ainda estavam na linha de frente, com todo aquele inverno que chegava para congelar os ossos dos homens, com todo o esforço de que precisavam para que seus pés não ficassem negros de frio. Jovens mal-alimentados em suas casas, que haviam recebido apenas alguns meses de rápido treinamento, poderiam congelar em poucas horas, como os mendigos encontrados em pátios de edifícios quando o rigor da estação atingia Dublin, fazendo cair um grande manto de neve assassina. Então, nas linhas de frente, Willie sabia e temia, seria assim com franceses, irlandeses, ingleses e alemães, sofrendo igualmente nas covas daquele mundo.

A luta em questão foi a rodada final do grande campeonato inter-regimental de boxe, no qual, assim quis o destino, dois rapazes irlandeses tiveram de defrontar um ao outro, um de Belfast, chamado William Beatty, e o outro, um herói alto, de rosto sinistro, chamado Miko Cuddy. O fato de que o primeiro era da 36ª e o segundo, da 16ª foi fortemente notado, e, antes de Guillemont e Guinchy, a luta era considerada um confronto entre inimigos, mas, após as batalhas, como alguns batalhões do norte haviam participado, isso já não parecia verdade, e a luta foi denominada "Batalha dos Micks".* Mas, ainda assim, o confronto das duas divisões tinha

---

* *Micks* (gíria) = irlandeses. (N.T.)

um certo sabor picante. Até Deus, dizia o padre Buckley, podia escrever uma história irlandesa, as melhores histórias.

A luta se realizou na sede da divisão, um grande e decente edifício onde o padre celebrava suas missas e onde eram realizadas palestras sobre a arte da higiene dos pés e do arremesso da baioneta para matar ou ferir, sobre as distâncias, sobre como saber se estavam participando de um ataque, e sobre como ler as referências de um mapa corretamente, todas coisas importantes, mas sempre menos interessantes do que uma luta de boxe.

O salão podia se orgulhar dos quatro grandes lustres a gás fixos às vigas do teto e que espalhavam quatro focos de uma luz sombria. Os carpinteiros dos batalhões haviam sido convocados para construir uma bela arena, de laterais decoradas e que ostentavam até alguns detalhes góticos nos pilares, o que era particularmente desnecessário. Mas todos sentiam a paixão, a legitimidade e a poesia da competição. Não havia nada que pudesse ser criticado. Segundo a estranha descrição usada pelo padre Buckley, era tudo "inobjetável". Com isso, ele queria dizer que aquela não era nenhuma luta travada no campo da morte e, portanto, ninguém seria morto por uma metralhadora ou por uma bomba *shrapnel*, e os soldados teriam uma ou duas horas merecidas de diversão. O padre havia enterrado tantos soldados depois da batalha de Guinchy, e ouvido tantas confissões na hora da morte, e dito os ritos de morte para tantos que, a cada minuto, todo o seu corpo estremecia de um modo estranho, como um cachorro com frio, um tremor tão passageiro que nem seria notado se ninguém visse sua batina oscilar por um momento. Ele era um homem caloroso que não conseguia mais se aquecer. Cerca de três dúzias de homens haviam sido enviados de trem de volta a Londres, pois o tremor deles era dez vezes mais aflitivo que o do padre. Willie vira rapazes sentados no chão, agitando os braços e movendo a cabeça descontroladamente, com a sanidade dos santos a não ser por esse fato, inúteis para a guerra e provavelmente para si próprios, a menos que pudessem ser curados.

 O próprio Willie Dunne estava mergulhado no prazer do momento. Ansiava por ver os lutadores chegarem e ansiava por vê-los se despedaçarem mutuamente com toda aquela elegância cruel. Nunca em sua vida Willie vira uma luta de boxe, nunca em sua vida sequer pensara sobre o assunto. E, no entanto, nos dias que precederam o evento, o rapaz ficara tão ansioso e estranhamente feliz como o resto dos seus companheiros, e animado, falando com Christy Moran e O'Hara sobre o combate. Por trás desses seus impulsos balançavam as lâminas pesadas e ensanguentadas do terror, mas, por dentro, por um momento... Descuidadamente, O'Hara resolveu fazer uma lista de apostas, mas, como as probabilidades eram tão poucas para ambos os homens, mais depressa ainda a encerrou, vendo que perderia uma fortuna em pouco tempo.

Todos foram ver a luta, pois uma luta sem mortes — com toda a certeza, muito embora fosse sem luvas — parecia, para cada um daqueles homens, algo como um pássaro cantando num bosque verdejante.

 Chegaram depois de comer, em grandes grupos barulhentos, e encheram a sala, toda salpicada com aquela luz curiosa. Por causa da posição dos lustres a gás, até o próprio ringue estava mal-iluminado — por que aquele quadrado era chamado de ringue constituía um mistério para Willie Dunne. Sentou-se com seu pelotão, ou o que restava dele, em pequenas cadeiras de madeira com encosto de metal, que estalavam sob suas bundas, mas aguentavam. Havia cinquenta filas de cadeiras em círculo, ou melhor, em quadrado ao redor do ringue. Tentaram deixar entre elas um espaço por onde os combatentes deveriam passar. Os primeiros-sargentos das companhias faziam o melhor que podiam, mas conheciam aquele tipo de evento. Os oficiais da linha de frente ficavam felizes por se sentar entre os seus homens, como haviam se acostumado a fazer nas trincheiras. Mas os oficiais do estado-maior estavam em uma seção reservada, perto do ringue, sentados com toda a sua glória, tendo mesmo escolhido seus uniformes de gala para aquela noitada. Aquelas eram criaturas raramente vistas, mas que projetavam e planejavam as batalhas, embora nunca participassem realmente delas (dizia Christy Moran, sem demonstrar muita amargura).

Os rostos dos homens eram banhados das luzes a gás, como a plateia de um estranho teatro onde somente homens podiam entrar. Podia-se imaginar que algum espetáculo arriscado estaria para começar, mas esse não era o caso. As portas se abriram, e os dois guerreiros emergiram juntos, ou pelo menos a uma distância discreta, de poucos metros, e avançaram para o ringue. Todo e qualquer homem de Ulster que estivesse entre os sulistas urrou poderosamente, porque William Beatty entrou primeiro, mas, quando Miko Cuddy foi chegando, elevaram-se os clamores e assobios dos sulistas.

Os boxeadores eram homens grandes, mas Beatty era um gigante.

— Santa Mãe de Deus — comentou O'Hara —, isso não é um homem, é um boi.

Willie Dunne caiu na risada.

— É uma porra de um boi — continuou O'Hara. — Juro por Deus.

— O coitado do Cuddy é um anão perto daquele cara — disse Joe Kielty. — E eu fiquei do lado de Miko Cuddy em Westport uma vez, e tudo o que eu conseguia ver eram os botões do colete dele.

— Westport, Joe, você o viu em Westport? — perguntou Willie Dunne.

— Ele lutou umas três ou quatro vezes na costa oeste durante a carreira — respondeu Joe Kielty, o homem mais gentil de toda aquela costa. — Ele é de Crossmolina.

— Três ou quatro vezes?

— Pois é, Willie, pois é, Willie — disse Joe Kielty.

Mas os lutadores foram bastante educados, e, quando o árbitro examinou suas mãos para ver se não haviam escondido pedaços de lata ou de vidro, conferiu se as ataduras sobre os nós dos seus dedos estavam limpas e bem-amarradas, e que não estavam embebidas em óleo ou vinagre, um para esfregarem no próprio rosto depois que o sino tocasse, o outro para darem um toque especial em algum ferimento, quando o árbitro examinou todos esses itens, essenciais, mas tediosos, os dois lutadores se colocaram um diante do outro sem hostilidade, "na melhor tradição irlandesa", como disse o padre Buckley para ninguém em particular, e, quando tudo estava pronto para a luta, deram-se um aperto de mãos — pelo menos bateram os nós dos dedos, amigavelmente. Então, alguém tocou um sino. Willie teve a impressão de que fora o próprio coronel, que apenas uns dias antes havia cavalgado até eles no seu belo cavalo preto e louvado suas ações em Guinchy, quem tocara, pois o som vinha justamente de trás de sua nobre pessoa. Houve então uma breve pausa e, depois, cada homem da sala irrompeu em aplausos selvagens, e então tombaram todos no mais profundo silêncio, e subitamente ouviu-se o ruído do gás que saía das quatro lâmpadas para o ar enfumaçado. A pausa prolongou-se, Willie achava, por um minuto inteiro, e então William Beatty fez uma pequena dança animada e mergulhou maravilhosamente para a frente, e deu em Miko Cuddy um tal golpe na cabeça que Willie tinha certeza de que ela ia cair se tal coisa fosse possível. O ouvido do lutador absorveu o golpe, e ele talvez tenha ouvido música. Então, William Beatty, como num êxtase de boas maneiras e glória, firmou-se nos calcanhares e abaixou os braços, sacudindo-os como se doessem um pouco, e Miko Cuddy inclinou-se e lançou um tamanho direto no queixo do adversário que as centenas de homens ali reunidos ofegaram como se respirassem juntos. Nenhum ser humano poderia levar tal golpe sem ver estrelas brilhando.

William Beatty retrocedeu três ou quatro passos, como se realmente contasse galáxias com os olhos abertos, mas depois avançou novamente para Cuddy e os dois começaram a se mover em círculos, com passadas leves, e a trocar uma série de golpes mortais, mirando sempre na cabeça quando possível. Willie Dunne não somente podia ouvir o golpe de punhos contra crânio, que tinha um som bem peculiar, um som de dor excruciante, mas podia ver também o suor escorrendo da cabeça dos boxeadores em pequenas fontes, tudo sob aquela luz sinistra da sala. Então, alguém invisível tocou o sino e os dois lutadores se apartaram e se jogaram nos seus cantos do ringue, onde os primeiros-sargentos de cada divisão estavam, com seus uniformes e calças cáqui, segurando tigelas de água para seus subordinados, e, pelo que todos conseguiram ouvir, dando conselhos sérios.

Mas a plateia estava profundamente satisfeita. Era uma luta equilibrada e, o que era ainda melhor, havia uma boa atmosfera animando os diversos setores da plateia. Alguns nomes políticos foram mencionados, outros rejeitados. Os problemas recentes em Dublin foram mencionados do ponto de vista de Derry e Belfast. E as alianças e as diferenças religiosas e culturais de ambos os lados foram também citadas, mas não de modo a causar algum furor maior que o do ringue, o que o padre Buckley achava curioso e digno de nota. No fundo do seu coração, o padre era um partidário dos Redmond — não tanto de John Redmond, o verdadeiro líder do Partido Irlandês, mas de seu irmão, Willie, membro do Parlamento, que estava no *front* com a divisão e era realmente um "velho", como o padre. No dia anterior mesmo, o padre Buckley estivera lendo um discurso de Willie Redmond na Casa dos Comuns, no qual ele mais uma vez afirmava esperar piamente que o fato de os soldados irlandeses nacionalistas e unionistas estarem lutando lado a lado poderia algum dia fomentar um maior entendimento recíproco e levar a Irlanda, apesar da recente rebelião, a uma posição de equilíbrio, de paz e coexistência nacional... Naquele momento, o sino tocou novamente, e Miko Cuddy parecia ansioso para terminar a luta, com certeza estimulado pelos seus padrinhos — mesmo nome dado aos que ajudavam os combatentes de um duelo, notou o padre, os quais, provavelmente, haviam avaliado mentalmente o gigante de Ulster e tremido na base diante do longo alcance e dos grossos músculos de seus braços. Então, Miko Cuddy avançou como um verdadeiro redemoinho, um moinho de vento na branca planície do ringue, girando, girando os braços, e, antes que pudesse causar muito dano, William Beatty atacou-o como um bailarino, com passos para o lado, com passinhos laterais, gingados, arremessando e aperfeiçoando cada golpe, como um homem inspirado por poesia e pela possibilidade de se movimentar, e acertou outro soco diretamente na mesma orelha que atingira no primeiro momento da luta, e Willie Dunne jurou, mais tarde, que parecera sentir ele mesmo aquele soco em sua própria orelha, e O'Hara confirmou que, em sua empolgação, ele próprio realmente acertara um golpe na orelha de Willie, mas que fora somente uma sombra do verdadeiro soco.

Miko Cuddy ficou parado alguns instantes, olhando William Beatty fixamente. Não parecia estar imerso em pensamentos muito profundos. Sua orelha inchara entre os toques do sino e agora, com o novo golpe, estava do tamanho de uma laranja, uma laranja achatada, em carne viva e cheia de sangue. O queixo de William Beatty também sangrava profusamente, então parecia que algum daqueles golpes em redemoinho o tinha atingido, afinal era difícil dizer, naquela penumbra. Mas Miko Cuddy continuava a olhar para William Beatty. O padre Buckley duvidava de que o boxeador estivesse pensando nas palavras pacificadoras de um Willie Redmond, ou em qualquer outra coisa. Logo mais, a dor seria muito intensa na cabeça de Cuddy, mas ainda não era, pois as pernas do lutador se dobraram sob ele, que foi à lona — literalmente falando, foi ao lado das caixas de armamentos fixadas umas às outras com alguns parafusos tortos —, envolto em suor e sangue, e um pouco de poeira.

O árbitro da luta era um nigeriano do Corpo de Trabalhadores Africanos que nunca antes fora árbitro de coisa alguma em sua vida civil. Era um homem elegante, vestido com uma bela roupa de árbitro, de tipo americano, e o homem tinha a cara fechada e uma expressão filosófica. Começou lentamente a contagem para Miko Cuddy. Os sulistas da sala, em princípio, ficaram sentados, desapontados, ouvindo os fatídicos números chegarem a seis, a sete. Levantaram-se então, como uma plateia ovacionando um grande músico, e começaram a berrar e a gritar para Cuddy que se levantasse novamente, e, pela graça de Deus e de todas as coisas, ele se levantou. Emergiu de um profundo estupor, como um deus em ascensão de alguma história antiga, e levantou os punhos e, em fazê-lo, o moral dos seus torcedores. E William Beatty, embora tenha sacudido a cabeça, salpicando sangue naquele estranho ar, descansava sobre a sola de suas botas de boxe — verdade seja dita, uma bota de trincheira melhorada — e parecia esperar uma iluminação. Então, o sino tocou novamente, como uma sirene marítima resgatando algum navio errante, e Miko Cuddy, agradecido, procurou seu canto do ringue e se jogou no banquinho, por sorte bem-construído.

Um pandemônio diferente produziu-se então na sala. Talvez agora houvesse um elemento de acusação, e no canto do ringue formou-se uma confusão de soldados, logo dominada pelos vigilantes policiais. Ouviram-se observações cáusticas. "Veados rebeldes" era uma delas, e "veados de Ulster" outra. Mas, de modo geral, era apenas empolgação, uma espécie de felicidade misturada com horror.

O sino tocou novamente, e Miko Cuddy não perdeu tempo dessa vez e avançou até o centro do ringue e acertou um soco em William Beatty. Talvez quisesse acertá-lo em alguma parte da mandíbula, ou talvez esperasse somente atingir alguma coisa, qualquer coisa, do homem de Ulster, para igualar a sua cota de dor. Mas Cuddy retrocedeu, pois escorregou numa pequena poça de seu próprio sangue, pegajoso como graxa, e ficou estendido no chão. William Beatty inclinou-se e ajudou Cuddy a se levantar. Uma extraordinária gritaria elevou-se na sala; ninguém vira até então um tão estranho e mesmo bobo espetáculo. William Beatty retrocedeu também, por alguns segundos, depois projetou-se para a frente e recebeu um golpe de Cuddy no queixo, um golpe que formou uma fina teia de sangue no ar do ringue e que caiu feito uma diáfana cortina sobre o grupo dos oficiais, fazendo-os remexer em suas cadeiras. Mas eles mal prestaram atenção naquilo, pois aquele não era o sangue de sua própria morte e, para lhes fazer justiça, estavam tão entusiasmados quanto os soldados para ver com seus próprios olhos o resto da luta.

Houve mais quatro *rounds* de golpes trocados, e cada lutador já conseguira avaliar totalmente o adversário. A admiração crescia entre os observadores, e ninguém, naquele momento, conseguia mais torcer por apenas um dos lados. Era uma luta de iguais, e esses iguais entravam lentamente numa névoa de cansaço e ímpeto vívido, onde ondas de energia eram necessárias para aplicar socos pesados, difíceis, e para driblar com pernas tão cansadas como as próprias histórias da Irlanda. A fumaça, o suor, o sangue e as luzes fracas se fundiam, e os rostos das centenas de homens ali reunidos abriam-se com gritos e desejos, e os punhos continuavam a atingir rosto, peito e ombros. Sangue sobre o dorso dos boxeadores, empoçado sob a pele, em manchas escuras como queimaduras de gelo, que os soldados já tinham visto nas trincheiras. O sangue escorria dos narizes, gotejava de orelhas feridas, espalhava-se ao sair dos pequenos ferimentos e cortes, e formava um babador de sangue no peito de Miko Cuddy. E, por todo aquele tempo, ouvia-se um estranho barulho de esmagamento, como se os próprios ossos estivessem sendo esmigalhados. Seria um milagre ver, no dia seguinte, pensava Willie, aqueles homens certamente andando por aí com rostos inchados, machucados, e um deles sorrindo, falando da luta. Ou seriam eles enterrados sob sete palmos de terra no solo de Flandres? Por Deus, essa seria uma possibilidade, se a luta continuasse por muito tempo.

Agora, os lutadores trocavam golpes muito relutantemente. Willie não conseguia imaginar quanto de seus cérebros estaria funcionando. Ele estava sentado muito quieto em seu lugar, seguindo a tendência geral da multidão. Ninguém mais gritava, uma paz estranha descera sobre o salão. Era como se aquele espetáculo de luta tivesse acalmado os soldados, lançado um feitiço introspectivo sobre eles, enquanto os dois grandes irlandeses continuavam a lutar. E quando, finalmente, Miko Cuddy, contrariando todas as probabilidades, desferiu contra o pobre William Beatty um golpe oblíquo, mas de extrema ferocidade, acertando a têmpora esquerda de sua cabeça quebrada, o gigante inimigo desabou, e as vozes da multidão elevaram-se novamente, num rugido em coro, uma terrível, simples e bela nota de aprovação vinda do fundo da garganta. E Miko Cuddy, de Crossmolina, no distrito de Mayo, tornou-se o herói de centenas de soldados por um dia.

Em outra noite, os oficiais promoveram a encenação, para os reconhecidos soldados, de "O Nascer da Lua", uma peça irlandesa para um regimento irlandês. Um dos oficiais da linha de frente fazia o Policial, e o major Stokes, o Rebelde — ele substituía mais ou menos o pobre capitão Sheridan. O sotaque irlandês do major era brutal. Era estranho ver seu rosto corado arfando nas falas. Mas, embora fossem muitos os homens do rei — todos eles eram, até certo ponto, sentados ali com seus uniformes —, ainda assim, cada um deles desejava que o Rebelde ficasse livre, e todos se sentiram aliviados quando, no fim da peça, ele ficou. É bem verdade que a peça fora escrita havia cem anos. Mas, ainda assim...

A diversão do mês seguinte foi uma espécie de dança, ao som da música de alguns rapazes num pequeno palco, mas não era exatamente uma dança, porque não havia mulheres com quem se pudesse dançar, embora os soldados achassem que as enfermeiras poderiam ter sido autorizadas a juntarem-se a eles; seria um sonho. Mas acabou que o major Stokes disse que não podia deixar um bando de pobres enfermeiras se juntar à multidão de lunáticos irlandeses. De qualquer forma, o objetivo daquela noite era divertir todo o batalhão, e, apesar dos acréscimos e dos novos recrutas, havia agora um número menor de homens no batalhão e muitos deles nem eram irlandeses, mas, mesmo assim, havia carneiro irlandês suficiente no cozido para garantir seu sabor tradicional.

No entanto, todos os que tinham olhos para ver podiam constatar que grande parte dos homens que haviam chegado em 1915 com a 16ª Divisão não estavam mais ali. Havia muito poucos como Willie Dunne, e isso lhe era estranho quando olhava ao redor.

— Eu acho que o velho Somme* levou embora a maioria de nós — comentou Joe Kielty, examinando a tropa. — Só reconheço alguns dentre esses rostos, Willie.

Havia uma forte nota de solidão em sua voz, como se ele quase temesse o que estava dizendo. Mas Willie pouco podia dizer para confortá-lo.

De qualquer maneira, a pequena banda tocava, um pianista, um trompista e um baterista, e boa música rolava, mas então a falta das mulheres foi sentida amargamente. O que se podia fazer?

---

* Referência à Batalha de Somme, travada de 1º de julho a 18 de novembro de 1916 na região do rio Somme, na Picardia, norte da França, com baixas de mais de 1 milhão e meio de soldados. (N.T.)

Um Longo Longo Caminho

Todos ficaram observando os músicos, em grupo, e eles tocavam boa música americana, muito animada, e a maioria dos soldados era jovem e queria dançar um pouco, esquecer a guerra. Por isso, aqui e ali, alguns começaram, por brincadeira, a valsar uns com os outros, o que pareceu dar certo, e todos gargalhavam, e rapazes se inclinaram diante de outros como se os cortejassem, como cavalheiros, enquanto os outros, entre rugidos de aprovação e zombaria, faziam uma reverência e deixavam-se conduzir na dança, como verdadeiras damas. E, por Deus, quando os motores esquentaram, os líderes conduziram seus pares empolgadamente, rodopiaram com eles, e houve urros e exclamações, e rapazes jovens, leves quase eram atirados sobre as tábuas do chão. Willie Dunne estava sendo conduzido como uma galinha, e era O'Hara a conduzi-lo, O'Hara, com seu um metro e oitenta, e ele sacudia Willie de tal maneira que o rapaz sentiu-se feliz em retrospecto por não ter nascido mulher e ainda mais por não ser a namorada de O'Hara, porque já teria sido morto numa dança daquela.

O ar parecia azul e verde e amarelo, e tudo girava como um tufão, tal era a vertigem. Joe Kielty, aquele garboso homem de Mayo, com seus pés chatos, passava sorrindo, leve como uma garota. E foi atirado no caminho de Willie, e os dois colidiram. E então colidir transformou-se numa fúria, e houve uma deliciosa confusão, rapazes conduzindo seus pares para que esbarrassem nos outros.

Pelo fim da noite, quando todos estavam meio apagados, o pianista, que, ao contrário dos seus companheiros músicos, era de Galway, tocou uma bela música escocesa, e Joe Kielty, que se revelou campeão simultâneo dos distritos de Charlestown e Foxford, subiu numa das mesas e dançou. Ficou parado feito uma pedra por alguns instantes, em seu uniforme cáqui com manchas úmidas, e deixou a música invadir seus ouvidos, braços totalmente colados ao longo do corpo, como devia ser. Então, súbita como uma descarga elétrica, a música chegou às botas do rapaz e seus pés se elevaram como prodigiosos martelos, ligeiramente batendo na mesa, com grande velocidade, mas toda a parte superior do seu corpo não se mexia e ele mantinha a cabeça alta e os olhos fixos à frente. Era a coisa mais maravilhosa de se ver, pensou Willie, especialmente no surpreendente corpo de Joe Kielty, que normalmente não demonstrava ter esse tipo de genialidade pelo caráter ou pela pessoa. Era um milagre que a mesa em si aguentasse, pois certamente não fora prevista para suportar danças. O restante dos soldados, particularmente os irlandeses, mas logo também os escoceses e os galeses, e também os ingleses, levantava as mãos aprovando, e Joe Kielty dançava para todos eles. Eles levantavam as mãos aprovando, e ele dançava impetuosamente.

Mais tarde, voltaram para o alojamento, e Willie Dunne não pôde deixar de se aproximar de Joe.

— Você dançou muito bem, Joe — disse, radiante.

— Nada mau — disse Joe Kielty, com um sorriso brilhante como um meteoro.

— Meu Deus, Joe — exclamou Willie —, foi algo bonito de ver.

— Ah, claro — replicou Joe Kielty, sem jeito, mas feliz.

Então, Willie Dunne inclinou-se um pouco sobre o leito do companheiro. Não sabia mais o que dizer, e falou qualquer coisa.

— O que fez você se alistar, Joe? — perguntou Willie.

— Ah, o de sempre — respondeu Joe. — Vou contar o que foi, Willie. Eu estava andando perto do rio em Ballina, pensando na

Um Longo Longo Caminho

vida. Meu pai tinha me mandado ir lá para ver se comprava uns trincos para as portas do celeiro. E uma garotinha apareceu, segurando na mão, como se fosse um buquê de flores, um punhado de penas brancas, e ela atravessa a rua sorrindo e me dá uma. Naquela época, eu não sabia o que aquilo significava, e, como a minha mãe criava abelhas em Cuillonachtan, eu pensei que a garota era alguma vendedora itinerante de penas, porque, sabe, Willie, penas de asa de ganso são usadas na criação de abelhas para empurrar as colmeias dentro da caixa quando têm que ser transportadas, e eu sabia que aquela não era uma pena da asa, mas... Então, eu perguntei à menina: "Você está vendendo essas penas?", e ela respondeu: "Não." "É algo para as abelhas?", perguntei. "Não", respondeu ela, "é algo para a guerra. Eu tenho de dar essa pena para que você se sinta mal por não estar na guerra."* E eu disse: "Vá embora. Nunca ouvi falar disso." "Ah, sim", disse ela, "o que você acha? Vai se alistar?" E, sabe, ela era tão bonita e simpática e tudo que eu fiquei sem graça e respondi: "Sim, sim." E naturalmente eu não deveria me alistar por causa daquilo, deveria só comprar os trincos e voltar para casa, para minha mãe e meu pai, mas, sabe, quando você diz para uma pessoa que vai fazer algo você prefere ir lá e fazer.

— E foi assim que você se alistou no Exército? Nem dá para acreditar — comentou Willie, em tom infantil.

— Essa é a pura verdade, Willie, e não é que meu primo Joe McNulty resolveu vir comigo? — disse Joe, e atirou sua cabeça para trás com uma boa risada, não irônica ou algo assim, apenas se

---

* Penas brancas eram símbolo de covardia. Eram enviadas aos homens que não se alistavam na guerra. (N.T.)

divertindo com a insensatez daquilo tudo, considerando como descobrira o que a guerra realmente era, e tudo o mais.

❧

Willie voltou bem contente para sua cama, tirou o uniforme, dobrou-o com cuidado e com cuidado se aninhou no leito. O alojamento, pensou ele, se aninhou naquele campo escuro, e o campo, no céu, e o próprio céu se aninhou como uma carta com a escrita selvagem das estrelas embaixo do grande braço de Deus, se existisse, e Deus se aninhou em... o que fazia Deus durante a noite? Não sabia a resposta quando criança e, como homem, continuava sem saber.

— De qualquer forma, é uma questão idiota — murmurou Willie para si próprio. Em torno de si, tudo caía no som curioso e ocupado de seus camaradas pegando no sono. Os peidos misturavam-se com o agressivo cheiro de seus pés, e seus pulmões se enchiam e esvaziavam respirando como motores, e as exalações suaves se condensavam no vidro gelado da janela.

Willie ia pensando pensamentos despreocupados e, então, de repente, seu cérebro foi esvaziado por uma dor excruciante, e todas as palavras de seu cérebro foram inundadas por uma tinta preta e obliterada, e ele se enterrou o mais que pôde no colchão fino, os dentes batendo, e chorou.

A guerra não terminaria nunca. Ele se alistara para defender a pobre Bélgica e para proteger suas três irmãs. E ficaria para sempre ali. Os caules marcados pela morte seriam cortados para todo o sempre. Os generais contariam os mortos e marcariam suas vitórias e derrotas, e mandariam para lá mais homens, mais homens. Para todo o sempre.

Os ouriços se escondiam por entre as folhas dos bosques. As corujas empoleiravam-se nos freixos e nos plátanos. E havia mais uma alma perturbada naquele inverno de Flandres.

Capítulo Dezesseis

Não demorou muito para que estivessem de volta à linha de frente, embora aquele fosse um dos ditos setores calmos. Willie quase não notou a passagem do seu aniversário, ainda que percebesse, por alguns sinais, que completar 20 anos devia ser uma coisa importante. Maud, porém, não se esquecera dele e mandara-lhe uma lata de cacau. Ele comeu o pó escuro com os próprios dedos, não se importando em acrescentar água. Mas o ano se foi e outro chegou, bastante ameaçador. Não parecia mais haver muitos rapazes se alistando voluntariamente na Irlanda, somente "uns poucos ruins da cabeça", como dizia Christy Moran, sarcasticamente. A companhia de Willie foi, de fato, remendada com novos recrutas, mas muito poucos deles eram irlandeses agora.

O novo líder do seu pelotão viera de Londres e se chamava segundo-tenente Biggs. O destacamento de metralhadoras de Joe Kielty tinha quatro novos "palhaços" — novamente, na expressão afetuosa de Christy Moran —, vindos de todos os cantos da Inglaterra. Eles não se importavam muito com o fato de estarem numa divisão dita irlandesa e num regimento chamado Fuzileiros Reais de Dublin, mesmo que nenhum deles houvesse ido, em algum momento da vida, a Dublin. Um desses rapazes era de Worcester:

— Eu nunca tinha estado nem em Birmingham — admitia — até o dia em que fui procurar lá o sargento do recrutamento, junto com meu irmão John.

Mas os rapazes não eram assim tão diferentes de Kielty, ou O'Hara, ou Dunne — apenas jovens com os mesmos preconceitos e sonhos de todos os jovens, com ou sem guerra.

Nenhum dos soldados recém-formados vira a linha de frente antes, e aquela estranha estagnação e o frio que a tudo embranquecia devem ter sido um choque para eles, pensava Willie.

No pelotão de Willie havia agora um novo ás, chamado Weekes, que também era de Londres.

— Éramos sete — dizia. — Éramos chamados de sete dias da semana.*

Aquela era uma boa piada para iniciar uma conversa. O pai de Timmy Weekes, pai de todos os dias da semana, era jardineiro numa das mansões de Hampstead, além de cuidar do jardim do cemitério para o sacerdote da igreja de São João.

— Ele conhecia os bulbos. E também sabia todos os nomes nas lápides — contava Timmy Weekes. Mas seu pai fora morto em Gallipoli,** no primeiro dia. — Quando eu era pequeno, meu pai me levou para ver o túmulo de uma criança, como eu, Joseph Lange, que morrera aos 7 anos, em 1672 — continuava. — E de John Keats, o poeta, que também está enterrado lá, e foi isso que me fez começar a ler livros, e eu nunca mais parei, desde então.

---

* A palavra "week", em inglês, significa "semana", gerando um jogo de palavras com o sobrenome do personagem. (N.T.)

** A Batalha de Gallipoli foi uma operação conjunta do Império Britânico e da França, realizada na península de Gallipoli, Turquia, de 25 de abril de 1915 a 9 de janeiro de 1916 — uma tentativa fracassada de conquistar a capital otomana, Constantinopla, com grande número de mortos de ambos os lados. (N.T.)

Willie Dunne fazia o possível para manter-se emocionalmente afastado dos recém-chegados, não por serem ingleses, mas sim porque, via de regra, ainda que não se pudesse ter certeza, os soldados destreinados eram os primeiros a serem mortos. E Willie desejava ardentemente não se envolver nisso. Mas não dava para fazer pouco de um soldado como Weekes, que tinha seis irmãos e irmãs e conseguia fazer disso uma boa piada.

Christy Moran fazia tudo o que podia por eles, certificava-se de que conseguiam usar bem seus rifles e tentava ilustrar, por imitação, os diferentes sons que as diferentes bombas faziam. Ensinou quais eram os principais tipos de gás e treinou com eles o uso adequado das máscaras até todos ficarem carecas de saber. O padre Buckley sabia, pelas suas identificações, que eram anglicanos, mas fez questão de conversar com eles.

— O padre não é um cara mau — disse Timmy Weekes.

— Ah, ele é ótimo, sim — concordou Joe Kielty.

— Acho que ele sabe que sou pagão, não? — perguntou Timmy Weekes.

— Ah, somos todos pagãos, aqui — respondeu Joe Kielty.

— Então, tudo bem.

Timmy Weekes provou ser realmente um grande leitor. Normalmente, era o jornal do regimento que circulava como leitura entre os soldados, romances que se vendem em saídas de estação, e histórias do Oeste Selvagem — o Oeste Selvagem da América, é claro, mas seria ele tão realmente selvagem quanto o que agora conheciam? Nem de longe.

Mas agora Dostoiévski começou a circular pelo pelotão, que estava todo escondido nas dobras do inverno. Era *O Idiota*. Havia também *Folhas de Relva*, de Walt Whitman, e o livro se tornou o grande favorito, quase todos os soldados gostavam dele, em particular Joe Kielty, para quem Walt Whitman tinha um espírito mais ou menos de fazendeiro. Joe dizia que o povo de Cuillonachtan falava daquele jeito, ou quase — os sentimentos eram similares, de qualquer forma. Walt Whitman certamente era um favorito. Mas o livro do qual ninguém parecia se cansar era o Dostoiévski. Não era sobre eles, era sobre os malditos russos, mas, de alguma forma, era sobre eles também. Os soldados o devoravam como carne ou açúcar. Eram todos personagens de Dostoiévski agora.

Willie Dunne estava satisfeito com os livros, também. E começou a desfrutar de algumas horas secretas, passadas num nicho confortável. Podia desaparecer naquele mundo russo em declínio. Pensou que talvez gostasse de conhecer alguns dos russos de verdade, que estavam combatendo os hunos no *Front* Oriental. Mas tinha a impressão de que eram duas vezes maiores do que um irlandês — pessoas de peso, filósofos. Não sabia se admirava *O Idiota* ou não. Não sabia se *O Idiota* era um idiota ou um santo, ou os dois.

A pequena biblioteca que Timmy Weekes trouxera debaixo do braço tornou-se cada vez mais deprimente, e mais desejada por todos.

Ao contrário de tudo isso, Biggs era silencioso e eficiente. Era difícil, para Christy Moran, ter um terceiro capitão — ou, neste caso, um segundo-tenente, mas sem dúvida um terceiro líder, de qualquer forma.

— Ele é tranquilo — dizia Christy Moran. — Eu já estava me acostumando com o capitão Sheridan. Que repouse em paz. Mas acho que sinto mais falta do capitão Pasley.

— É mesmo, sargento? — perguntou Willie Dunne, quase grato por ter ouvido aquelas palavras.

— Mesmo sendo um idiota por não ter fugido daquela vez. Burro.

Sim, pensou Willie. Ele fora um idiota. Porque, se tivesse corrido, poderia ainda estar entre eles. O que ganhara com seu

SEBASTIAN BARRY

pulmão cheio de gás? Não tinha sido nenhuma morte heroica aquele lamentável fim. Mas talvez não fosse isso que o capitão Pasley queria. Se ele era um idiota, era um idiota santo, com certeza.

— Como era no tempo de seu pai, na Crimeia? —· perguntou Willie Dunne, enquanto remoía mentalmente a triste lista de nomes dos homens que vira serem mortos. — Era igual a isso aqui?

— Igual. Em escala menor, talvez. As trincheiras em Sebastopol eram iguais, as bundas congeladas de frio, os irlandeses congelados em pé. Centenas de mortos, horríveis pequenas batalhas. Vida de exército, Willie. Mas não ganhamos nossa comida? Bem, pelo menos na maior parte do tempo.

— Sim, sargento.

É claro que o primeiro-sargento estava brincando. Nenhuma comida do mundo, nem faisões cheirosos, os pudins mais doces, nem o creme feito por Maud, nenhuma partícula de alimento da Terra fervente podia contrabalançar a lista enorme e sinistra dos nomes riscados. Os túmulos dos finados estendiam-se através dos bosques e das fazendas devastadas. Subitamente, Willie quis dizer ao seu primeiro-sargento que tudo aquilo era uma armadilha feia, perversa e imunda, que não importava porra nenhuma se fosse um Plumer ou um Gough,* um general bom ou mau,

---

* O general Herbert Charles Onslow Plumer (1857-1932), um dos mais eficientes e bem-sucedidos generais da Primeira Guerra Mundial, foi muito popular entre os soldados. No outono de 1917, foi substituído pelo brigadeiro-general Sir Hubert de la Poer Gough (1870-1963), que comandou o Quinto Exército Britânico, ao qual pertenciam as Divisões 16 e 36, de irlandeses, levando-as a ações muito perigosas, com pesadas baixas. Em 1918, após o fracasso de sua Operação Michael, foi demitido de seu posto. (N.T.)

tudo acabava sempre na terrível relação das desgraçadas mortes. A cabeça de Willie estava pesada agora, dolorida como a de um boxeador, ele queria que alguém lhe explicasse tudo aquilo, queria que o Próprio Deus descesse aonde eles conversavam e dissesse o que se poderia fazer diante daquelas incontáveis mortes, para que suas mentes parassem de chorar intimamente como cabanas sem teto sob uma chuva infecta.

— O rei e o país, Willie, o rei e o país.

— O senhor acha, sargento?

— E eu gosto é de foder — disse Christy Moran.

Não era que eles nunca tivessem visto um inverno como aquele, era só que lamentavam precisar suportá-lo. Em muitos dias, a trincheira era apenas um buraco branco de neve, o gelo formava blocos com o barro, tudo ficava congelado e escorregadio ao mesmo tempo, e dava para queimar os dedos se encostassem, descuidadamente, num rifle tão gelado que possivelmente não serviria para atirar. Os rapazes deram as boas-vindas ao Ano-Novo de 1917 como os soldados fazem, mas agora xingavam-no de todo o coração. O gelo em seus cabelos fazia-os parecer homens velhos. O que podiam fazer, dias a fio, senão ficar nas tábuas, como gado na neblina, bufando as densas flores de seu hálito? Os soldados ficavam imóveis como se estivessem num estado sem vida, como peixes numa lagoa durante o inverno. O vento batia em seus rostos como um martelo.

Então, um dia de sol apareceria e abriria a paisagem como a casca de um grande ovo, e eles poderiam ouvir as árvores do bosque fazendo barulho como tiros. Aqui e ali, ao longo das trincheiras de suprimentos, os soldados achavam pássaros mortos, pequenas mortes negras na neve. Já não oravam por salvação, perdão ou socorro, mas sim para que o chá ainda estivesse quente quando chegasse. Ainda assim, devem ter sido os filósofos daquele clima, pois, quando conseguiam articular a custo uma palavra, frequentemente era para fazer alguma piada amarga, como se tentassem aquecer uns aos outros como podiam.

De vez em quando, bombas explodiam ao longo da linha e acontecia de algumas delas acabarem caindo sobre as indefesas sentinelas — e manchas vermelhas apareciam sobre o branco, a crueza, os gritos. À noite, pequenos grupos de soldados poderiam transpor a linha para tentar fazer alguns prisioneiros, ou então os alemães tentariam também penetrar a linha deles e fazer o mesmo. Até os franco-atiradores amaldiçoavam o branco sem fim, por seus próprios motivos.

As cartas eram muito disputadas, mas havia muito não chegava nenhuma para Willie Dunne. Ele escrevia fielmente para casa, para Maud e também para seu pai, com os dedos gélidos, duros. Escrevia para Gretta a cada quinze dias, tentando lembrar o rosto da moça e falando sinceramente com ela. Tentava reunir seus momentos juntos e pensar num futuro em que estivesse vivo, mas era difícil. Se lhe houvessem provado, sem sombra de dúvida, que sua vida anterior fora apenas algo de um romance de Dostoiévski, Willie ficaria seriamente tentado a acreditar nisso. Ou num romance barato, ou num livro apenas com páginas em branco. Vivia agora num lugar que não era mais que uma página em branco, e, em meio ao gelo, era difícil fazer uma marca no branco, era difícil fazer sentida sua presença; talvez seu coração tivesse encolhido de frio, pensava. Certamente, seu pobre pênis era uma ervilha; retraíra-se até a altura do estômago, acreditava Willie, a única parte de seu corpo aquecida que restava. Havia milhares e milhares de soldados como ele, sabia, parados, imobilizados nas nevascas e geadas, escuras e brilhantes, nos dias que vinham e nas noites que os seguiam, semana após semana. Era difícil para Willie amar e pensar no futuro quando não podia sentir seus pés.

— Puta que pariu — dizia Christy Moran —, que guerra!

Então, algo milagroso aconteceu. Os piolhos voltaram a se agitar nas roupas de Willie, e, uma manhã, a música do frio, com suas notas agudas, pareceu ter ido embora. Tons verdes e marrons voltaram ao mundo. As névoas foram dissipadas pelas leves brisas e Willie conseguiu ver a torre da igreja de Ypres a distância, nítida e clara. Os soldados estavam novamente animados, e todos achavam que haviam passado por algo impossível, por ter sido tão simples e invariável. Esse algo era o inverno. O novo algo era apenas a primavera. Mas, se Willie houvesse sido o primeiro homem na primeira primavera, não poderia tê-la reverenciado mais.

Todos tiveram então que arrancar as raízes que haviam criado ali, e o praça Weekes empacotou o seu monte de livros, e todos se lançaram através do ruído contínuo e caótico das estradas.

Os soldados foram minuciosamente informados sobre o que era esperado deles dali em diante. Foram levados até um terreno cercado, com alguns hectares, onde havia um vasto modelo da paisagem que deveriam atacar em seguida, e era impressionante que o modelo houvesse sido feito por mãos humanas. Não era exatamente uma miniatura do lugar onde os soldados haviam passado o inverno, mas um terreno similar, um campo sob uma aldeia chamada Wytschaete, o que queria dizer, segundo o padre Buckley, Vila Branca. O que era um belo nome naquele campo outrora branco, com um céu e um solo outrora brancos. Os hunos, disse Biggs, mantinham o campo em sua posse havia já três anos, e seria um privilégio da 16ª e da 36ª retomá-lo e devolvê-lo aos pobres belgas. Enquanto Willie Dunne passava os olhos pelo modelo e ouvia suas instruções serem passadas em tom sério e monótono pelo segundo-tenente Biggs, ele desejava ardentemente que também tivessem colocado modelos autênticos de todos eles ali, em sua miséria encapotada e branca, nas trincheiras precárias, só para decorar como num presépio. Mas Willie sabia que aquele era um pensamento idiota.

Era uma visão estranha, também, ver os tocadores de tambor da brigada batendo em seus instrumentos brilhantes, todos marchando numa linha furiosa — bang bang bang bang, cabum cabum —, e suas mãos girando e suas botas lustrosas avançando, predestinados a ser uma pintura das barragens inimigas, que se estenderia sobre a terra verdadeira, com os homens verdadeiros a seguir. Os homens a rufar tambores representando as bombas que explodiriam.

O general Plumer sentava-se sobre seu belo cavalo cinza. Não era com frequência que um soldado via um general.

Biggs pensava que o general era um homem bom e inteligente. Quando disse isso, corou.

— Ele não é dos piores, o filho da puta — murmurou Christy Moran.

Então, duas cartas chegaram, amarradas uma na outra, mas com datas diferentes, bem-vindas como se trouxessem ouro.

querido Willi venha logo para casa eu amo você mais do que tudo não esqueça do choclate eu te amo escola é legal. Te amo Dolly beijo beijo beijo beijo

A outra era um cartão-postal de Annie. Mostrava a praia de Strandhill, em Sligo. Era uma cena de verão, claro, na fotografia usada para o postal. Willie olhou e olhou para os homens na praia, com suas calças e camisas e chapéus de palha, e para as senhoras, com seus belos vestidos, e as crianças segurando suas mãos, e todos olhando as ondas, e uma motocicleta resplandecente na esplanada, e também um *jaunting car*.* Um soldado podia chorar olhando aquelas coisas, pensou Willie, só por serem tão comuns e vivas. Devia se lembrar de mostrar o cartão a Pete O'Hara, depois que o guardasse um pouco para si e tirasse dele tudo o que tinha de bom.

Querido Willie, [escrevera Annie com sua caligrafia escolar, em tinta azul] *Foi aqui que a gente passou os feriados de outubro, as tempestades quase nos arrebentaram. Mas foi ótimo e o papai estava muito bem, e tomamos chá várias vezes no hotel, e a Dolly gostou de tudo, principalmente do trem (igualzinho a você, há alguns anos).*
Sua irmã que o ama, Annie.

---

* Tipo de carro leve, sem teto e de duas rodas, com assentos dos dois lados, usado principalmente na Irlanda do século XIX. (N.T.)

Era só isso. Mas Willie leu e releu as cartas, de novo e de novo.

A família inteira tinha viajado nos feriados sem ele. Mas o que poderiam fazer?

E nada de Gretta naquele tempo todo.

Os soldados sabiam que partiriam em breve, então o padre Buckley armou sua tenda de lona, como costumava fazer naquelas ocasiões, e todos os soldados do batalhão que desejavam se confessar formaram uma longa fila. O padre sentou-se a um lado num pequeno banco com uma almofada bordada com a cena de uma mulher num milharal, não que isso importasse, e colocou uma jarra d'água aos pés, porque, dizia, pecados lhe davam sede. Não era para fazer piada, aquela era uma das coisas agradáveis e encorajadoras que ele dizia para que os homens se sentissem livres e levassem a ele seus pecados.

A primavera tomara toda paisagem campestre, e pequenos pássaros azuis pareciam estar em todos os lugares, bicando a grama e levando pedaços de coisas para os seus ninhos. Naquela parte do acampamento, havia um canto ainda cheio de flocos de neve. Eram tantos os homens que esperavam pacientes na fila, que Willie pensou estar ali toda a brigada, não apenas o seu batalhão, principalmente porque aqueles eram apenas os católicos. Mesmo assim, no limite extremo da linha, todos conseguiam ouvir o murmúrio que saía da tenda de lona, embora não pudessem distinguir as palavras, graças a Deus. Mas, de vez em quando, ouviam a voz do padre Buckley elevar-se um pouco, e mesmo gritar um pouco, o que divertia os soldados que esperavam, e eles acenavam uns para os outros como se dissessem: "Oh, sim, nós também achamos

271 *Um Longo Longo Caminho*

isso, sabemos bem o que foi que ele fez." Era claro que aquela tinha que ser uma outra "confissão de campo", breve e gentil, e como poderia o padre Buckley dar alguma penitência que fosse mais do que rezar pai-nossos e ave-marias, uma vez que estavam todos presos no meio de Flandres?

No entanto, Willie e talvez muitos outros sentiam-se oprimidos pela tarefa. Ele queria contar ao padre tudo sobre a pobre moça decaída com a qual dormira — se é que realmente dormira com ela; achava que devia ter dormido, durante alguns minutos, em Amiens. Sentia que, se pudesse verbalizar aquilo em voz alta — e não era, de modo algum, a primeira vez que se confessava desde que acontecera —, o padre Buckley poderia olhar no fundo de seu coração, ou no de Deus, e perdoá-lo, e Willie conseguiria deixar aquilo para trás. Porque o rapaz achava que fora muito errado fazer aquilo, não apenas por si próprio, mas por Gretta. E aquilo o perturbava, perturbava e voltava a perturbar.

Quando chegou sua vez, Willie deixou o soldado que o precedera sair e entrou no espaço exíguo. Havia ali um banquinho com assento de lona, e uma estranha luz esverdeada passava através das finas divisórias. Um corte na lona marcava o lugar onde deveria falar, e Willie sabia que o padre Buckley estava do outro lado, pois podia ver vagamente suas feições, mas o sacerdote não olhava para o rapaz.

Willie confessou, então, alguns pecados, masturbar-se algumas vezes quando tinha a chance de ficar sozinho, o que não acontecia com frequência. E havia vezes em que ele tinha a chance, mas não sentia vontade. Ainda assim, houve alguns momentos em que se masturbou.

— Acho que não devemos nos importar muito com isso — disse o padre.

Então, Willie mencionou a garota de Amiens e quanto aquilo o perturbava quando ele pensava em sua namorada na Irlanda.

— É você, Willie? — perguntou o padre Buckley.

— Sou eu, padre.

— Eu também não me importaria muito com isso, Willie. Tente deixar as garotas para lá da próxima vez. E eu espero que o seu charuto não esteja ardendo...

— Não, padre.

— Que sorte a sua, Willie.

— Eu sei, padre. Obrigado, padre.

— Mais alguma coisa, Willie?

— Não, padre.

Mas Willie achou que, no seu tom, deveria haver algo que o padre Buckley costumava notar no tom dos soldados.

— O que foi, Willie?

— Bem, tem uma fila muito longa, padre, esperando.

— Não ligue para os outros, Willie. Eles não vão se importar de esperar alguns segundos. O que você está pensando?

— Bem, de qualquer jeito, não é nenhum pecado, padre. Bom, pode ser que seja. Estou preocupado com o meu pai, padre.

— Quem é o seu pai, Willie? Não é o chefe-superintendente da polícia?

— É, sim. Eu escrevi uma carta para ele faz um tempo e a minha irmã me escreveu dizendo que ele estava zangado comigo por causa da carta, a carta que eu mandei para ele, sabe?

— O que havia na carta?

— Não sei. Eu estava perturbado por causa daquela vez que tive de lutar em Dublin junto com Jesse Kirwan, sabe, padre? E eu só falei daquilo, o que tudo aquilo me pareceu, mas eu devo ter dito algo que, sabe, não é que o tenha aborrecido, mas...

— Perturbado?

— É.

— O que foi então, Willie?

— Sobre o que aconteceu lá. Eu vi um jovem no umbral de uma porta, padre, ele era jovem igual a mim. Um dos rebeldes. Ele olhou para mim e eu olhei para ele. Então, ele foi morto. E isso foi tudo. É tudo uma confusão do caralho, padre. Desculpe.

— Sim, é mesmo.

— Então, por um momento, eu não sabia o que era o quê. E quando Jesse Kirwan foi fuzilado, padre. O que se pode dizer disso? E o motivo que ele me deu. Ainda não sei o que ele quis dizer. Eu não sei mais nada nestes tempos. Então, eu só como a minha comida e faço o que mandam, padre, mas para quê, para quê, eu não sei.

— Você já ouviu falar de um homem chamado Willie Redmond, Willie?

— Sim, padre. Ele é o irmão do seu líder.

— É isso mesmo. Bem, agora, Willie, vou tentar explicar para você. Ele disse que estávamos lutando pela Irlanda, de uma maneira indireta. Entende? Lutando pela Irlanda, indiretamente.

— O que isso quer dizer, padre?

— Que toda esta guerra terrível que você tem visto com seus próprios olhos é pela Irlanda; que, lutando pelo povo pobre da Bélgica no Exército do rei, você, no fim, está lutando pela Irlanda, pelo *Home Rule* e tudo o mais, para unir os opostos da Irlanda, os do norte e os do sul, a 36 e a 16, e tudo isso é precioso e bom. Foi isso que Willie Redmond disse na Casa dos Comuns. Ele é um membro do Parlamento, Willie, e está aqui conosco lutando pelo que julga ser uma causa maravilhosa. Pela Irlanda, Willie.

— Eu acho que meu pai não gostaria de ouvir isso também, padre.

— E você, Willie?

— Para falar a verdade, padre, isso quase me faz chorar. E um soldado não deve chorar.

— Você pode pensar de um jeito e seu pai, de outro.

— Mas o meu pai e eu sempre pensamos o mesmo sobre as coisas. É esse o problema, acho. Nem sei. Estou confuso, padre.

— Bem, que Deus abençoe a sua confusão, Willie. Muitos soldados estão aqui somente para mandar uns trocados para casa, e isso também não é nenhum crime.

— Não, padre. Bem, obrigado, padre.

— Reze dez ave-marias por aquela garota, Willie. Você vai ter mais alguma licença, Willie?

— Acho que não, padre.

— Bem, Deus o abençoe, Willie. Mande entrar o seguinte. Boa sorte amanhã.

Capítulo Dezessete

Biggs era um mistério para os soldados, seu rosto tinha cor de massa folhada. Não conseguiam saber como a batalha que se aproximava o afetava, mas cada um deles olhava atentamente aquele rosto, tentando decifrar a medida de sua confiança.

Christy Moran estava de muito bom humor e regalava os soldados contando histórias dos seus dias de bebedeira. Como sempre acontecia quando o primeiro-sargento relaxava — se era realmente isso que acontecia —, ele mudava rapidamente de assunto e parecia ele próprio não saber que direção estavam tomando seus pensamentos.

De qualquer forma, foram mandados para a trincheira por volta da meia-noite. Uma chuva leve caíra e abrandara um pouco a poeira do verão. Era início de junho e, mesmo à luz das estrelas, o calor parecia um casaco ridículo. O solícito general havia colocado água em todos os lugares, e os sapadores disseram aos soldados que novas estradas haviam sido construídas, e iam até as trincheiras mais distantes, para que, depois da batalha, tudo pudesse ser deslocado rapidamente. Aquilo não era comum.

Os canhões haviam disparado durante três semanas seguidas. Os pilotos dos aeroplanos achavam que haviam executado um bom trabalho. Wytschaete ficava no alto da serra de Messines, então eles não tinham voado até lá, onde os alemães espreitavam como caçadores. No entanto, haviam dito que todo o terreno à frente deles tinha sido intensamente bombardeado. Grandes tratores haviam trabalhado nos campos cercados de arame farpado. Apesar da ambiguidade do segundo-tenente Biggs, Willie Dunne ficou impressionado. Aterrorizado, mas impressionado.

Naquela noite, foram dadas aos soldados duas garrafas de água, e a segunda continha chá. Um verdadeiro toque irlandês. Os rapazes que cuidavam das chaleiras e das panelas na retaguarda do destacamento não haviam se esquecido deles. Logo depois, receberam um grande cozido e rum em dobro. Aquela não era a guerra que conheciam.

Os canhões haviam parado durante algumas horas e a terra voltou a si. Era como um novo campo, um lugar novo. A chuva de verão soltara o cheiro de todas as coisas, a nova grama que brotava ousada como uma louca barba verde, os bosques levemente encharcados ao redor. Onde até rouxinóis havia, que os soldados conseguiam ouvir, que os encantavam.

— Que pássaro é esse cantando? — perguntou Willie Dunne.

— É uma porra de um rouxinol — respondeu Christy Moran.

Eles foram severamente advertidos para não deixarem passar nenhuma luz, então ninguém podia fumar. Sentaram-se ou deitaram por ali, sobre os canos escuros, em silêncio. Falavam em voz baixa. Todos os equipamentos estavam preparados, e Joe Kielty e Timmy Weekes eram agora operadores das metralhadoras, então eles tinham quatro homens para carregar as pesadas caixas de munição. Tinham de levar no próprio ombro seu rifle Lewis, mas, comparado aos cinturões de munição, isso não era nada. Carregar aquelas caixas seria como arrastar chumbo pelo caminho.

Estavam ali, esperando, quando, de repente, os canhões abriram fogo atrás deles.* Os soldados haviam passado uma semana inteira cavando os lugares onde os canhões ficariam e colocando a camuflagem sobre eles. Foi-lhes dito que seriam 2 mil canhões ao todo, prontos para abrir fogo. A artilharia gostava de usar dois terços deles de uma vez e deixar o outro terço descansar. Por isso, no escuro, havia sempre um teto de bombas sobre os soldados. Uma vez na vida, pensou Willie, a artilharia parecia estar com a pontaria boa, e ele conseguia ver as bombas explodindo a distância, ao longo da parte inferior da serra. Eram como brilhante sangue vermelho e doces amarelos, as cores. O barulho parecia juntar-se todo num só estrondo, como o uivo terrível de todos os danados atirados para sempre ao inferno. Quando um barulho daqueles cessava, podia-se ainda ouvi-lo por cerca de três minutos.

As escadas de mão já estavam no lugar. Tudo já estava bizarramente no lugar. Havia uma boa quantidade de munição para emergências. Até os uniformes estavam limpos, pois haviam recebido ordens para escová-los religiosamente, como se fossem novos recrutas, que alguns deles realmente eram. Haviam usado um negócio cheiroso especial para tirar manchas da roupa. Tudo isso tinha sido feito. Era como se o mundo fosse novo em folha. O fato era que, disse Christy Moran, tinha uma porra de um general de verdade no comando agora. Um cara que já havia estado em outras batalhas. Deviam fazê-lo marechal de campo, dizia Moran.

---

* Os soldados que avançavam sobre o inimigo tinham apoio da artilharia. As baterias de canhões ficavam na retaguarda, cerca de 10 quilômetros atrás das linhas de frente, e disparavam pouco antes da ofensiva. Nem sempre, porém, a sincronia era perfeita e às vezes as bombas caíam sobre a própria tropa. (N.T.)

Até Biggs começara a parecer um bom homem. Estava com todos os seus papéis e mapas em ordem. De fato, sua pele parecia mais com uma massa folhada, mas sua voz era calma, e os soldados estavam agradecidos pelos pequenos favores que ele lhes concedia. Especialmente Christy Moran, que não precisava mais dizer a ele o que fazer.

— Vocês sabem por que eu entrei no Exército? — perguntou Christy Moran.

— Por quê, sargento? — perguntou Joe Kielty, realmente interessado, já que seu próprio alistamento fora bem por acaso.

— Bem, o que vocês acham? Pelo rei e pelo país? Por dívidas? Para escapar de alguma acusação de assassinato? Por me desafiarem? Por ter perdido a porra do rumo e acordado num alojamento? Não, nada disso. Nenhuma das razões de merda que trouxeram vocês para cá — acrescentou, afetuosamente.

— Por quê, então, sargento? — insistiu Joe Kielty.

— Porque minha mulher queimou a mão.

Todos ficaram em silêncio.

— Ela o quê?— perguntou Pete O'Hara, um tanto desconfortável.

— Uma noite, nós dois estávamos bebendo. Estávamos bem bêbados quando fomos para a cama. Ela gostava de fumar cachimbo. Então, acordamos altas horas da madrugada e a cama estava em chamas do lado dela. E ela estava bêbada demais para se mexer. Então eu a puxei. A porra do cachimbo tinha incendiado a cama, e a minha mulher nem sentiu. A mão direita dela ficou queimada. E então ela não pôde mais trabalhar. Era costureira no sanatório de Kingstown. Então, eu tive de fazer alguma coisa. Eu me alistei, já que estavam procurando soldados. E, me deixem contar uma coisa, ela está contente com a pensão que ganha. Então, agora vocês já sabem.

— Que porra de história desesperada, sargento — comentou O'Hara, meio verde agora.

— É isso aí — disse Christy Moran, muito satisfeito com a reação dos soldados. De qualquer modo, ninguém rira. O riso o teria matado. Christy Moran, R.I.P.,* morreu por causa de risadas.

— Foi isso o que me trouxe aqui.

— Por causa da sua pobre mulher com a mão queimada? — disse Joe Kielty. — Meu Deus, coitada.

— Coitada mesmo — concordou Pete O'Hara.

Uma estranha sensação de alívio invadiu o pensamento de Christy Moran. Ele nem sabia por quê. Era ridículo sentir-se aliviado com tanta confusão ao redor.

— Vocês acham?— perguntou.

— Bem, com certeza, sargento — respondeu Joe.

Era de se imaginar que Christy Moran continuaria, então, a contar aos homens como se sentia em relação a eles, já que essa talvez tivesse sido a razão para lhes contar a história. Mas a sensação de vitória que o tomara era tanta que ele não disse mais nada, esqueceu de dizer o que havia muito guardava em sua mente. Mas isso pouco importava, porque os soldados sabiam muito bem o que se passava em sua cabeça. Eles todos o conheciam bem, sem que ele precisasse dizer uma só palavra.

Os canhões continuavam a fazer seus sons ensurdecedores. Havia golpes, explosões e estrondos ferozes. Por algum motivo

---

* A expressão R.I.P. advém do latim *Requiescat in Pacem*, *Rest in Peace* em inglês, e significa descanse em paz. (N.T.)

pessoal, o primeiro-sargento estava agora assobiando "The Minstrel Boy" baixinho, um fato inusitado, já que ele nunca assobiava. Willie podia imaginar os soldados operando os canhões, algo com que já haviam se acostumado tanto, e conhecendo todos os seus movimentos, como uma dança. Como se estivessem valsando, ou algo assim, com aqueles canhões de metal. Então, depois de três horas quentes, ferozes, os canhões novamente se calaram, e o ruído ficou nos ouvidos de todos, e então algo mais selvagem e mais raro aconteceu.

— Selvagem e raro — definiu Christy Moran mais tarde.

Naquele momento, Biggs olhou em seu relógio e ordenou que todos se ajoelhassem ou se atirassem ao solo. Foi dito aos soldados que os sapadores tentariam explodir algumas minas subterrâneas na serra. Mas os soldados estavam cavando desde 1915 e já era 1917, e ninguém sabia ao certo o que aconteceria quando uma tentativa dessas fosse feita. Era engraçado, foi-lhes dito tudo isso, mas ninguém conseguia imaginar como seria aquilo, na verdade, e presumiram que fosse haver apenas explosões insignificantes a distância, que poderiam ou não ajudá-los na realização de sua tarefa.

Em três pontos à frente, bem longe, os campos se abriram. Enormes montanhas marrons elevaram-se do solo. Para Willie, pareciam altas como a própria montanha de Lugnaquilla. O marrom disparou em direção às estrelas e pareceu pairar no ar. Uma centena de arcos-íris abriu-se em leque no topo da montanha, e uma luz amarelada se espalhou no esmalte escuro do céu. A poça de lama aos pés de Willie eclodiu e formou uma tempestade marítima em miniatura. Então, toda a cálida noite de Flandres foi atirada em seus rostos, zéfiros ferozes jogados através das trincheiras, como uma breve tempestade tropical, e a terra que eles agora abraçavam durante suas orações estremeceu. Um poderoso som rasgou o ar, ecoando, seguindo em sua fúria, pensaram, até a velha Blighty.* Então, atrás deles, uma longa fila de metralhadoras abriu fogo, jogando uma verdadeira renda de balas na serra. E Biggs estimulava-os a avançar, o que os fez trepar em suas escadas e galgar o parapeito, Willie agitado, como os demais, tão espantado que, daquela vez, até se esqueceu de mijar na calça.

Joe Kielty e Timmy Weekes estavam indo bem com o rifle no ombro. Para Willie, parecia que teriam de caminhar durante uma meia hora, e ele sabia, por experiência própria, que, se ficassem expostos daquela maneira, seriam mortos. A serra olhava-os de cima, e, mesmo na escuridão selvagem, se os hunos conseguissem se recompor e usar suas armas, na manhã seguinte menos homens teriam a chance de voltar para Wicklow, Dublin e Mayo quando a guerra terminasse. Pouco depois da explosão das minas, os *boches* lançaram sinalizadores coloridos, avisando ao seu próprio *front* da iminência de um ataque, então ainda havia vários deles lá em cima. O calor era incômodo como a lama, e, com o terror por estarem em campo aberto aumentando, um suor pesado encharcava

---

* A gíria *Blighty*, derivada do hindustâni, foi usada, até a dissolução do Império Britânico, como equivalente a *Britain* (Inglaterra). Durante a Primeira Guerra Mundial, a expressão *"dear old Blighty"* era uma referência sentimental à saudade que os soldados sentiam da pátria. A explosão das minas subterrâneas usadas na Batalha de Messines foi terrível — dizem que sua onda de choque foi sentida até em Londres e Dublin. (N.T.)

os soldados, eram como grandes pés se arrastando pela lama com meias grandes. Pete O'Hara, Smith e McNaughtan mantinham o passo e, à sua esquerda, estavam os outros homens do batalhão. Mas toda a divisão se encontrava a postos, o que lhes dava forças para prosseguir. Sabiam que, à sua direita, os homens da 36ª, de Ulster, também estavam avançando, como eles, sem diferença alguma. Mas um gigantesco Exército marchava sobre o solo, uma horda de homens aterrorizados que caminhava para, até onde sabiam, os repelentes braços da Morte. E a cada segundo esperavam sentir balas despedaçando-os, bombas *shrapnel* ferindo com maldade seus corpos muito suaves. A fumaça das explosões também os alcançou, e Pete O'Hara finalmente desistiu de segurar sua porção de cozido no estômago e começou a vomitar naquela escuridão insegura e violenta. Podia-se ver soldados caindo, não por ferimentos, mas pela terrível náusea.

Era como se corressem através das cores, só nisso Willie conseguia pensar. Tropeçavam. Um marrom sujo, e depois súbitos clarões coloridos, novamente amarelos e vermelhos, e até estranhos verdes selvagens, e grandes extensões de um negro duro e pesado, e espadas e lanças da altura de Deus, brancas como os raios.

Biggs caminhava à frente dos soldados, voltando-se a todo momento para incentivá-los a prosseguir com gritos. Era tudo intensamente estranho.

Antes do que esperavam, deram com as encostas da serra. Logo abaixo, havia a cratera feita por uma bomba, grande como um lago, redonda como um lago ornamental. Então, apressaram-se para contornar a borda da cratera o melhor que podiam, dividindo-se e separando-se da linha principal de ataque. A distância, a grande bateria de metralhadoras atirava sem remorsos no solo elevado, como um fogo de barragem. Então, temendo talvez que soldados britânicos surgissem no meio daquele pandemônio, a bateria parou. Imediatamente, de algum lugar à direita, uma metralhadora começou a atirar sobre a cabeça deles.

— Filhos da puta — xingou Christy Moran. — Venham, desgraçados, vamos acabar com essa merda.

Os soldados o teriam seguido de bom grado, mas ele parecia ter perdido a noção do peso que carregava e a própria sanidade, pois desembestara como um animal habituado àquela subida. Levava milagrosamente, numa das mãos, uma bomba Mills, e içava seu rifle com a outra.

— Vou dizer uma coisa para vocês, infelizes, se vocês não me seguirem, eu atiro em vocês.

Mas os soldados estavam tentando subir, eles estavam. Naquele momento, Willie teve a estranha visão de dois soldados alemães parados perto de um abrigo de concreto. Pareciam estar muito mal, pois cambaleavam e gemiam como bêbados. O abrigo mais parecia uma caixa de fósforos partida ao meio, e havia fumaça e mau cheiro em toda parte, e a única metralhadora continuava a atirar através de uma fenda, como operada por uma criança. Christy Moran preparou sua bomba Mills como devia e atirou-a através do ar poluído; ela bateu no concreto e caiu dentro da fenda. Ouviu-se o que pareceu um ofegar abafado dentro do abrigo e depois mais nada. Subitamente, chamas irromperam através da fenda. Então, Christy Moran começou a gritar com os soldados inimigos, atacando-os com a baioneta, e, diante do olhar espantado de Willie, enterrou a baioneta no ventre do primeiro homem, retirou-a num grito selvagem e enfiou-a diretamente no outro homem, atingindo-o em algum lugar entre as costelas, pois Christy começou a praguejar em voz alta enquanto tentava retirá-la do corpo do soldado. E o homem caiu, e Christy subiu no peito do outro e retirou dali sua arma.

— Infelizes, infelizes — murmurava, nitidamente, rosnando como um cão raivoso.

∾

Biggs estava muito satisfeito. Não havia nada de errado com Biggs na manhã que chegava. A luz subia apressada dos bosques à direita. E Biggs gritava.

— Certo, rapazes, chegamos à nossa posição. Estamos seguros aqui. Bom trabalho, rapazes. Os outros rapazes logo passarão por nós. Não fiquem no caminho deles.

E, no momento em que ele falou, a segunda onda da brigada subiu e passou por eles. Meu Deus, pensava Willie, se tudo tivesse sido sempre assim, ele talvez fosse um soldado desde o início.

— Quem são vocês, rapazes?

— Somos os dublinenses.

— Vamos, *faughs*, vamos, *faughs*.*

— Boa sorte, rapazes, boa sorte.

Era uma conversa muito gentil, muito gentil e fácil. Não importava a cacofonia ao redor, o sinistro estourar das bombas *shrapnel* sobre suas cabeças, vindas só Deus sabia de onde, Willie não sabia dizer.

---

* *Faugh* é uma interjeição gaélica que exprime contentamento. (N.T.)

Deus, eles tinham de ir até o fim daquela vez, explodir os pobres hunos daquela serra e empurrá-los até a planície deixada para trás. Soltar os cavalos e testemunhar o galope de mil cavaleiros em campo aberto. Seria uma bela visão a das crinas ao vento.

Então, rápidos como uma praga, os sapadores estavam atrás dos soldados, com seus rolos e arame e todas as coisas, e preparavam tudo como devido.

— Onde está Moran, praça? — perguntou o segundo-tenente Biggs. — Onde está o seu primeiro-sargento?

— Ele estava à frente, com Joe Kielty e mais alguns homens — respondeu Willie. — Lá na frente.

— Vou atrás deles. Eles avançaram demais. Vou subir a colina para ver se posso vê-los. Cuide desta posição, praça.

— Sim, senhor — disse Willie Dunne, espantado.

Nunca lhe haviam pedido para fazer algo assim. Claro que, naquele momento, ele era o soldado mais experiente ali, embora o praça Smith talvez fosse mais velho. Willie não abandonou o posto nem por um minuto.

Uma hora se passara, e Willie se perguntava se não deveriam se retirar. Ou avançar mais. O local estava cheio de seções de outros batalhões. Ele não sabia o que fazer. Grupos e mais grupos de prisioneiros alemães estavam sendo transferidos para as trincheiras iniciais, ou mais além, tantos que poderiam encher um trem. Mas maravilhosos carregamentos de água chegavam para eles, e os que traziam pareciam pensar que se destinavam a eles tanto quanto ao restante dos soldados. Pareciam estar no deserto, sugando a água no gargalo das garrafas. Era uma sede parecida com a dos bebês, a sede primitiva que parece insaciável.

Christy Moran voltou, então. Estava muito quieto. Joe Kielty, Timmy Weekes e outros quatros soldados estavam com ele. Era difícil dizer se haviam usado a metralhadora; parecia que não. Como haviam conseguido subir e descer a serra carregando aquele peso, como carneiros desorientados, Willie não saberia dizer. Aquele grupo de artilheiros estava ficando meio estranho.

Subitamente, Willie sentiu-se exausto.

— Como foi lá em cima, sargento? — perguntou.

— Bom pra caralho — respondeu Christy Moran. — Entramos direto na porra da aldeia. E onde estavam vocês, escrotos?

— Nós não podíamos avançar mais. Ordens de Biggs. Ele subiu para encontrá-los.

— Ah, foi isso? Nós o vimos lá. Um negócio enorme caiu em cima dele. Nem sei o que era. Só vimos a porra de umas estrelas explodindo sobre ele. Deve ter sido um destroço de bomba. Matou o coitado.

— Meu Deus! — exclamou Willie Dunne.

— Todos aqueles fodidos lá em cima. Vocês deviam ver aquele lugar. Uma terra arrasada, com alguns pontos de poeira branca onde ficavam a porra das casas. E aqueles pervertidos de Ulster da 36ª andando por ali e nos chamando de *Paddies** maravilhosos para caralho, isso o que diziam, e apertando as nossas mãos. E australianos e tudo quanto é filho da puta doido. E centenas e centenas da porra daqueles *boches* se rendendo e gritando aquela merda de

---

* *Paddies* é plural de *paddy*, uma espécie de arroz com casca. A expressão é usada para designar os irlandeses, com desprezo. (N.T.)

"kamerad" que eles gritam, e não dá para censurá-los por isso. Foi um alvoroço sem igual. Você não veria isso em Dublin numa noite de sábado na porra do verão, Willie. Vamos ganhar esta parada. Essa não é a porra de uma guerra para entrar para a história?

É verdade que, durante as semanas seguintes, o estado de espírito dos soldados mudou. Parecia que todos estavam flutuando. O general estava satisfeito, embora os soldados não o vissem. Tudo parecia ter sido bem-feito. É claro que era muito triste o que acontecera com Biggs na sua primeira missão. Mas foi-lhe concedida uma espécie de medalha póstuma. Um bom número de medalhas apareceu por ali. Até Christy Moran ganhou uma, que foi registrada em sua caderneta. O major Stokes entregou-a a ele numa pequena cerimônia. Pelo valor demonstrado em campanha. Por furar alguns alemães, disse Christy. Eles gostavam daquelas coisas, disse. Se conseguisse ganhar mais uma, ele e Willie poderiam jogar cara ou coroa, disse. O ganhador ficaria com todas.

Muito tempo depois, Christy disse que era uma pena que não pudessem parar por ali, na guerra, agora que sabiam de todas aquelas coisas.

Willie ausentou-se do *front* um dia, para um curso de ataque a baioneta, e, quando voltou, encontrou Christy muito bem-humorado.

— Você não vai acreditar, Willie — disse ele.

— O quê, senhor? — perguntou Willie.

— O rei esteve aqui.

— Que rei?

— Porra, o rei da Inglaterra.

— Não, não aqui, senhor...

— Ele esteve, o puto. O rei George em pessoa. Veio num belo carro, desceu e ficou conversando conosco. Conversou sobre um monte de coisas. A porra do rei da merda da Inglaterra.

— Mas, sargento, o senhor odeia o rei da merda da Inglaterra, já disse tantas vezes — observou Willie, um pouco desapontado por ter se ausentado. Só pela curiosidade de ver o rei.

— Ah, bem... — disse Christy Moran.

— O que o senhor quer dizer com "Ah, bem", sargento?

— Ah, bem — repetiu Christy Moran. Depois, ficou em silêncio durante alguns minutos. Estava pensando, cogitou Willie. Havia um olhar feliz e distante no rosto do primeiro-sargento. Uma coisa muito estranha. — Ele foi muito educado — continuou Christy Moran, como se aquilo explicasse tudo. — Pensando bem, xingar o rei da Inglaterra é o que se espera de um irlandês. Mas ele falou conosco, de homem para homem. Não foi nem mesmo como um oficial. Era como se ele fosse um de nós. Um cara como nós. Sim. Disse que éramos corajosos por estarmos firmes no combate. Disse que sabia que era difícil pra caralho pra nós aqui.

— Ele falou xingando?

— Não, Willie, não falou. Sou só eu. Ele queria saber se estávamos cansados da porra dessa comida em lata. Bem! Ele disse que sabia que, no fim, a gente ia acabar vencendo, porque Deus estava do nosso lado e a nossa causa era justa. Foi isso o que ele disse.

— E o que o senhor disse?

— Eu disse para ele agradecer à mulher dele pelas caixas que ela nos mandou no Natal do ano passado.

— Pelo amor de Deus, sargento. E o que ele disse?
— Que agradeceria.
Christy Moran começou a cantarolar uma música desafinado.
— Um cavalheiro, um cavalheiro — disse Christy Moran.

Foi somente no mês seguinte que a tropa começou a movimentar-se novamente e isso seria uma graça do Senhor se não estivessem sendo levados para perto de Ypres de novo.

— Já fiquei mais em Ypres do que na porra da Irlanda — disse Christy Moran. — Vão ter de me fazer cidadão honorário. Se eu soubesse falar a merda do francês.

E então o "bom" general foi embora e veio um outro, ao qual Christy Moran sempre se referia como o "Amotinado". Gough, o Amotinado, ele o chamava, porque liderara o motim dos oficiais no acampamento de Curragh, anos antes, quando dissera que não faria seus homens marcharem contra os leais homens de Ulster, se isso lhe fosse pedido num tempo de crise, na época em que eles formaram os Voluntários de Ulster para resistir ao *Home Rule*. Parecia que tudo aquilo se passara havia trezentos anos. Agora, ele ia continuar a liderar a campanha do ponto em que o bom general a deixara. Ou, pelo menos, esse era o plano.

— Os melhores planos já feitos por ratos e homens — agourou Christy Moran, com um sofrível sotaque escocês.

Capítulo Dezoito

As companhias sussurravam, e, mesmo que ninguém soubesse o nome, palavras gentis eram murmuradas, eram cabeças abaixadas, fúnebres. Mas muitos ali sabiam o nome, e muitos conheciam a história do homem de 50 anos que insistira em ir para o *front* e enfrentar o perigo, uma pessoa de mil privilégios, o irmão do "nosso homem", como Willie o chamava, o líder do Partido Irlandês em Westminster, a quem o pai do próprio Willie definira como um canalha. Mas Willie não pensava assim. O sussurro foi passando de soldado a soldado e, quando contaram ao padre Buckley, ele rompeu em lágrimas. Na verdade, ele rompeu em lágrimas bem na frente do cabo que lhe dera a notícia. Logo a notícia se espalhou, e era como se alguém próximo de todos tivesse morrido. Porque Willie Redmond estava morto. Morrera em grande estilo, ferido duas vezes, urrando às costas dos seus soldados, que iam desaparecendo, para que continuassem a marchar e tomassem cuidado durante o ataque. Os padioleiros da 36ª Divisão o levaram ao hospital de campanha. Vozes com sotaque de Ulster o assistiram na morte, vozes que, antes da guerra, talvez o olhassem com horror tradicional.

Willie Dunne encontrou o padre Buckley nas latrinas. As latrinas não tinham telhado, então Willie não podia chamá-las de "casinha", mas tudo bem. O padre sofria de uma leve disenteria, então Willie Dunne teve de esperar enquanto o padre fazia força sobre o buraco no chão e deixava sair rios de merda rala e amarela. Por fim, um alívio se espalhou pelas angustiadas feições do sacerdote.

— Lamento o seu sofrimento, padre — disse Willie.

— Eu o ofereço a Deus, Willie. Não tenho muita escolha.

— Bem, eu estava me referindo àquele pobre homem que morreu, padre. O membro do Parlamento.

O padre olhou para ele. Um sorriso se abriu em seu rosto.

— Estávamos falando dele há pouco tempo, não é, Willie?

— Sim, senhor.

— Todo mundo diz que ele era um homem bom. E era. Jantei com ele uma vez, Willie. Era cheio de histórias divertidas. Um homem muito sincero e gentil. Você sabe que eu fui a Whytschaete para ver se eu conseguiria ver alguma coisa? E ali estavam eles, estapeando-se uns aos outros, norte e sul, e aquele foi um grande momento. Foi o momento de Willie Redmond, se ele ao menos pudesse ter visto. Mas ele foi morto. Ele foi morto. Que lástima!

— É claro, padre.

— Temos de ficar de cabeça erguida, como dizem os ingleses. Às vezes, é difícil. Mas temos de tentar. No fim, tudo vai dar certo. É a vontade de Deus.

— Espero que sim, padre.

— Eu também espero, Willie.

Mas a conversa não parecia ter acabado.

— O senhor está bem, padre?

— Eu vou ficar bem... quando esta maldita guerra terminar.

— Claro — disse Willie.

— Claro — disse o padre.

Todos sabiam que haviam se saído bem e, durante um curto e estranho período, os homens da divisão pareciam ter a reputação de leões. Houve, então, treinamentos elaborados, nos quais tambores faziam as vezes de bombardeios, homens trajados como feridos vagavam, e havia todo o tipo de mistérios. Tudo isso no solo firme do verão, no solo firme da esperança.

Quando as chuvas chegaram, naquele agosto de 1917, toda a terra de Flandres sofreu uma mudança feroz. Todo o campo de Ypres foi dissolvido. As barreiras de campo derreteram, os campos afundaram, transformando-se em regiões pantanosas, as estradas viravam lembranças. Cavalos, canhões, carros, carroças e meros mortais achavam difícil caminhar sobre lembranças! A chuva lúgubre caía incessantemente por dias e dias; milhares de canhões disparavam sem cessar. O belo sistema de diques e drenagem aperfeiçoado durante séculos pelas mãos pacíficas dos agricultores de Flandres desapareceu. Grandes lagos se formaram no terreno plano, como se cada poça e depressão estivesse sendo esmaltada por Deus. O mundo todo ficou negro e marrom, o céu, até os sonhos dos homens. Os soldados deixaram de usar polainas depois de uma ou duas semanas, porque era impossível manter qualquer coisa seca. No pelotão de Willie, quatro homens tossiam compulsivamente, dia e noite. Era uma mudança totalmente misteriosa.

— O que foi que fizemos de errado? — perguntou Christy Moran, que era imensamente supersticioso.

Quando toda a região ficou completamente encharcada e deteriorada, as companhias receberam ordem de marchar para o *front*. Todos usavam seus casacos marrons compridos, com grandes capuzes reluzentes, e tudo o que os casacos pareciam fazer era cozinhar cada um deles num banho de suor pegajoso. Sentiam-se quase contentes de partir, pois, enquanto ficaram naquelas áreas de reserva, uns poucos soldados haviam sido enviados para executar várias tarefas, e voltaram contando, tristemente, que o batalhão agora estava reduzido a apenas umas poucas centenas de rapazes. Aquilo era muito assustador. Porque eles sabiam também que receberiam ordem de atacar outro pequeno povoado, chamado Langemarck, antes de envelhecerem.

Sob os capuzes, pensavam seus pensamentos. Visões de casa, das ruas de Dublin, de rostos, sons e cores. A longa história da guerra atrás de alguns deles, e o caos ao redor de todos. As estradas os sugavam como monstros famintos, cada passo era quase um duelo. Bombas aterrissavam livremente entre eles, e frequentemente as linhas de luta eram interrompidas pelos gritos e pelo derramamento de sangue. Os pobres rapazes do Corpo Médico do Exército Real, nus até a cintura, recolhiam aqueles despojos humanos, se ainda respirassem e murmurassem e rezassem. O restante era deixado para decorar o caminho. Mãos, pernas, peitos, cabeças, tudo chutado para o lado da estrada, afundando pela metade na lama abjeta. Frentes e cabeças de cavalos e mais cavalos afundavam em meio à imunda espuma dos vermes, e havia aquele cheiro violento: cavalos que, mesmo mortos, pareciam leais e gentis.

Willie Dunne via essas cenas, embora meio cego por causa do capuz. Mas era preciso tentar enxergar o que havia à frente. Como seria, algum dia, capaz de descrever aquilo a Dolly? Não seria. Ela despertaria gritando de seus sonhos infantis pelo resto da vida. Era de enlouquecer qualquer um. Como podia uma terra verdejante chegar a um tal mês de agosto? Nem mesmo o velho Dostoiévski poderia ter imaginado coisa semelhante; ninguém poderia, acordado ou em sonho.

Timmy Weekes caminhava com dificuldade ao lado de Willie. Do outro lado, iam Joe Kielty e um soldado novo que o rapaz não conhecia, um franzino garoto de 19 anos. Mas que conseguia seguir a tropa bastante bem, e era isso o que importava. A marcha fora planejada para durar duas horas, mas já haviam se passado quatro horas na escuridão mais sinistra que Deus já concedera à sua estranha terra.

— Eu estava pensando, Timmy — disse Willie Dunne —, acho que o velho Dostoiévski se assustaria com tudo isso.

— Isso aqui está mais para Dante — replicou Timmy Weekes.

— Quem é Dante, Timmy? — perguntou Joe Kielty.

— Um cara italiano — respondeu Timmy —, chamado Dante.

— É um nome bonito, interessante — disse Joe Kielty.

— Ou Tolstói — continuou Timmy Weekes. Subitamente, a chuva atingiu-o no rosto, então ele fez uma pausa. O vento parecia uma manada de touros. — Tolstói escreveu sobre as guerras. Mas nada como esta guerra. Na guerra dele, ainda dava para voltar para casa e se apaixonar por uma mulher.

— Você não pode ir para casa e se apaixonar por uma mulher? — perguntou Joe Kielty, e todos os quatro riram, uma fileira de homens rindo no meio de lugar nenhum.

— Não é que eu não possa — respondeu Timmy Weekes.

— Uma cama quente, algumas garrafas de cerveja e uma garota — disse o novo recruta.

— Você disse tudo — disse Timmy Weekes.

Então, eles não falaram nada por um tempo, arrastando-se pela lama como estavam.

— E o que é diferente, agora? — perguntou Willie Dunne. — A guerra desse cara e esta nossa guerra?

— Bem, talvez não sejam tão diferentes. Talvez. De qualquer forma, não escrevem livros sobre gente como nós. Só sobre oficiais e gente da alta, normalmente.

— Então, talvez as batalhas fossem as mesmas? — disse Joe Kielty.

— As mesmas. Talvez, Joe — respondeu Timmy Weekes. — Colocavam uma multidão de rapazes num campo e, do outro lado, outra multidão de rapazes, e tiros e cavalaria, e então os meros soldados como nós eram afastados para um vale ou coisa assim, e lutavam como leões, eu acho. E, quando todos estivessem mortos no outro lado, era uma vitória. Uma vitória, sabe?

— Bem, então não é a mesma coisa que acontece conosco, é? — perguntou Willie. — Porque nós só vencemos daquela vez, em "Whitesheet", a não ser que você também conte Guinchy. E, mesmo então, nós ficamos fodidos. Nas outras vezes, um monte dos nossos rapazes foi morto e um monte dos filhos da puta de cinza, e ficamos sem saber quem realmente ganhara a porra toda, pois como é que a gente poderia saber, rapazes?

— Bem, essa é uma diferença, não é? — disse Timmy Weekes. — Mas pode ser que eles nos contem depois, e, se um número maior dos nossos permanecer de pé, então isso pode ser chamado de vitória, não é?

— A porra de uma vitória — disse Willie Dunne.

— Numa porra de uma guerra — disse Timmy Weekes.

— É o que todos nós dizemos — completou Willie Dunne.

Aquela era uma boa conversa. E, durante algum tempo, ficou tudo bem. Mas, à medida que aquele silêncio estranho, que podia se estabelecer mesmo entre companheiros, desceu sobre Willie Dunne, toda a tranquilidade e a tintura de felicidade doce como suco de laranja deixaram seu cérebro. Que começou a pulsar com aquela pulsação já conhecida. Um gole fundo de álcool poderia afastá-la. Um mau pensamento, uma praga ou um bom sono também.

Christy Moran parecia saber onde os soldados deviam estar, e, depois de cinco horas daquela "marcha alegre", como a chamava, abrigou-os numas valas curiosas. Podiam ter sido trincheiras antes. O novo oficial era apenas primeiro-tenente e não sabia ler mapas, e Christy o ajudava nessa tarefa. Coube aos soldados preparar as trincheiras imediatamente, pois em poucas horas amanheceria, então, mesmo após terem marchado, todos começaram a remover as camadas de argila negra e macia com suas ferramentas, tentando colocá-las de volta no parapeito e nas paredes de apoio. Mas pareciam vassalos com suas pás. Não sabiam se riam ou choravam, faziam ambos, generosamente. A chuva ainda caía em cascatas, com a paixão intensa de algo que poderia pensar e respirar. Queria conhecer cada recanto e fissura de cada soldado, até que todos estivessem encharcados e tremessem.

A aurora chegou, e a ordem de "levantar" pareceu uma piada macabra. Não havia degraus de tiro, nem pranchas de acesso e, o que era mais iminente e triste, nem se falava em café da manhã. Os rapazes mordiscavam suas porções secas de comida como ratos. Sua trincheira estava totalmente visível a qualquer um de seus antagonistas, porque o parapeito era continuamente bombardeado pelos projéteis, que passavam sonoros. De algum lugar, um grupo de gênios estava jogando abertamente bombas sobre eles. Mesmo quando elas explodiam a alguns metros de distância, grandes poças de água suja e gelada tombavam vitoriosamente sobre suas cabeças. Era estarrecedor, desmoralizante. Willie Dunne sentia sua própria alma murchar em desespero. Sofreram dois dias ali, com a água lhes chegando aos joelhos, sem alimento algum, nem mesmo menção de água fresca, nada. E sempre o barulho das bombas, das metralhadoras, o cheiro ruim. Mesmo nas paredes das trincheiras pendiam os ossos tristes e os restos de carne de outras almas, como se algum agricultor louco os tivesse plantado ali, esperando ter, na primavera, uma colheita de bebês. Àquela altura, Willie acreditaria em qualquer coisa. Durante aqueles dois dias, os soldados mijavam e cagavam ali mesmo, porque a palavra "latrina" pertencia agora a uma outra era. Diziam que até o hospital de campanha, onde o padre Buckley continuava a cuidar dos feridos, era agora um chiqueiro de sangue e vísceras. E não havia nada que se pudesse fazer. Diziam que o padre Buckley vagava na escuridão com uma pá, e, mesmo com um teto de bombas por cima e a lama por baixo, descobria cuidadosamente os mortos, enterrando-os no chão inteiramente instável e rezando por eles suas orações cheias de paixão.

Willie Dunne nunca ficou sabendo o nome do primeiro-tenente, mas ele os conduziu à batalha no terceiro dia.

Houve mais um tremendo gasto de bombas de sua retaguarda, sua própria artilharia, o que serviu para transformar um metro de lama em um metro e meio de lama. No entanto, na hora designada,

Willie e seus camaradas levantaram-se e começaram a lutar com o solo, pois o próprio solo era um inimigo. A lama agarrou suas botas como se tivesse mãos, e os puxou e os segurou. Um barulho vil de sucção, e eles podiam tentar dar mais um passo. Havia, naquele lugar, mais de um quilômetro a ser cruzado antes de se atingir o objetivo planejado pelo Amotinado. Novamente, do lado direito, naquela miserável versão de luz do dia, os homens da 36ª arrastavam suas formas descarnadas pela mesma lama. Era aquilo o que o pobre Willie Redmond pretendia?, pensava Willie Dunne. Foi apenas um pensamento fugidio. Seus outros pensamentos eram sobre umidade, barulhos violentos, juntas doloridas. Era como se todo o batalhão houvesse se transmutado em homens centenários.

Muitas eram as baixas. Outros soldados descobriam os lugares onde o pântano era mais perigoso e a lama os engolia inteiros. As cabeças dos homens eram arrancadas pelas bombas baixas, e um milhão de tiros exploravam aquela carne em luta, peitos, virilhas e rostos. Lutavam por nada, apenas para respirar, apenas por segurança, um sonho de segurança, e, após um quilômetro, muitos se renderiam à morte, e se renderam. O pior destino era o dos feridos, enterrados pela metade na lama, recebendo tiro após tiro, como se todas as formas de esperança humana estivessem agora proibidas sobre a face da terra. Era uma louca caminhada para a morte, o término de todas as vidas e aspirações.

Não podiam ver nenhuma trincheira em todo o território alemão. Nada lhes era familiar. A intervalos regulares, na lama, pequenas e limpas casamatas de concreto haviam sido construídas, e metralhadoras dentro delas atiravam. Ninguém conseguia tomá-las de assalto, pois a lama negra impedia. A bem da verdade,

Christy Moran não sabia como lidar com elas. Foi apenas empurrando seu pelotão, ou o que restara dele, e, em voz baixa, urrava para si no vento que urrava ainda mais.

Willie Dunne, Christy Moran, Joe Kielty, Timmy Weekes, por algum estranho motivo que nunca seriam capazes de explicar, chegaram por fim ao que Christy acreditava ser a primeira linha demarcada.

— Onde estão os outros? — perguntou Joe Kielty, não esperando resposta.

— Vocês viram aonde foi aquele primeiro-tenente? — perguntou Christy Moran, com profunda exaustão.

Dentro em pouco, estava previsto que o batalhão de reserva surgiria da retaguarda e avançaria maravilhosamente até Langemarck. Não parecia haver vivalma por perto, ou atrás deles. Tudo estava vazio, uma folha em branco de um nada assassino. Era dia, e a guerra envolvera em névoa o mundo.

Talvez houvessem sido minutos, talvez horas, mas o ar ficou mais limpo ao redor dos soldados, e eles viram que na verdade não estavam completamente sozinhos. Havia restos de uniformes cáqui espalhados ao redor. Parecia haver centenas de soldados vindo atrás deles, talvez milhares, como tanto haviam desejado, e dava para ver as bombas caindo entre eles, e ver, a distância, os soldados atingidos. De vez em quando, Joe ou Willie disparavam para cima, quando pensavam avistar algum uniforme cinza como um estranho cervo. Então, algo terrível aconteceu — se fosse possível acontecer algo ainda mais terrível naquele dia. Willie sentiu um frio no estômago que desceu até os pés. Porque, em cima da colina, apareceram fileiras e mais fileiras de uniformes cinza, uma visão total do inimigo em geral invisível, numa horrível formação.

Os poucos grupos das tropas britânicas que estavam no topo da colina começaram a atirar nos alemães que a desciam. Então, Willie viu algo que o surpreendeu. Era o padre Buckley, bem à frente deles, cavando com sua estúpida pá o solo ao lado de um cadáver.

— Padre, padre! — gritou Willie, selvagem, por acrescentar aquele susto a todos os outros.

— Cala a boca, Willie Dunne, cala a boca! — repreendeu Christy Moran. — O que está fazendo, pelo amor de Deus?

— Padre, padre! — gritava Willie.

A massa dos soldados alemães parecia lançar-se colina abaixo pela esquerda. E parava para matar qualquer coisa que estivesse em seu caminho. Os soldados da tropa de Willie podiam ser vistos a distância, erguendo-se de seus esconderijos e tentando em vão se defender. Alguns dos irlandeses tentavam lutar com cassetetes velhos. Willie via alemães e irlandeses com as mãos nas gargantas uns dos outros, ambos apertando e soltando gritos estrangulados.

Por algum milagre, o batalhão esgotado começou a avançar atrás deles. Para grande surpresa do exausto Christy Moran, o novo primeiro-tenente descobriu-os também, e levava a reboque alguns soldados extraviados. Ninguém sabia exatamente o que fazer, mas a verdade é que ficaram oficialmente, por assim dizer, aliviados. Os soldados que haviam cruzado aqueles quilômetros de destruição recebiam gritos dos oficiais restantes para que prosseguissem, e prosseguiam. Christy e seus companheiros começaram a retroceder, exaustos. Não haviam se afastado mais do que cinco minutos quando um som estranho e selvagem os fez se voltarem. Olharam para trás, para o lugar onde estavam havia pouco. E viram hordas e hordas de alemães, lançando-se em uma segunda onda de ataque.

Havia dúzias de mortos em todo o caminho, a cada passo que davam. Os padioleiros chegaram em grupos de oito, por causa da lama. Havia homens que gritavam, gritavam, sendo levados rápido para a retaguarda, e também rostos calmos de olhos fechados.

No dia seguinte, a temível verdade era partilhada em pequenos grupos pelos sobreviventes. Ficaram sabendo que um dos batalhões ficara reduzido a um único oficial ferido. Todo o resto, aqueles mesmos homens, pensava Willie, que haviam passado por eles em fila, pressionados pelos seus oficiais para avançarem, estavam agora mortos ou desaparecidos, pensava-se que mortos. E mesmo assim continuavam a chegar ordens para que o ataque fosse renovado. Uma bomba de gás de mostarda atingira o quartel-general de campo de um batalhão, transformando três oficiais em fumegantes cadáveres verdes, suas peles rachando e reluzindo depois da animada batalha. E, ao longo das filas dos que tentavam fugir, chegavam ainda ordens, para os mortos e os moribundos e os espíritos perdidos: "Renovar o ataque, renovar o ataque."

— Onde está o padre Buckley? — perguntou Willie.

— Morto naquele chiqueiro do hospital de campanha — respondeu alguém. — Ele ficou lá o dia inteiro, dando os últimos ritos aos rapazes que eram levados. Era uma caixa de ferro corrugado, aquela porra de lugar. O *shrapnel* atingiu-o em cheio e matou o padre. Ele foi enterrado em algum lugar.

— Mas eu vi o padre lá em cima, onde estávamos — disse Willie Dunne. — Juro que vi.

— Ele não saiu do posto até que o levaram para o enterro.

— Essa é a coisa mais triste que já ouvi — disse Willie Dunne.

— Pois é.

Pelo menos, o major Stokes fez um esforço para ver os soldados. Do contrário, seriam apenas homens esquecidos no louco e silencioso tempo que sucedeu a batalha. Quando o major chegou até eles, estava também coberto de lama até os braços. Sorria estranhamente quando deu a volta ao parapeito. Ficou olhando cuidadosamente para os estranhos arranjos que haviam sido feitos.

— Esta trincheira é terrível, primeiro-sargento — disse a Christy Moran.

— Terrível, senhor. Mas é a nossa casa.

O major deu sua risada esquisita, sibilante, como um carneiro tossindo envolto em neblina.

— Seu escroto irlandês. Você sempre faz piada, de qualquer forma.

— Sim, senhor — disse Christy Moran.

— Qual de vocês enlameados é o meu amigo, o pequeno Willie, o praça Dunne?

— Aqui, senhor — disse Willie.

O major Stokes aproximou-se dele, arrastando-se pela lama. Willie estava sentado em cima de uma pequena jangada improvisada com caixas de munição.

Foi estranho. O major tirou seu capacete e colocou-o sob o braço, numa espécie de saudação oficial. Era peculiar aquela formalidade. O cabelo do major Stokes estava bastante branco. E certamente não era branco da última vez que Willie o vira.

O major falou com voz baixa.

— Sem ressentimento, praça? — perguntou.

Willie ficou surpreso, mas sabia bem qual deveria ser sua resposta. Não entendia realmente sobre o que o major estava falando, mas sabia a resposta. Ele podia estar falando de inúmeras coisas, coisas terríveis. Mas Willie sabia a resposta. Era a única resposta possível naquele lugar.

— Não, senhor. Não tenho ressentimentos, senhor.

O major Stokes o encarou, aquela era a única palavra para aquilo. Talvez quisesse dizer algo mais, coisas diferentes, talvez dissesse algo diferente num lugar diferente.

— É muito gentil de sua parte, praça — disse o major. Era impossível dizer se ele aludia a algo em suas palavras, se havia um sabor de insinceridade. Mas talvez aquele fosse o seu tom de voz, e sempre houvesse sido. Talvez aos 2 anos de idade, com sua própria mãe, o major a tivesse intrigado com aquela voz sardônica.

De qualquer forma, o major devia ter sentido que já dissera tudo o que tinha para dizer, e continuou a arrastar-se até a próxima curva da trincheira para ver os rapazes que estavam por lá e como estavam as coisas com eles.

❧

Por quinze dias, os soldados ficaram na água. Os rapazes do Corpo Médico do Exército Real haviam limpado da área todos os feridos e agonizantes, em meio a mil xingamentos e tomando o santo nome do Senhor seu Deus continuamente em vão, mas agora a terra devastada que se estendia diante deles estava novamente entupida de pobres soldados mortos, e o ar, novamente empestado. Uma grande quantidade de gás e *shrapnel* e explosivos poderosos era atirada sobre eles. Os aeroplanos no céu eram todos alemães, e desciam ao longo das trincheiras dos aliados e jogavam bombas.

— Essa guerra é foda mesmo — disse Christy Moran. — Essa porra de guerra é foda.

Somente à noite, com a escuridão e a chuva que continuamente tombava, havia algo que lembrasse segurança, mas, na melhor das hipóteses, uma segurança pequena, insignificante e cheia de armadilhas. Frequentemente, pensavam que o quartel-general os esquecera. Que até seu próprio batalhão de suprimentos os esquecera. Rara era a comida que chegava até eles; muitas vezes, tinham de se arriscar bebendo a horrível água que os circundava para saciar a sede.

— Éramos heróis há poucas semanas. Agora eles não dão a mínima para o que acontece conosco. Filhos da puta — dizia Christy Moran continuamente.

O novo primeiro-tenente fazia o que podia pelos seus soldados. Girava a manivela do telefone de campanha o dia inteiro, meio que suplicando, de alguma forma, por ordens que os tirassem dali. Só havia espantalhos e homens arrasados naquela parte da linha de frente. Era um estado de coisas desesperador.

Finalmente pareceu haver uma esperança de serem removidos. Foi-lhes dito que um batalhão de Gloucester chegaria para substituí-los.

— O que é bom dura pouco — disse Pete O'Hara, e seus companheiros com fome, com frio e encharcados riram. Não havia um só deles que não tivesse pensado uma ou duas vezes em dar um tiro no pé, ou em comer um rato vivo, coisas assim, algo que os fizesse ser retirados dali sem problemas. E o que estavam esperando agora, a não ser a Morte em pessoa? Se os hunos surgissem, não haveria entre os rapazes nenhum espírito guerreiro para enfrentá-los.

Os soldados de Gloucester nunca apareceram. Talvez os grandes Leviatãs daquele mundo de lamas os houvessem engolido. Circulavam histórias sobre novas criaturas que emergiam daquele caos, horríveis monstros de lama com fome de baleia, que podiam comer um soldado com duas dentadas.

Para se divertirem, os rapazes liam as informações estritas em suas cadernetas, especialmente as recomendações sobre manter os pés secos e limpos. E "meias limpas e secas".

— Adoro esse trecho — disse Willie Dunne.

Não havia absolutamente nada seco num raio de 20 quilômetros, pensava.

Então, Christy Moran retirou um coelho da cartola, pelo menos para Willie Dunne.

— Tudo bem, Willie — disse —, você não está encarregado ou no comando de nada, então eu acho que posso te poupar. O pobre padre Buckley disse que eu deveria dar um jeito de você poder tirar uma licença e ir para casa.

— Como, senhor? — perguntou Willie.

— Licença, Willie. Vou deixar você ir para casa de licença, seu sortudo da porra.

Willie sabia que não tinha direito a licença alguma. Ou será que dezoito meses já haviam passado outra vez? Ou seriam mil anos? Apesar da lama em suas artérias, apesar da pedra gelada que substituíra sua cabeça, uma tênue bolha de alegria remanescente surgiu dentro dele. Iria para casa, pelo menos por um tempo. O padre Buckley ainda olhava por eles do túmulo, fosse lá onde seu túmulo estivesse.

— Obrigado, sargento — disse ele. — Eu seria capaz de lhe dar um beijo, sargento.

— Sai daqui, filho da puta, seu... — xingou Christy Moran. — Eu não sou sua mãe.

— Escroto — disse Pete O'Hara. — Não nos deixe aqui abandonados.

— Desculpe, Pete — respondeu Willie Dunne.

— Traga-nos um papagaio, então — pediu Joe Kielty.

— Pode deixar.

Quando Willie acabou de arrumar as malas, mochila nas costas, rifle na mão, seu sobretudo por cima de todas as coisas, não estando, portanto, em posição de detê-lo, Christy Moran enfiou a mão por baixo do casaco e colocou algo no bolso superior esquerdo da roupa do rapaz.

— Agora — disse ele —, fique com isso. Para o caso de eu nunca mais te ver.

— O que é isso, sargento?

— É a porra da medalha que me deram. Até agora eu não sabia onde colocá-la.

— Mas, sargento, é a sua medalha, pela sua coragem, sargento, por matar aqueles alemães e tal.

— Não quero essa porra. Você a mereceu tanto quanto eu, seu corno. De qualquer jeito, Willie, ela tem uma pequena harpa e uma pequena coroa, e eu acho que entre as duas você pode chegar em casa a salvo.

— Meu Deus, sargento, não sei o que dizer.

— Então, cala a boca, Willie, e dá o fora.

— Certo, sargento.

Capítulo Dezenove

Era extraordinário ser dispensado e embarcar num caminhão e num trem para ir a lugares da Terra que ainda tinham um solo firme. Willie ficou olhando para aquele mundo, pensando o tempo todo em seus companheiros que haviam ficado para trás, naquela desolação. Ficou imaginando o que eles estariam falando, e se surpreendeu, pois, mesmo que estivessem num lugar tão ruim, sentia falta deles.

Ficou chocado ao descobrir que a Inglaterra, enquanto ele a atravessava, tinha a mesma aparência e o mesmo cheiro. Um irlandês atravessa a Inglaterra e não consegue ter pensamentos ingleses. O que ficava entre o seu lar e a Bélgica? Aquela Inglaterra.

Quando entrou no corredor inferior da casa do chefe-superintendente, viu Dolly escondida num canto, brincando com uma fileira de bonecas desengonçadas. Willie sabia que a mãe de sua mãe fizera aquelas bonecas; reconheceu-as, subitamente, do tempo de sua própria infância, bonecas de lã verdes, brancas e azuis, com um rosto de pano pintado. Havia esquecido totalmente essas coisas.

— Olá — disse. — Olá.

A menininha virou a cabeça.

— Quem é você? — perguntou.

— Willie — respondeu ele. — Willie. Não está me reconhecendo?

A menininha deu um pulo e atravessou o pavimento frio, correndo até o irmão. Aninhou-se em seus braços como um pacote perfeitamente dobrado, e de repente seus peitos estavam colados, o coração dela batendo, o coração dele batendo. Willie ficou satisfeito ao lembrar que haviam desembarcado em Amiens no caminho, para que acabassem com seus piolhos e dessem um tratamento digno do Exército em seus uniformes. Enfrentara uma longa fila diante dos chuveiros civis, com o vapor saindo dos cubículos, e aqueles homens perturbados pelas batalhas cantando e gritando num inferno desprovido de chamas. Que alegria era simplesmente estar limpo! Que alegria era poder ter aquele anjinho aninhado novamente contra o peito limpo de seu uniforme.

— Oh, Willie, você agora parece velho que nem o papai! — disse Dolly, alegremente.

— Você também cresceu, Dolly — disse ele. — Quantos anos você tem agora?

— Tenho quase 9 anos. Você recebeu a minha carta, Willie? Levei horas e horas escrevendo.

— E que carta ótima e grande você me escreveu, Dolly, não tem ideia de como fiquei contente ao recebê-la.

— Aposto que você preferia ganhar biscoitos, Willie — disse ela.

— Eu preferia receber uma carta sua a receber qualquer biscoito — replicou ele. — Maud e Annie estão lá em cima?

— Estão, sim, estão. E não estão esperando ver você, Willie!

— Willie, Willie — gritaram Annie e Maud, e a verdade era que elas também se comportavam com ele como se fossem menininhas. Talvez não conseguissem evitar. Os velhos tempos voltavam. Elas o beijaram, uma de cada vez, e Annie o abraçou com força durante alguns instantes e examinou minuciosamente o rosto dele. Mas não disse uma palavra. Estava chorando, porém; seus belos olhos castanhos vertendo lágrimas que escorriam pelas faces. Não tentou enxugá-las. Olhou-o fixamente e o sacudiu, agarrada à flanela gasta da sua manga.

Ele deu uma olhada em torno da sala de estar, não havia um só buraco de rato fora de lugar. Se estivesse deitado, dormindo na trincheira, à luz esmaecida do dia, e sonhando, a sala não lhe pareceria mais real e assombrada ao mesmo tempo. Tentou imaginar as irmãs ali, nos últimos anos, e mentalmente podia vê-las entrando e saindo dos aposentos, como se as três irmãs formassem muitas mulheres. Aquele era um pensamento confuso, e Willie levou uma das mãos à cabeça.

— Você está bem, Willie? — perguntou Maud. — Sente-se um pouco, querido, vamos trazer uma xícara de chá.

— Isso seria ótimo, Maud — respondeu ele, começando a chorar. Mas não eram lágrimas de tristeza. Eram lágrimas diferentes, não saberia classificar.

— Como está a guerra? — perguntou Maud. Annie continuava a olhá-lo fixamente. Quantos anos teria Annie, agora? Talvez 15. E Maud tinha, com certeza, 17. Teria um namorado com quem sair? De alguma forma, achava que não. E, de alguma forma, achava que não deveria perguntar.

— Ah, é só uma guerra — respondeu Willie. — Sabe como é.

— Bem, não sabemos, Willie, porque nunca estivemos lá! — disse Dolly.

— E isso é muito bom — disse Willie Dunne.

— Nós tivemos guerra aqui também, desde que você foi embora da última vez — continuou Annie. — Com canalhas nas ruas e o papai desesperado a cada lance. E dizem que há soldados voltando para casa da guerra, Willie, e dando seus rifles para aqueles imundos rebeldes, dizendo que os perderam.

— Nunca ouvi falar disso, Annie — disse Willie. — Como pode ver, o meu está salvo e inteiro.

— Fico contente — disse Annie.

— Annie, pare de falar tanto — repreendeu Maud — e ponha aquela torta de novo no forno, e, Willie, papai vai voltar num minuto e terá uma baita surpresa.

Quando Annie foi para a copa, Willie aproximou-se mais de Maud.

— Recebi sua carta, Maud — disse ele.

— Isso já passou — disse Maud, mas, pelo modo como ela falou, não era bem assim.

— Fico contente — respondeu, mesmo assim.

❧

Ouviram o policial subindo a escada de madeira com suas botas. Ele abriu a porta. Dolly correu para ele como uma andorinha para o ninho.

— Ah, Dolly, Dolly — disse o pai. — O que eu faria sem você?

Ele tirou o quepe e colocou-o sobre uma mesinha, como já fizera mil vezes antes. Os percalços de uma vida. Parecia estar concentrado e perdido em seus próprios pensamentos. Seu rosto parecia mais velho, o bigode bem mais grisalho, as faces mais enrugadas e cavadas. Era apenas um entardecer de setembro, ninguém pensaria ainda em acender uma lâmpada, mesmo que houvesse, na sala, apenas um tom crepuscular com manchas da luz cinzenta de Dublin.

Então, o pai levantou os olhos e viu Willie, sorrindo o mais que podia. Willie não sabia o que deveria esperar, tampouco o que realmente fizera para que Maud lhe enviasse aquela carta na trincheira. Tinha ideia, porém não sabia exatamente. Mas seus sentimentos superaram os pensamentos, e Willie não pôde deixar de sorrir ao ver o rosto do pai.

O pai não disse uma palavra. Terminou de colocar o quepe sobre a mesa e, segurando a mão de Dolly, atravessou o espaço sombrio da sala. Caminhou diretamente para Willie, era 30 centímetros mais alto que o filho. O uniforme cáqui de Willie parecia endurecido diante da limpeza do pano negro e do galão prateado do uniforme do chefe-superintendente. Especialmente os punhos eram elaboradamente decorados. Willie nunca havia notado aquilo antes. Sentiu como se houvesse água correndo dentro dele por um ralo de esgoto no topo de sua cabeça. Estava sendo avaliado, fosse qual fosse o motivo. Subitamente, pensou em sua litania de amigos desaparecidos e nos rostos dos que não eram seus amigos, mas haviam também desaparecido. Pensou em todos os soldados mortos da 16ª, centenas e centenas. Sabia que o amor e a consideração que sentia por eles superavam qualquer censura, embora tivesse sido difícil honrá-los de maneira adequada quando morreram. A guerra era diferente dos percalços da vida, não havia tempo para um funeral adequado, um adeus, plumas negras nos cavalos do cortejo, multidões reunidas em Mount Jerome ou Glasnevin. Ele era um homem de um metro e setenta que vira mil mortes. Agora, estava a centímetros da fonte de todo o conforto de sua infância, o homem que o banhara ternamente como a uma criança quando ele estivera em casa em seu outro período de licença. Willie lembrava bem as grandes mãos limpando-o da guerra. Aquilo nunca se repetiria, estava certo.

O pai soltou a mão de Dolly. Parou um momento, talvez sem saber o que fazer. Levantou então a mão direita e apertou a mão direita de Willie, inclinando-se para a frente, levantando-a e sacudindo-a.

— Ah, aqui está você, Willie — disse. Mas sua voz estava dura e fria.

— Olá, pai — replicou Willie.

O policial fez então o que, para Willie, foi algo horrível. Começou a rir, como se existisse algo em que não pudesse acre-ditar, embora Willie não houvesse dito nada. Maud chegou à sala naquele momento, trazendo a torta de carneiro numa velha tra-vessa de Wicklow, e também ouviu aquela risada, e olhou para seu pai com uma espécie de temor nublado girando em torno de sua cabeça.

— Eu fiz algo que o ofendeu, pa...

Willie nem conseguiu terminar a palavra antes que o pai começasse a falar.

— Eles mataram um dos meus recrutas — disse seu pai num tom surpreendentemente vago — e trouxeram confusão e devas-tação para a cidade em nome de... quem, Willie? Dizem que da Alemanha. Eles trouxeram a desgraça e a morte para todas estas preciosas e importantes ruas. Marcaram Dublin de um jeito que nunca poderá ser limpo, uma grande mancha de sangue que se espalha, Willie. E eu leio numa carta de meu próprio filho que ele tem por eles um sentimento estúpido e ruim, que ele viu algum rapaz de mãos ensanguentadas morto na entrada de um prédio e ficou pensando que não parecia mais velho do que ele próprio. Você está aqui, Willie, vestindo o uniforme de seu bondoso rei. Sob o juramento solene de defender a ele e a seus três reinos. Você está aqui, na casa de sua infância, e seu pai é um homem que sempre se esforçou para manter a ordem nesta grande cidade e protegê-la dos malefícios de traidores e rebeldes, pelo amor a todos vocês e em memória de sua mãe.

Ah, estava mais escuro na sala agora. Um veneno deslizava pelas veias de Willie. O veneno do desapontamento e de um novo horror. Nunca, em toda a sua vida, vira seu pai tão frio e estranho, a voz profunda, corrompida pela raiva, soava como a terrível voz de um estranho, de outro homem. Nunca em toda a sua vida ouvira tal discurso vindo de seu pai, com palavras próprias de paradas e cerimônias. Naturalmente, Dolly nada notara, mas correra para Maud e subira em sua cadeira perto da mesa.

— Sente-se aqui perto de mim, Willie. Eu fiquei guardando esta cadeira para você durante todo esse tempo.

— O mundo da guerra é estranho e sinistro, pai — disse Willie, lentamente. — Ele nos leva a pensar mil pensamentos, mil novos pensamentos.

— Não vou ficar aqui para ouvir suas maledicências! — gritou o pai. — Tenho patifes e canalhas o suficiente nas ruas. Todos sob a minha responsabilidade!

— Eu sei, pai. E isso é muito importante.

— Ah, você acha, meu filho? Você acha. Mas é claro que não é verdade. É claro que você pensa que tudo o que sou e tudo o que fiz não serve para nada. Que é tudo um grande monte de lixo! Onde as galinhas podem ciscar! Não é, Willie? Antes tivessem me matado nos portões do parque de Saint Stephen, antes aquela mulher demoníaca, Markievicz, tivesse avançado sobre mim para me dar um tiro no peito e tirar a minha vida do que eu ter de abrir uma carta amarga e ler aquelas palavras amargas e sentir a bile amarga solta no centro do meu corpo, a me fazer chorar no escuro, chorar no escuro, como um pai tolo e abandonado!

Copiosamente, Maud chorava, lágrimas abundantes e quentes, ainda segurando a torta de carneiro. O calor da travessa atravessara o pano e começava a queimar suas mãos, mas ela não a largava.

— Não vai sentar aqui, Willie? — perguntou Dolly.

Mas Willie não conseguia pensar em outra coisa senão olhar rápido ao redor pela última vez, acenar para o pai, acenar para as irmãs, e voltar à escada gasta, e voltar à escuridão que se adensava.

Aquele era o primeiro item da lista de assuntos importantes que Willie repetira mentalmente no caminhão e no trem, imaginando como as coisas ficariam — o segundo era Gretta.

Sabia que dúzias das cartas se perdiam, apesar dos esforços do serviço de correios. Sabia que muitas cartas só chegavam por milagre e muitas, atrasadas. Repetia essas coisas religiosamente agora, com as palavras do pai ainda martelando sua cabeça como a percussão de um grande canhoneio.

Enveredou pelas ruas de sua cidade, dirigindo-se à Catedral da Santíssima Trindade. Não tinha apenas uma noção geral sobre aquele lugar; percebeu que o conhecia pedra por pedra. Como aprendiz de construção, não conseguia, na juventude, não se espantar diante dos pilares da velha e cinzenta catedral protestante, ou ao ver onde trechos deles avançavam sobre a própria rua. Willie costumava pensar na armação de andaimes fortes necessária e até no trabalho de erigir tal construção, nas já mortas equipes de carregadores e de pedreiros, revestidores afins. Pedra sobre pedra, como em qualquer edifício, das camadas mais baixas às mais altas. Pedra sobre pedra, assentadas em suas bases, ajustadas para nunca mais se moverem. E, enquanto caminhava, pensou pela centésima vez em como os construtores pareciam dançarinos; quando as coisas iam bem, havia uma elegância encantadora em seus movimentos e o trabalho fluía. Bem, todos deviam estar em muito boa forma quando erigiram aquela catedral, de qualquer modo. Os protestantes tinham duas grandes catedrais e os católicos nenhuma, mas Willie não conseguia se lembrar por quê, se é que um dia soubera.*

Ao aproximar-se da casa de Gretta, Willie sentiu que já não estava tão mal por seu pai ter lhe falado daquela maneira. Como poderia se sentir desgraçado se estava tão próximo dela? Ah, a inundação da batalha e as ondas de pesar que ainda o engolfavam — mas foi só passar por ali, sob a balaustrada da catedral, e virar em direção à porta da casa de Gretta para sentir-se lavado como uma árvore poeirenta sob a chuva, não conseguia evitar. Ao pensar em Gretta, naquele momento, sentiu que todas as outras coisas podiam ser postas de lado. Ele veria a guerra acabar e, então, ele e Gretta... Por Deus, ele perguntaria a ela agora, fora muito burro, tardara demais, mas agora perguntaria novamente se ela consentia ser sua namorada. Era um homem adulto agora, adulto, e ela veria isso nele, e não se importaria tanto com o que já passara para chegar ao ponto de recusar. Não, isso nunca aconteceria.

---

* A população protestante da Irlanda é constituída pelas classes mais abastadas, enquanto a religião católica, majoritária, é a das classes mais pobres. (N.T.)

Foi subindo a escada gasta. Estava muito escuro, pois a casa era prensada contra a catedral e, em cada patamar, as janelas pareciam aquelas pinturas apagadas das velhas igrejas, espreitando no ar sagrado e sem luz. Poderiam ser Daniel na cova dos leões ou o túmulo de Judas no campo do oleiro, não se podia saber. Talvez fosse preciso ter uma antiga candeia ou algo assim para ver direito aquelas coisas.

A porta estava sempre aberta no grande aposento decadente dos bispos havia tanto mortos. Como sempre, os trapos pendiam do teto escuro, com seus mil instrumentos de gesso, silenciosos. Por trás dos tabiques, as famílias murmuravam e riam, e a luz das velas mostrava o estado deplorável das "cortinas".

E ali estava Gretta, envolta em sua própria e estranha luz. Porque, claro, a própria Gretta era uma vela, a própria Gretta era luz. Gretta, com seu belo rosto branco, encantador como o de qualquer cantora.

Amamentava um bebê em seu seio. Willie não percebera isso imediatamente, mas agora ele estava parado à margem do mundo dela. E viu a pequena criança, e podia até ver o seio cheio e firme que lhe cobria o rosto. Pequenas mãos que se abriam e fechavam, se abriam e fechavam, e Willie podia sentir o prazer que o bebê sentia. Ele se deitara com Gretta, mas, oh, havia tantos meses... Não era assim um soldado tão tolo que não soubesse contar meses.

— Gretta, Gretta — murmurou para alertá-la, como se ela estivesse em perigo e ele não devesse acordar ou provocar seus inimigos.

— Willie Dunne — disse ela, e jogou uma coberta fina sobre o seio e a cabeça do bebê.

— É sua essa criança? — perguntou ele, talvez desesperadamente, porque ele sabia que, se não fosse, ela não teria leite.

Ela não era ama de leite, que ele soubesse. A não ser que ela tivesse tido um filho dele e o tivesse perdido? Uma tal tragédia teria ocorrido? Fora esse o motivo de ela não escrever? Ele a recompensaria de mil maneiras. Oh, Gretta, minha Gretta.

— Bem, é meu filho e do meu marido, Willie. Você vai criar algum problema agora? Eu escrevi para você, Willie, e você nunca me respondeu. E as coisas acontecem como acontecem, como meu pai diria.

— Você me escreveu dizendo que queria casar comigo?

— Eu escrevi para você, Willie, para dizer que eu tinha recebido aquela carta do seu amigo, e como as coisas estavam, e tudo o mais.

— Que carta, de qual amigo? — perguntou Willie e, enquanto ela falava, ele sentiu como se tivesse de voltar para o patamar, para vomitar. Ela o pegara tão de surpresa! As palavras de Gretta desencadeavam nele um temor, agora, pior do que o que sentira na guerra.

— Eu a guardo na gaveta. Vá buscá-la se quiser, Willie. Mas você vai saber o que ela diz. E você não respondeu à minha carta. E eu soube então que você tinha feito o que a carta dizia. E, Willie, o que quer que eu seja ou que tenhamos sido, eu não poderia ter os mesmos sentimentos depois daquilo.

— Depois daquilo o quê? — perguntou Willie.

— Quer que eu fale disso? Vá ler a carta por si mesmo.

Então, Willie cruzou o cômodo na direção da pequena cômoda com gavetas.

— Está bem em cima. Não há por que escondê-la. Eu contei tudo ao meu pai e ele me aconselhou. Disse que avisara você de que devia saber o que quer, e que você não sabia o que queria. Ele disse que, porque vivemos neste quarto, não quer dizer que temos de ficar esperando os homens que andam com putas. Uma coisa é certa, Willie, temos bastantes putas nas ruas Monto e Gardiner, você não tinha de ir para a Bélgica pegar uma delas.

Era apenas uma carta curta que poderia ter sido endereçada por ele. Estava escrita com rabiscos negros, sinuosos e longos, um documento curioso. O missivista dizia sentir-se na obrigação de informá-la da conduta de um certo praça William Dunne, conhecido dela, que era de conhecimento do remetente que o praça dormira com uma prostituta de Amiens, notória por suas doenças, e o remetente se acreditava no dever cristão de informá-la que estava em posse dessa informação, que pesava muito sobre ele. Era um dever penoso o que ele agora cumpria. Estava assinado "seu para sempre, sinceramente, Um Soldado".

Mesmo que Willie tentasse mentir para ela agora, de que serviria? Ela estava casada agora, e tinha o bebê. Mesmo que ele tivesse recebido a carta dela, o que poderia acontecer? Teria sido obrigado a mentir, e acreditaria ela no que ele tinha a dizer? E, se ele tivesse contado a verdade, não a teria perdido do mesmo jeito? Sentia-se tonto de tanto pensar. Levantou os olhos daquela carta horrível e olhou para o rosto de Gretta. Sua bem-amada, que ele perdera para sempre.

— Eu sinto muito, Gretta. Sinto tanto. E estou triste demais de pensar que a perdi. Eu estive com uma garota, infeliz e decaída. E eu me confessei com um homem que já morreu. E eu nunca recebi carta alguma sua sobre isso. Eu teria atravessado o mar profundo e frio para vê-la se imaginasse que você sabia disso. E, se eu lhe causei sofrimento, se magoei seu coração, sinto muito realmente. Eu nem pude começar a contar a você o que é a guerra, Gretta. Enquanto eu vinha para cá, estava justamente pensando que tudo terminaria bem, afinal, porque eu amo você e nós poderíamos nos casar.

Para espanto seu, já que havia tão pouco tempo ele se considerava adulto e capaz de saber as coisas do mundo, ela estava chorando. Ela estava chorando naquela luz cinza de Dublin.

— Você tem um bom homem agora, Gretta, para cuidar de você?

— Tenho, sim, Willie, um homem muito bom. Ele está trabalhando com meu pai. Estão colocando as placas de granito em toda a rua Sackville, nos lugares arruinados pelas lutas. Meu pai fugiu do acampamento de Curragh no ano passado, porque ele disse que preferia ser fuzilado como um desertor a viver como um soldado britânico. Ele precisa sempre agir como pensa, Willie, você sabe. Você não vai delatá-lo, vai?

— Não, não, Gretta. Tudo bem.

— Eu também lamento, Willie, que as coisas tenham acabado assim. Eu não acho que o que você fez tenha sido algo tão terrível, mas, na época, partiu meu coração ler aquilo. Espero que tudo corra bem para você, Willie. Eu não poderia ficar contra você, não contra você, Willie.

— Obrigado, Gretta, sinceramente. Você nem pode imaginar o quanto me sinto confortado. Seu pai tinha razão. Eu não sabia direito o que eu queria.

Willie demorou-se um pouco mais ali. Sentia-se um fantasma, alguém que retornara de regiões sombrias, não mais um ser humano. Sentia-se fragmentos insignificantes de um ser humano. Ela estava tão bonita, sentada ali; o bebê dormia tranquilamente. Gretta sorriu para Willie aquele conhecido sorriso, o sorriso que ele deveria ter carregado consigo para todos os lugares, se sua vida tivesse algum valor e conseguisse usar o sorriso como um escudo contra as desgraçadas tentações do tempo da guerra. Willie afastou-se daquele lugar vivo e essencial e mergulhou novamente na cidade incandescente.

Sabia que deveria procurar algum albergue para passar a noite, e foi o que fez. O lugar estava repleto de vagabundos, bêbados miseráveis e, para sua infelicidade, de outros tristes soldados que haviam regressado da guerra.

Capítulo Vinte

Na manhã seguinte, Willie pegou o trem para Tinahely, porque tinha um dever a cumprir. Na estação de Westland Row, sob a grande abóbada de ferro e vidro, sentiu-se mais cansado do que jamais estivera nas trincheiras. Algum mau espírito sugara toda a juventude de seu corpo. Durante a noite, aquele mesmo espírito o atormentara e agitara, plantando nele escarnecedoras sementes de granito e pedra. Sentia que algo no centro de seu corpo morrera. Como um velho freixo, temia se esvaziar lentamente, a podridão surgindo de seu íntimo, camada por camada, até que o vento do inverno o derrubasse.

Dublin não era mais uma cidade interessada pela guerra. Havia muito poucos homens uniformizados de licença na cidade. Willie vira tropas nas ruas, é verdade, mas eram soldados ocupados com outras coisas, expedidos pela Inglaterra. Caminhando pela rua Sackville, ele vira as marcas deixadas pela rebelião, as casas que haviam sido explodidas pelos barcos armados no rio Liffey. Nos lugares onde a grande rua fora atingida, havia um grupo de homens reparando a pavimentação, e, entre eles, sem dúvida estavam o pai e o marido de Gretta. Mas o rapaz não olhou muito tempo para aquele lugar; não queria ver. A grande rua havia sido ferida por um cataclismo; havia explodido, cuspindo argamassa e pedras para os céus. Certamente poderiam substituir cada pedra por outra, mas havia muito que nunca poderia ser substituído.

Com o canto do olho, Willie viu um pequeno bando de meninos numa das ruas laterais que davam na rua Malborough. Viu até mesmo o braço de um dos garotos armado para o arremesso, mas, mesmo assim, ficou surpreso e ofendido quando a pedra o atingiu no braço. Parou e apanhou o míssil, e era um pedaço de granito do pavimento, que algum pedreiro havia cortado com martelo e cunha para transformar numa peça de encaixe. Era um pequeno vestígio a mais da cidade. Os meninos investiram novamente, e um deles, pequeno e mais corajoso, correu pela calçada e lançou uma tal cusparada que Willie não pôde desviar-se antes que ela acertasse em cheio o seu rosto. Os garotos caíram na gargalhada.

— Tommies de merda, Tommies de merda, Tommies de merda, voltem para suas casas!

Willie parou na calçada, mas não sentia nenhuma vontade de correr atrás deles.

— Eu estou em casa, infelizes — murmurou.

O pequeno grupo, às gargalhadas, deslizava na direção da pré-catedral. Era a igreja que fazia as vezes de catedral católica; não uma catedral propriamente, era o que havia no lugar de uma. Ainda construiriam uma catedral de verdade, qualquer dia. Era ali que seu pai ia rezar entre os outros católicos de Dublin, leais ao rei ou não. Ele próprio sentara-se lá todos os domingos, com suas três irmãs e o pai, elegantes e arrumados. Willie conseguia caminhar pela igreja em sua mente, e sentar-se entre o cheiro de cera e as estátuas italianas, só que, em sua mente, as estátuas não estavam mais lá, e não havia mulheres que lustrassem e encerassem o chão.

Aquilo não devia ser verdade, pensou, porque as coisas ainda continuariam iguais durante algum tempo, até que outro terremoto viesse talvez abalar as profundas raízes da cidade, Deus sabia quando, e tudo desmoronasse. Perguntou-se se não deveria guardar no bolso aquele pedaço de pedra, como um suvenir, mas depois atirou-o com força no chão. Que ficasse ali para ser atirado em algum outro idiota, pensou, algum outro idiota que estivesse passando.

Willie desceu do trem na pequena estação de Tinahely, a qual, por algum motivo, fora construída num lugar estranho, na parte baixa da cidade, talvez devido a um capricho do proprietário. Talvez os Fitzwilliams, que estavam a quilômetros de distância, em Coollattin, pois outrora o seu poder se estendia a todos os lugares da região. Porque aquela era toda a zona rural que ele conhecia. Não muitos quilômetros distante dali estava o velho domínio de Humewood, onde seu avô fora administrador. Seu avô ainda estava vivo, e Willie se perguntou se não deveria ir até Kiltegan, onde ele conservava a vigília própria da velhice num dos abrigos mantidos pelo Estado. Mas logo pensou que, se seu pai ficara nervoso com ele, o avô deveria estar ainda mais, pois passara toda a sua vida chefiando um exército de trabalhadores, jardineiros e camponeses, e era o substituto do proprietário da terra, leal como uma esposa. Era claro que o pai não poderia ter dito nada ao avô, pois os dois somente se encontravam em enterros e casamentos. Na presença de Willie, o avô declarara várias vezes que seu filho era um tolo, que todos os seus filhos eram tolos, e que James era o pior deles. E que o fizera entrar para a polícia "com os outros tolos da Irlanda". Um tolo, e pai de outro tolo — foi o que pensou Willie.

325 — *Um Longo Longo Caminho*

Mas a luz do sol era suave sobre as sebes ao longo da trilha; as romãzeiras estavam carregadas de frutas vermelhas e brilhantes. Ao passar pelos portões que levavam à igreja de Kilcomman, descobriu-se admirando o alinhamento agradável dos blocos de granito, a exatidão, a habilidade com que haviam sido colocados, e o gradil preto, perfeitamente adequado. Não se lembrava exatamente da localização da casa dos Pasleys, embora soubesse que devia ficar naquele lado da cidade. Saudou o pastor que, naquele exato momento, estava colocando cartas na caixa do correio, e perguntou onde ficava a propriedade chamada Mount.

— Bem ali, no topo daquela colina — respondeu o outro. — Dá para ver o telhado aparecendo sob aquelas faias.

— Muito obrigado, senhor — disse Willie.

— Você atravessou o mar? — perguntou o pastor.

— Sim, senhor. Estive em Flandres, senhor, nestes últimos anos.

— Vai visitar os Pasleys?

— Vou. Porque eu conheci o filho deles, o capitão.

— Fiquei com medo de que você trouxesse mais notícias ruins. Sabia que o outro filho deles está na França, também?

— Não, não sabia, senhor.

— Ah, sim. Fico feliz de vê-lo são e vigoroso. Já perdemos dezessete homens das vizinhanças. Uma coisa terrível e triste. E qual é o seu nome, praça, se posso perguntar?

— Dunne, senhor. William Dunne.

— Ah, sim — disse o pastor, mas, pela sua experiência anterior, Willie já sabia como o cérebro do sacerdote estaria rangendo a registrar um sobrenome que muito dificilmente seria de um protestante, embora o primeiro nome mostrasse uma certa deferência para com os poderes constituídos. Mas, para fazer justiça ao pastor, seu tom de voz não se alterou. O seu próprio sobrenome estava escrito em letras douradas, por um acaso, bem detrás dele, num letreiro com o nome da igreja e o do reitor responsável. — Bem, meu amigo, você os encontrará no topo da colina. Desejo a você um bom dia e a bênção de Deus.

— Obrigado, pastor.

— Obrigado, William, por parar para conversar comigo.

Willie sentiu-se curiosamente revigorado pelas palavras do pastor. Na verdade, estava a ponto de chorar enquanto se dirigia para a casa que aparecia entre as árvores.

Willie era suficientemente sensato para saber que deveria se aproximar da casa pela trilha que ia dar nos fundos. Não tinha muito propósito passar pelos belos portões e ir subindo pela avenida.

Começou a pensar se não teria sido uma grande tolice não mandar antes uma carta, e em como explicaria o motivo de sua visita. Por que realmente fora até ali?, pensava agora. Não sabia muito bem, a não ser pela maneira como a lembrança do capitão se fixara nele, a pequena história que conhecia sobre o capitão ainda vívida em sua mente. Willie caminhava agora no mundo do capitão, sobre o qual nada conhecia. Nem mesmo sabia que ele tinha um irmão no Exército, ou sabia? Teria lhe parecido de pouca importância e esquecera? Parecia haver algo vagamente imperdoável nisso, naqueles dias sem perdão.

Bateu à porta da cozinha, que dava para o quintal bonito e bem-cuidado. Havia ali talvez duas dúzias de pequenas construções de várias espécies, aviários e chiqueiros e depósitos de turfa, estábulos, baias para cavalos. Era uma grande propriedade. E, no entanto, a casa não se impunha pela grandiosidade ou pela beleza — era baixa e simples, com ar pacífico. O sol estava contente de deitar-se nas pedras do pátio; até os três sheepdogs não se importaram com ele, continuavam a dormir ao sol em suas correntes. Willie bateu com os nós dos dedos na porta e, após algum tempo, ouviu o som de passos se aproximando, e a porta, que já estava aberta alguns centímetros, foi puxada para trás. Lá estava uma senhora gorda, vestida com um avental azul como o que sua avó usava em Kiltegan. Willie pensou que poderia ser uma empregada, talvez a cozinheira, ou a governanta, pois a mulher era bem velha.

— Como vai, senhora? — perguntou ele. — Estou procurando Pasley. Meu nome é Willie Dunne e eu estive no Exército com... com o capitão.

Para seu embaraço, não conseguia lembrar o primeiro nome do capitão, mas a mulher o ajudou, talvez mesmo sem perceber o que acontecera.

— George, você esteve no Exército com George. Entre, senhor Dunne, entre.

E levou-o para a cozinha. Era igual à cozinha de qualquer fazenda, e tinha uma grande fogueira com turfas e lenha, uma tábua já gasta para preparar alimentos, ladrilhos ainda úmidos depois de limpos com um rodo e um velho relógio que fazia o seu trabalho. Mas havia uma porta aberta que dava para o restante da casa, e Willie podia ver a agradável transformação lá dentro, paredes lisas de gesso, quadros, um velho carpete vermelho e outra entrada, maior, com uma caixa de latão para bengalas e sombrinhas. Willie sentiu-se subitamente alegre ao pensar no capitão Pasley entrando ali, sentando-se, não como um capitão, mas como um filho da casa, um agricultor, um homem vivo.

— Sente-se, senhor Dunne — disse a mulher, com um ar verdadeiramente bondoso. — Se não se importar, não vamos entrar na sala. Eu retirei todas as capas das cadeiras e está parecendo o fim do mundo. Deixe-me oferecer-lhe um pouco de chá.

A mulher tinha sotaque de Wicklow, mas Willie não achava mais que se tratasse de uma criada. O modo como se expressava e oferecia suas palavras não era habitual numa criada, de jeito algum.

— Sinto muito — disse ela. — Eu não me apresentei. Sou a mãe de George, Margaret Pasley. George era meu filho mais velho. O pai dele está agora percorrendo nossos campos, mas deve estar aqui logo mais, senhor Dunne. Você veio para... É bem-vindo de qualquer modo, seja lá qual for o motivo, mas... Tinha algo a nos dizer?

— Não, não — respondeu Willie, num pânico súbito. Ele penetrara num lugar onde talvez o pesar tivesse sido constante e profundo. No entanto, a atitude daquela mulher era bastante animada. Willie temia ter penetrado nas sombras e nos espinheiros do mundo que pertencia ao capitão Pasley.

— Você o conhecia bem?

— Sim, senhora, sim. Deixe-me contar... — Mas o que devia ela permitir-lhe contar? Ela lhe passou uma bela xícara azul de porcelana, transbordante de um chá suave. Willie o tomou com verdadeira sede, deixando somente as folhas no fundo da xícara.

— Meu Deus — exclamou a mãe do capitão.

— Veja — disse Willie —, ele foi o meu capitão nos primeiros meses do meu serviço e, como a senhora sabe, ele foi...

— Morto em Hulluch. Você estava lá também?

Ela falava agora com uma ansiedade igual àquela inesperada sede.

— Estava — respondeu ele. — Não no momento exato da morte dele, porque... — Mas, novamente, como podia Willie contar-lhe que o próprio Christy Moran, ele próprio e os outros recuaram, enquanto o capitão escolhera permanecer em seu posto? Era isso que fora até ali dizer? Não a ela, mas a si próprio? Que o capitão ficara e eles foram embora; "fugiram", era o pior termo para o que haviam feito, embora todos soubessem que ficar significaria apenas a morte. E depois, ao voltar, encontrar o pobre capitão como um galho retorcido na trincheira fumegante. O que era aquilo? Certamente não era algo que se dissesse a uma mãe.

— Entendo — disse ela. — Tudo está ainda acontecendo diante dos seus olhos.

Então, os olhos de Willie ficaram novamente marejados de lágrimas. Como era tolo!

— Sim — disse ele.

— O oficial em comando nos escreveu, sabe? Sim, foi uma boa carta. Disse que ele morreu corajosamente. Acho que sempre dizem isso. E não me importava, eu não estava pensando em coragem naquele momento, eu estava pensando é que nunca mais o veria. Ele era um ótimo rapaz, sabe, muito meu amigo. Era um pouco teimoso e tínhamos nossas divergências, e era muito meticuloso em algumas coisas, mas... era um ótimo filho. Pode me contar tudo o que quiser.

— Mas foi isso que eu vim dizer, que ele era um ótimo homem, era isso que eu pensava dele, e nós tivemos outros oficiais depois dele, e alguns foram mortos também, mas o capitão, e eu o chamo capitão, ele era o capitão Pasley, e...

— Você sentiu falta dele quando ele morreu.

Então, Willie Dunne não respondeu nada. Que necessidade tinha? Sentira falta do capitão quando ele fora morto. Sentia falta de todos eles. Sentia falta deles quando eram mortos. Sofria ao vê-los morrerem, sofria por ter de seguir em frente sem eles, sofria ao ver os novos soldados chegando para serem mortos também, e ele seguindo em frente, nem um arranhão, e Christy Moran, nem um arranhão, e todos os amigos e companheiros desaparecidos. Alguns ainda lá, enterrados na lama, ou em áreas devastadas, ou explodidos no ar da Bélgica em partículas.

Willie pensara ter ido até ali para confortar os pais do capitão. Que conforto haveria num tolo sentado na cozinha, com a língua amarrada e o coração escaldado?

— Sabe — disse a senhora Pasley —, significa muito para mim ver o que ele representou para você. Muito mesmo.

Depois de algum tempo, ouviram o senhor Pasley chegando. Entrou cautelosamente na cozinha, porque estava coberto de poeira cinza da cabeça aos pés. Parecia um fantasma cinza. Seu rosto era o de uma estátua entalhada.

— Tenho de tomar um bom banho, Maisie — disse ele. A voz talvez lembrasse um pouco a do capitão, o mesmo sotaque.

— Ele esteve adubando a terra o dia todo — disse a senhora Pasley para Willie. — Este é um rapaz que veio do regimento de George, querido — disse ela.

— Como vai, meu jovem? — perguntou o sennor Pasley. — Não vou apertar a sua mão. Como se vê, eu estive adubando o dia todo. Descendo lá para o lado de Kilcomman.

— Dá muito trabalho adubar — comentou Willie Dunne.

— Ah, sim, é mesmo. É mesmo.

331   *Um Longo Longo Caminho*

❧

Depois de tomarem um belo chá, chegou a hora de Willie ir embora.

— Vou acompanhá-lo pela ladeira — ofereceu o senhor Pasley.

— Não se incomode, senhor — disse Willie.

— Ah, eu quero mesmo dar uma espiada nos campos de cima da cerca.

Então, os dois desceram a ladeira. No fim dela, o senhor Pasley ficou na ponta dos pés e olhou para os campos abaixo, todos brancos.

— Uma beleza — comentou.

Quando chegaram ao cemitério, em Kilcomman, ele fez Willie entrar, sem dizer uma palavra. Levou-o até uma lápide recente, gravada de forma primorosa.

— Aí está — disse. — É claro que o corpo dele não está aí, é uma pena. Mas você sabe como é.

Na lápide, estava gravado o nome do capitão e que ele morrera "a serviço do império e em prol da causa da justiça e da liberdade". Willie inclinou a cabeça. E pensou que decerto o senhor Pasley não sentiria muito se afinal o *Home Rule* não vingasse, como diziam. O homem não se importaria muito com isso, não. Em prol da causa da justiça e da liberdade — e da fazenda, deveriam ter escrito. E do adubo.

O senhor Pasley aproximou-se de Willie, olhando para a lápide do filho.

— É claro que John ainda está por aí, dando o melhor de si — disse.

Willie concordou e sorriu. Então, quase sem pensar, levantou a mão direita e colocou-a suavemente no ombro esquerdo do velho.

— Nós o chamamos de George em homenagem ao filho da velha rainha — disse o senhor Pasley.

Willie confortou suavemente o ombro do fazendeiro.

E o senhor Pasley não se mexeu, não piscou e não falou mais nada por um minuto ou dois.

∽

Por algum motivo, Willie recebeu instruções meio confusas sobre sua viagem de volta. Devia tomar o trem para Belfast e cruzar o mar a partir de lá. Talvez fosse porque os distritos de Ulster ainda tentavam enviar soldados — se é que ainda tinham algum.

Então, ele foi para a plataforma da estação de Dublin numa bela manhã, logo cedo. De tudo no mundo que ele esperava ver, o pingo de gente que era Dolly correndo pela plataforma seria a última coisa.

— Willie, Willie — gritava a menina. — Espere, eu quero me despedir de você!

Dolly chegou à altura das pernas do irmão com toda a sua habitual energia e o agarrou.

— Mas, Dolly, Dolly, você nunca andou sozinha pela cidade, não é, querida?

— Eu não vim sozinha, Willie. Annie e Maud estão vindo aí atrás.

— Mas onde elas estão, Dolly?

— Estão lá atrás, perto do portão.

E de fato, ao longe, estavam as duas irmãs.

— Mas elas não vão se aproximar também?

— Elas disseram que você não ia se importar se elas ficassem lá atrás, e que você entenderia.

333   *Um Longo Longo Caminho*

Willie acenou. Elas acenaram de volta.

— É claro, eu entendo. Dolly, você é demais.

Aquilo significava tudo para ele, afinal. Ele a beijou, ele a abraçou, e então ouviu-se o apito do trem, e ele a beijou de novo, e ele a beijou, e então subiu no vagão.

— Adeus, adeus! — gritou ela.

— Adeus, adeus — gritou Willie.

Capítulo Vinte e Um

Quando Willie voltou para o *front*, Christy Moran ficou muito contente por ele ter ido a Tinahely.

— Você deu um pulo lá — disse.

O pelotão havia sido enviado a um setor tranquilo, e aquele foi um tempo em que os soldados tiveram tarefas e mais tarefas a executar, consertando coisas, impermeabilizando coisas. Estavam ocupando uma velha trincheira dos franceses e, como dizia Christy Moran, "ali não era a porra da terra do rei". Não havia mais uma linha contínua, mas o que chamavam de "pontos fortes", estabelecidos aqui e ali, com muitos trechos vazios. Mas as metralhadoras preencheriam os espaços, se necessário, atirando simultaneamente de muitos pontos, tanto que se podia imaginar uma onda de balas, como uma enorme capa mágica que os protegeria.

O aniversário de Willie chegou e se foi como um dia qualquer, e nenhum pacote lhe foi mandado de casa.

— Como se eu nunca tivesse nascido — debochou com seus botões. Tinha 21 agora e ficava particularmente feliz por ter conseguido chegar a tanto.

De vez em quando, Willie tinha a impressão de ouvir o riso do pai — aquele riso amargo que havia assustado Maud.

Chegaram, é claro, os presentes de Natal, como se tudo permanecesse como antes no mundo lá fora, mas os pequenos presentes que a rainha lhes mandava não tinham mais o brilho e o interesse dos primeiros tempos. Eles se sentaram em círculo como anciãos, enrolados nos sobretudos pesados, e os que ainda conseguiam ter fé fizeram orações lembrando o nascimento de Cristo, e os que não tinham mais fé ficaram lá, em silêncio. O ano de 1918 chegou se arrastando.

Quando a neve caiu, depositou-se sobre todas as coisas com um desgosto impessoal. Narizes e dedos foram esfregados até ficarem em carne viva para que o sangue neles continuasse a fluir e, em meados de janeiro, o mijo de Christy Moran formou uma linha amarela, congelada, sobre a neve. Até podiam tentar falar uma palavra ou outra, mas elas também ficariam congeladas no silêncio das bordas dos lábios. Os rapazes estavam alojados em algumas casas velhas, boas casas, como as fazendas de Wicklow, mas de onde houvesse sido apagado qualquer sinal de mulher, criança ou conforto. Estavam muito satisfeitos, porém, por terem alojamentos que deixavam lá fora o vento cortante e aquela neve bêbada.

Chegaram notícias da Irlanda de que todos os batalhões que estavam lá como reserva, destinados a Flandres, seriam transferidos para a Inglaterra. E Willie pensou que aqueles meninos lá de Dublin teriam agora menos alvos para suas pedradas e cusparadas.

— Eles acham que agora somos todos rebeldes — disse Christy Moran. — Os filhos da puta não confiam mais na porra dos irlandeses. Acham que todos nós vamos nos rebelar, rapazes, e cortar as gargantas deles. Se alguém não trouxer o rum prometido em um minuto, a gente vai ter de obrigá-los.

Mas Timmy Weekes, o inglês, continuava firme como companheiro deles, bem como Joe Kielty e Pete O'Hara. Christy Moran continuava a chefiar o pelotão na falta de um oficial comissionado. O número de soldados diminuíra drasticamente nos batalhões, todos haviam notado. Metade de um pelotão já seria algo bom na situação em que estavam. Haviam tentado reunir as brigadas e os batalhões, mas isso não fizera muita diferença. Um dos rumores que circulavam era de que logo mais os *Yankees* chegariam e então, sim, fariam a diferença. Se todos aqueles rapazes irlandeses que tinham ido para a América no passado vestissem seus uniformes e viessem para a guerra, os *boches* se veriam agarrados aos portões de Berlim pedindo para entrar na cidade.

— Eu tive três tios-avôs e uma tia que foram para a América — disse Joe Kielty. — E aposto que já tiveram alguns filhos. Sim, certamente.

Christy Moran ficou olhando fixamente para ele por uns quinze segundos e todo mundo caiu na gargalhada.

— Eu não disse nada — disse Christy Moran com ar inocente, olhando para todos.

Obviamente, Willie se perguntava quem teria enviado aquela carta a Gretta. Sabia que poderia ter sido quase qualquer um, alguém a quem ofendera sem querer, ou talvez querendo. Alguém que poderia agora estar morto havia muito. Sabia que não poderia ter sido O'Hara, embora o rapaz houvesse testemunhado as tolices que Willie cometera. Não poderia ter sido O'Hara, porque ele tinha todas as atitudes e os cuidados de um amigo. Ninguém poderia fazer aquilo com um amigo tão íntimo, com certeza. Então, Willie não tinha como saber quem fora. Mas o culpado acabara com sua vida tanto quanto o faria o tiro de um pelotão de fuzilamento. Willie estava até um tanto contente por não saber quem fora, porque, se soubesse, provavelmente teria vontade de matá-lo. Teria vontade de agarrá-lo pela garganta e espremer a vida de dentro dele.

Chegou a contar a O'Hara. Disse que alguém enviara à sua garota uma carta sobre a noite passada em Amiens e ela se casara com outro. O'Hara disse que o homem que fizera aquilo merecia ter seus colhões arrancados. Disse que ouvira falar de coisas desse tipo e que achava que não havia nada pior que um soldado pudesse fazer a outro soldado.

Porém, à medida que o ano avançava, cada dia trazia novas notícias sobre coisas desagradáveis que poderiam estar ocorrendo do outro lado. O major Stokes, por certo tempo, foi ficando cada vez mais ansioso, e Christy Moran estava sempre mergulhando no abrigo quando o telefone começava a tocar com seu toque de pássaro. Quando nada se passava após esses falsos alarmes, o major Stokes ficava em silêncio. Havia uma sensação de que algo estava para acontecer, mas até então nada acontecera, o que deixava uma lacuna que poderia ser preenchida com um estranho fatalismo. Era como esperar pelo fim do mundo planejando, ao mesmo tempo, a colheita do ano seguinte. Estavam perdidos, mas não apenas naquele dia.

∾

Havia sempre bombas *shrapnel* sendo atiradas sobre eles, só para manter a conversa, como dizia Christy Moran. Um dos rapazes ingleses tivera seu pé decepado. Segundo Christy, ele tinha apenas 16 anos, com certeza ainda não tinha 18. Ele estava deitado num banco, e seu rosto tinha a cor de um peixe morto que os pescadores jogariam fora no porto de Kingstown, branco-acinzentado. A bomba havia cortado seu tornozelo inteiramente. O pé jazia a apenas alguns centímetros de sua perna. Bem, o rapaz estava excluído da chamada, de qualquer forma, para sorte dele.

— Aquilo ali não deveria estar grudado nele? — perguntou o primeiro-sargento, curiosamente, com uma voz cansada.

— Sim, deveria, sargento — respondeu Willie.

— Bem, enfie a bota no pé dele de novo, sim?

— Ela está enfiada nele, sargento. O pé dele está dentro da bota.

— Onde estão esses padioleiros? Onde estão esses padioleiros? — gritou Christy Moran.

— Devem chegar logo.

— Quer fazer o favor de amarrar a porra de um torniquete no joelho dele? — ordenou o sargento.

Então, chegaram os padioleiros, um rapaz de Glasgow chamado Allan, de cabelos cor de areia, e um outro homem que Willie não conhecia. Eles carregaram o rapaz inglês.

— Ele não está nada bem — disse o homem desconhecido.

— Dá para notar, Jimmy — disse o praça Allan.

— Você não vai deixar isso ali? — disse Christy, apontando para a bota.

— Não tem sentido levar isso — replicou Allan.

Os padioleiros foram embora, e Willie, Christy e Joe Kielty ficaram olhando para a bota.

— Melhor jogar isso no campo — disse o sargento. — Para ele, os dias de dança acabaram, de qualquer forma.

— Oh... — disse Joe Kielty.

O rapaz também deixara muito de seu sangue para trás. Olhar para o sangue fazia os olhos doerem.

Então, com a maior incoerência, o sargento disse, sussurrando:

— Dias felizes.

O terror que os atingiu havia sido previsto, mas que diferença isso fazia se era como uma praga da Bíblia rogada contra eles?

Naquela manhã, Joe Kielty era quem estava de sentinela. A neblina recobria o campo desde o amanhecer, e Joe pensou que teria sorte se conseguisse avistar algo um palmo à frente do nariz. Era como estar submerso no mar. Então, subitamente, houve uma violenta explosão e o barulho de mil bombas caindo sobre suas cabeças e, sem dúvida, pensava Joe, sobre as artilharia também, em algum lugar da retaguarda. Então, em rápida sucessão, os morteiros maciços começaram a atingi-los, destruindo trechos grandes de trincheira, matando e enterrando ao passarem. À frente e atrás do pelotão, a violência desencadeada gritava. Hora após hora, eles se agachavam aterrorizados e praguejavam, sempre rodeados por aquela estranha e espessa neblina.

Christy Moran logo percebeu que o telefone do abrigo estava mudo. Mantinha sempre uma caixa com dois pombos para emergências como aquela, mas, quando Timmy Weekes, que cuidava de pombos em sua casa em Blighty, pegou um deles nas mãos, o pequeno pássaro branco recusou-se a voar, e não voaria, nem por nada nesse mundo. Pois Christy Moran estava resolvido a pedir ajuda, sentia que algo muito sinistro esperava pelos soldados.

Mesmo com a incessante queda das bombas *shrapnel* e dos morteiros, eles continuaram a tentar olhar para fora da trincheira o melhor que conseguiam, procurando por quem pudesse estar à espreita para atacá-los.

— O primeiro que avistar um alemão ganha — disse Timmy Weekes.

— Ganha o quê? — perguntou Joe Kielty.

— Você não sabe qual é o prêmio? Coitado de você, cara.

— É claro que ele sabe — disse Willie Dunne. — Ele está zombando de você.

— Certo, certo — replicou Timmy Weekes.

Então, ele e Joe Kielty ficaram na metralhadora, e havia um rapaz de Shropshire para resfriá-la jogando água. Para falar a verdade, era um rapaz pequeno e fraco de Shropshire e, ao vê-lo pela primeira vez, Timmy Weekes dissera que pensara, por um instante, que um rato havia entrado na trincheira disfarçado de soldado. Seja como for, eles estavam contentes com ele, enquanto olhavam fixamente para a frente naquela neblina suja, na confusão e no espanto causados por aquele som arrasador.

— Você já teve um mau pressentimento? — perguntou Christy Moran a Willie, enquanto estavam agachados contra a parede da trincheira, Christy manejando o seu notório espelho. Não era justo levar um tiro na cabeça agora, depois de tudo por que havia passado. De tão aterrorizado, Willie Dunne sentia-se fisicamente mal, como sempre. E, agora que tivera todo o tempo do mundo para prever o que poderia acontecer, sua bexiga inútil e inimiga deixara tudo escapar de novo, e, pela enésima vez, pisava em suas botas mijadas.

A neblina perdurava no pequeno espelho de Christy, e, após uma hora ou duas, pareceu tornar-se mais leve, e então abriam-se algumas avenidas de ar limpo, que se fechavam e rodopiavam segundo a vontade do demo. Assim que a barragem das bombas cessou por um momento, o sargento viu abrir-se no seu espelho, numa dessas avenidas, uma massa compacta, uma enxurrada de homens em uniformes cinza que vinham diretamente sobre eles.

— Abrir fogo, rapazes — gritou Christy Moran, principalmente para a sua equipe de metralhadora, mas todos eles subiram no degrau de tiro e fizeram o que estava ao seu alcance, embora fosse estranho matar a neblina.

Nas instalações de defesa, outros pontos estavam também atirando, mas contra o quê era muito questionável, pois a neblina havia se fechado novamente, cerrada como antes. Só que agora os soldados sabiam que eles estavam ali, os alemães, avançando, avançando.

— Inferno — esbravejou Christy Moran. — Inferno.

Quando o inimigo ficou visível, estava a menos de 50 metros de distância. As metralhadoras de três ou quatro postos à esquerda e à direita atiraram diretamente neles. Centenas de soldados caíam diante dos seus olhos espantados.

— Nós vamos manter esses filhos da puta longe daqui, rapazes — disse Christy Moran. — Não deixem que eles falem mal de nós! Continuem a atirar, praça Weekes, rapazes das bombas, e, quando eles estiverem perto, mandem todos para a puta que os pariu!

Willie atirava e atirava. O suor escorria pelo seu rosto, e a simples visão dos alemães já era aterrorizante. Era opressivo e terrível vê-los. Não dava para ficar mais aterrorizado nem se um revólver com uma só bala fosse apontado para a cabeça dele e o gatilho fosse puxado repetidas vezes até a bala disparar.

Então, subitamente, Christy Moran pareceu mudar de ideia.

— Vamos, rapazes, vamos recuar.

Disse isso de uma forma tão banal, mesmo no meio daquele furor, que Joe Kielty respondeu:

— Certo, eu cubro vocês, rapazes!

E Christy Moran, Willie Dunne, Pete O'Hara, Smith e Weekes se arrastaram ao longo da trincheira em direção ao setor de suprimentos, na retaguarda, e, como pertenciam a um sistema de postos avançados que receberam autorização para recuar, outras seções de sua companhia se juntaram a eles, como um rio que ganhasse força rumando para o oceano.

Chegaram a um bosque cujo nome não conheciam, e, no entanto, os alemães lá estavam também, e os atacaram imediatamente. Então, eles atiraram, e caíram, e lutaram, e era a segunda vez na sua vida que Willie via tão de perto os alemães. Por uma sorte qualquer, "que não tinha nada a ver conosco", como disse Christy Moran, o ataque contra eles parecia ter sido debelado por um tempo. Tudo o que tinham a fazer era encostar-se nas árvores, arfando, questionando-se se deviam começar a cavar como toupeiras e qual seria a cura para aquela sede violenta que os acometia.

Pete O'Hara tinha um buraco do tamanho de um coco num dos lados de seu corpo. Pensou que, se Joe Kielty não tivesse ficado para trás, pelo menos poderia mostrar a ele o ferimento.

Parecia já ser noite agora, ou quase. Os alemães eram tão numerosos que era certo que logo os descobririam novamente. Os rapazes se perguntavam o que teria acontecido com o restante da divisão, espalhada por aquele local fatídico. O cheiro forte do gás perambulava pelo bosque, como filhos e espíritos do mal. Não tinham nada para comer a não ser os restos da comida seca que levavam consigo. Havia muito tinham esvaziado os cantis. O sol desaparecera através das árvores por trás de uma pequena colina, deixando na parte inferior do céu uma faixa longa e crispada de luz auriverde, muito brilhante e agradável.

Willie Dunne agachou-se perto de O'Hara, apoiando-se nos calcanhares.

— Puta que pariu, Willie — xingou O'Hara. — Será que eles sabem onde nos encontrar?

— Quem?

— Mamãe e papai — respondeu O'Hara.

— Como assim?

— Não, não mamãe e papai, não foi isso que eu quis dizer.

— Certo, Pete — disse Willie.

— Eu vou morrer, Willie, eu queria que o padre Buckley estivesse aqui para guiar a minha alma.

— Eles vão pôr um curativo nisso aí — disse Willie. — Sempre parece pior do que realmente é.

— Está tudo bem, Willie, eu já cumpri a minha missão. Sabe, eu estou aterrorizado demais para ficar mais tempo nesta porra de guerra. É uma merda estúpida de se dizer, mas eu não posso mais com essa porra.

— Bem, mas você tem de continuar, Pete. Você não se alistou para a guerra toda? Você não prometeu isso ao rei da Inglaterra, Pete?

— Ah, você tem razão, Willie, eu tenho de continuar, por ele. Você está me fazendo rir agora, Willie, isso não é justo.

Então, a respiração de Pete O'Hara ficou ofegante e pesada como a de um cão por alguns minutos.

— O rei da Inglaterra certamente não é o pior. Você não tem uma gota de água aí, tem, Willie? — perguntou O'Hara.

— Nem uma gota — respondeu Willie.

— Você sabe que fui eu, não é, Willie? — perguntou Pete, então.

— Deixe disso, não foi você, Pete, você não faria uma coisa dessas.

— Eu não faria, mas eu fiz, foi uma coisa repugnante o que eu fiz, Willie, e eu quero que você saiba que, se eu pudesse, eu teria impedido aquela carta de chegar, naquele dia mesmo, eu teria, Willie.

Era claro que Willie Dunne sabia do que ele estava falando. Soubera sempre, durante todo aquele tempo, mas não podia aceitar o fato de que era óbvio o que pensava. O'Hara havia causado a ele o maior sofrimento de toda a sua curta vida. O maior e mais sinistro dos sofrimentos entre todas as desgraças que sofrera. Por um momento, pensou que deveria enfiar sua mão no flanco de O'Hara para ver se ele gostava da dor incontrolável. Ele perdera Gretta para sempre, amém, como o padre Buckley diria, e fora aquele filho da puta o responsável — aquele pobre filho da puta agonizante, seu amigo.

— Por que você mandou aquela porra de carta, Pete?

— Quando eu contei para você sobre aquela outra pobre garota, Willie, a que não tinha língua, lembra?, que Deus me perdoe, eu fiquei com tanto ódio de você, eu me senti pequeno como um alfinete, de verdade, quando você me deu um soco. Eu disse para mim mesmo...

Mas Willie Dunne nunca chegou a ouvir o que Pete O'Hara dissera a si mesmo. Com a boca aberta para a próxima palavra, com os olhos abertos, ele morreu.

Ao nascer do sol, o tiroteio foi retomado, embora não fosse dirigido absolutamente a eles. *Eles* eram Christy Moran e Timmy Weekes. Não parecia haver mais ninguém.

345   *Um Longo Longo Caminho*

— Como está O'Hara? — perguntou Timmy Weekes.

— Pete está morto — respondeu Willie Dunne.

Willie encostou novamente a cabeça no tronco da uma árvore e, inadvertidamente, deixou cair seu capacete sobre o rosto. Estava num momento de estupor calmo, exausto. Então, um barulho enorme o engoliu como uma baleia. E então ele acordou num quarto que balançava, o que não era algo que ele esperasse. Mas era realmente um quarto que balançava, e ele estava amarrado a um assento — ou era uma padiola sobre um assento? —, e ele tremia e se sacudia, e tinha a sensação de que seu peito estava em fogo e suas pernas gritavam para ele com vozes reais.

Olhou em volta, freneticamente. Ficou aterrorizado. Nos assentos, havia uma dúzia de mulheres, belas e jovens mulheres com vestidos bonitos, secos e limpos. Vestidos secos em uma dúzia de garotas encantadoras, encantadoras. Mas eram garotas, eram garotas, eram garotas sem língua.

Então, tudo ficou escuro e se apagou.

Capítulo Vinte e Dois

Uma enfermeira de cheiro doce — foi isso o que Willie mais notou nela, o cheiro, embora ele próprio não pudesse competir no campo dos cheiros doces enquanto sua pele não se recuperasse — banhava-o todo dia num óleo fedido. Ou melhor, ela o esfregava com uma esponja. Naturalmente, o efeito da bomba que explodira tão próximo dele abalara um pouco o seu mecanismo, e ele não conseguia impedir a cabeça de estremecer, e o braço esquerdo também parecia ter vontade própria, a vontade de um braço que quer dançar o tempo todo.

O pai da enfermeira tinha um açougue em Clonmel, ela contara, e isso despertara nela um interesse pela medicina. Não o banhavam em água, Willie acreditava, temendo que sua pele caísse como uma roupa que se tira. A enfermeira o esfregava todo, mas especialmente no peito, onde ele levara o maior impacto da explosão. Por milagre, seu rosto não fora atingido. Seu capacete devia ter caído sobre o rosto, ele não sabia. Mas, de qualquer modo, ficara muito contente com isso. Naquele hospital, havia muitos casos de queimaduras que transformaram homens bonitos nas mais assustadoras criaturas que aparecem nos piores pesadelos das crianças.

Christy Moran escrevera-lhe uma bela carta para dizer que ele estaria fodido se tivesse de ser carregado para tão longe da próxima vez, e que esperava que Willie estivesse se recuperando bem, e que o que acontecera era mesmo muito triste, e que aquela bomba podia até ter fodido Willie Dunne, mas matara o pobre Timmy Weekes.

"Eles dizem que a velha 16ª. 'deixou de existir', escreveu. "Mas Christy Moran ainda está aqui! O Amotinado recebeu ordens para marchar."

Um oficial foi visitar Willie. Quando o rapaz perguntou sobre a batalha, o oficial respondeu que uma grande parte da 16ª havia desaparecido. O próprio oficial era de Leitrim, como disse, e sentira muito por isso. Mas os soldados irlandeses não fugiram do inimigo. O Exército francês havia se amotinado no ano anterior, mas nunca se vira um regimento irlandês fugir da luta.

A confusão era grande na Irlanda agora, disse o oficial, por causa do serviço militar que o governo tentava implantar. Com muita amargura, acrescentou que ninguém se importava mais com a guerra por lá, não se importavam se os homens que já estavam na guerra vivessem ou morressem e, certamente, não queriam enviar mais recrutas. Havia uma ameaça permanente de tumultos e toda espécie de desobediência às leis. Era como na Rússia agora, disse o oficial. Era como na Alemanha, só que o povo alemão tinha desculpas para se ressentir daquela guerra interminável, já que estava morrendo de fome.

Na Irlanda, as mães diziam que se postariam diante dos filhos e seriam fuziladas antes de deixá-los partir, e isso já era uma mudança, disse o oficial. Cento e cinquenta mil homens poderiam ser mobilizados agora, um grande número, certamente, e os faria vencer a guerra. Mas os Nacionalistas não apoiavam isso. Diziam que o rei George teria de encontrar carneiros para o abate em seus próprios campos verdejantes a partir de agora.

Seja quem for que tenha dito isso, disse a coisa certa, pensou Willie, mas não verbalizou. Para quê?

O oficial expressou imensa satisfação pelo fato de a Convenção Irlandesa — Willie não sabia o que isso queria dizer — ter fracassado. O *Home Rule*, declarou o oficial, era assunto acabado.

— O pobre padre Buckley não teria gostado de ouvir isso — disse Willie, as palavras jogadas no ar.

— Quem? Quem? — perguntou o oficial. — Vou dizer uma coisa, praça, sua contribuição não foi inútil. O Sinn Fein* está crescendo, mas, quando a guerra terminar, nós vamos mostrar a eles quem manda. Quando a guerra acabar, nós mostraremos o que pensamos sobre a deslealdade deles.

Mas agora a cabeça e o braço de Willie estavam tremendo tanto que o oficial não viu nenhum sentido em continuar a confortá-lo, e foi embora, tendo cumprido seu dever.

O jornal que a jovem enfermeira leu para Willie dizia ser opinião geral que a 16ª Divisão não havia lutado bem. Temia-se que os soldados tivessem jogado fora as armas e fugido ao primeiro sinal de ataque. Até mesmo Lloyd George** dissera algo parecido.

---

* O Sinn Fein é o mais antigo movimento político da Irlanda. Seu nome deriva de uma expressão gaélica que significa "nós mesmos". Desde a sua fundação, em 1905, os republicanos irlandeses lutavam pela autodeterminação de todo o país. Seu fundador foi Arthur Griffith (1872-1922). É considerado o braço político do IRA (Irish Revolucionary Army — Exército Irlandês Revolucionário). (N.T.)

** Sir David Lloyd George (1863-1945) foi primeiro-ministro do Reino Unido de 1916 a 1922. Embora pertencesse ao Partido Liberal e se preocupasse com os problemas sociais do povo (foi, inclusive, o criador do sistema de previdência social), era a favor da guerra, instituiu o recrutamento obrigatório para os irlandeses e era ferrenho opositor do autogoverno para a Irlanda. (N.T.)

Então, não era só fofoca de empregada; o patrão fofocava também. Não se podia confiar nos irlandeses agora. Não haviam lutado bem! Que frase mais infeliz! Willie sacudiria a cabeça contra aquilo, não fosse pelo fato de já estar sacudindo.

Somente o próprio rei George parecia ter algo bom a dizer para as tropas irlandesas. Apesar de tudo, ele tinha um coração, pensou Willie.

Não valia a pena dizer algo sobre tudo aquilo. Algo terminara antes mesmo de a própria guerra acabar. Pobre padre Buckley. As aspirações dos homens humildes haviam sido anuladas para sempre. Qualquer homem que tivesse lutando na guerra esperando pelo *Home Rule* podia descansar em paz agora, certo de que os seus esforços e os seus sacrifícios haviam sido inúteis. Apesar de tudo o que seu pai pensava sobre o assunto, Willie achava aquilo muito triste. Triste pra caralho. E muito misterioso.

O médico, que era, na própria opinião, muito espirituoso, saudara Willie Dunne com um: "Bem, aqui temos um membro do Sinn Fein." A saudação não poderia ter sido mais infeliz.

Em um mês ou dois, a camada superior da pele de Willie já se recuperava muito bem. Ele sabia, intimamente, que tivera sorte. Estivera lá, um ser humano no centro de uma explosão, e, embora ela tivesse esfolado seus braços e pernas e queimado seu peito, todos os ferimentos e marcas estavam lentamente desaparecendo. Em seu delírio sob efeito de morfina, as estrias e horrendas placas vermelhas pareciam o inferno pintado em seu corpo, o mapa do inferno e todas as estradas que levavam até lá. Mas lentamente, sob os cuidados daquela pequena enfermeira, o mapa desbotou.

Chegou então o dia em que a pequena enfermeira deitou a mão sobre o coração de Willie.

— Você tem uma tatuagem aqui, praça? — perguntou ela.

— Não — respondeu ele. — Eu nunca fui marinheiro, irmã. Irmã parecia um modo agradável de chamar alguém.

— É, mas você tem, praça. É muito pequena, mas tenho certeza de que você tem. Um pequena harpa e uma pequena coroa.

Willie não sabia o que fazer com aquilo. Ficou dias e dias pensando e, como não tinha muitas coisas para contemplar, tentou examinar seu peito e ver as pequenas marcas, mas sua cabeça ainda não conseguia se manter firme.

Alguns dias mais tarde, a pequena enfermeira trouxe um espelho para que ele pudesse ver as marcas. Willie olhou no espelho com seus olhos trementes e viu sua face barbada. Era uma barba dura e negra do tipo que até mesmo um rude fazendeiro de Wicklow teria medo de ostentar. Riu de si próprio. Riu. Sua cabeça pendia de um lado para outro, e ele ria.

Então, a moça virou o espelho para baixo, e ele viu as pequenas marcas. Eram mesmo uma harpa e uma coroa.

— Meu Deus, eu sei o que é isso. É a medalha de Christy Moran. Por Deus, irmã, o calor deve ter imprimido essa marca na minha pele. O calor da explosão. Ela estava no meu bolso na hora.

— Você já viu algo assim? — disse ela, balançando a cabeça, mas, no seu caso, com perfeito controle. — Bem, você vai ter de carregar isso para a cova. Não tenho nenhum óleo para apagá-la. É como se fosse um bezerro novo, recém-marcado.

— Eu não me importo, irmã, não mesmo.

— Bem, quem poderia imaginar?

— Ninguém vai acreditar, irmã.

— Não mesmo — respondeu ela. — Não mesmo.

351   *Um Longo Longo Caminho*

Ela apenas entrou no quarto para pegar algo pequeno, a enfermeira, sua enfermeira de cheiro doce e cabelos castanhos.

— Você poderia... poderia — começou Willie, com dificuldade, pois sua cabeça se mexia como uma bola de futebol chutada na direção do mar.

— O que foi, praça?

— Poderia... poderia... me abraçar? — disse finalmente, ofegante e depois de estúpidas cuspidelas. Ele bem sabia que, daquele jeito, não era mais que um idiota. Nunca mais haveria lugar para ele no mundo.

— Não posso fazer isso — respondeu ela. — Não é permitido, de maneira alguma.

— Por favor... por favor... por favor... — disse ele, ah, seu queixo tremendo e batendo, batendo, e seus olhos suplicando, suplicando.

— Está bem — disse ela, um tanto friamente.

E o aninhou em seus braços. Ela usava um sobretudo azul sobre o vestido branco, para se resguardar do cuspe e de tudo mais. Ocorreu então a Willie que estava cuspindo na enfermeira exatamente como aqueles garotos de Dublin haviam cuspido nele. Ela o abraçou.

Willie fechou os olhos, e o rosto de Gretta lentamente filtrou-se através de suas pálpebras. Todo o sofrimento e as mortes dos últimos anos por um momento cessaram — cessaram de se inscrever na história de seu sangue deteriorado. Ele ficou suspenso, esplendidamente solitário, em algum lugar, não sabia onde, com o rosto de Gretta, seus seios, seus braços envolvendo-o. Ficou surpreso pelo suave silêncio, como se seu cérebro houvesse sido um lugar barulhento nos últimos tempos. Curiosamente, o rosto não era mais o da Gretta de agora, mas o rosto que ele acreditava que ela teria no futuro — o contorno bem nítido da mandíbula não mais existia, os olhos estavam nublados, ela fora alterada pelo tempo, e como ele desejava poder ser o homem que a confortaria e que prometeria que a perda de sua juventude não representaria perda de amor. Como ele desejava poder ser o homem que envelheceria ao lado dela, ela envelhecida também. Caminhando pela cidade como dois velhos lagartos.

— Eu vou abraçar você agora por alguns instantes — disse ela — de modo maternal, está bem?

— Oh, sim — respondeu Willie. Maternal.

Então, um terno milagre aconteceu. Ele teria de se chamar o Milagroso Dunne depois daquilo, como o velho Quigley, que descanse em paz. Oh, que ele descanse em paz, que todos eles descansem. O corpo de Willie, estranhamente, descansou. Era delicioso.

Os seios da enfermeira estavam pressionados contra o braço dele, Willie não pôde deixar de notar. Eram pequenos e duros e frios, nem um pouco parecidos com os de Gretta. Ela subitamente lhe pareceu uma pessoa triste, entristecida, triste enfermeira. Talvez a tristeza dela o tivesse curado. Será?, perguntou-se.

❧

353   *Um Longo Longo Caminho*

Hospital Militar de Saint George,
Shropshire.
Junho de 1918.

Querido pai,

Faz algum tempo que estou num hospital da Inglaterra, mas o senhor não precisa se preocupar, estou melhor agora e já vou ser enviado de volta para a guerra. Fomos deixados nas trincheiras durante muito tempo, perto de Ypres, e todo mundo estava cansado, e então caiu uma bomba. Eu não fui ferido, mas comecei a tremer sem parar, então eles me trouxeram para a Inglaterra. Fiquei aqui umas boas semanas. Agora já consigo segurar novamente um lápis e estou escrevendo para o senhor, pai. Nestes últimos dias, estive pensando muito deitado na cama, e pensei no senhor e na mamãe, e nos dias passados. Fiquei pensando que, quando a mamãe morreu, era estranho que as coisas ainda pudessem ser agradáveis para uma criança, e isso só aconteceu porque o senhor se esforçou para ser um bom pai. Estive pensando, deitado, sobre o que poderia ter acontecido conosco, duas garotas e um menino e, ainda por cima, uma bebê recém-nascida. Como o senhor aguentou tudo isso? Foi uma coisa maravilhosa a se fazer, conservar-nos com o senhor, e fazer todos aqueles chás, pai, e achar tempo para brincar conosco, e, sempre que o senhor perdeu a paciência, foi por um bom motivo. Lembra, pai, quando o senhor nos levou de barca pelo Liffey até o Great South Wall? Lembra que o senhor conhecia o velho capitão, na sua velha casa, e nós todos subimos para o seu mirante lá em cima da casa para olhar o rio? E o senhor nos mostrou o farol vermelho e o farol verde? E como estava ensolarado aquele dia, e nós passamos pelas sentinelas na muralha, e o senhor nos mostrou as pedras compridas com cor de manteiga que formavam o dique, e, quando nós chegamos à estação de energia, todos tivemos de cantar aquela velha canção que o senhor havia nos ensinado, "Weile Weile Waile", e o senhor colocou nós quatro nos degraus, e disse "Cantem para a mamãe agora". E as gaivotas ficaram surpresas. Eu estava deitado na cama, pensando por que o senhor fez aquilo. Quando somos crianças, nada nos parece estranho. Agora, essas coisas parecem muito estranhas e maravilhosas. Vou voltar para a guerra e acho que não voltarei para casa até o ano que vem. Eu queria dizer nesta carta que estive pensando sobre tudo o que me aconteceu, e em muitas outras coisas. Dizer como algumas dessas coisas me fizeram começar a pensar de uma forma diferente sobre as coisas, e como isso ofendeu tão profundamente o senhor. E eu entendo por quê. Mas isso não muda o fato de que, no fundo do coração, eu acredito que o senhor é o melhor homem que já conheci. Quando penso no senhor, nada de ruim me vem à mente. O senhor aparece diante de mim com frequência nos meus sonhos, e, nos meus sonhos, parece me consolar. Então, envio esta carta com meu amor e minhas lembranças.

Seu filho,
Willie.

∾

Começar a ver as coisas sob uma luz diferente... Alguns dos novos pensamentos de Willie ofendiam até a ele próprio. Nada tinham a ver com reis e países, rebeldes ou soldados. Generais ou suas obscuras ambições, seus "mais" e seus "menos". Era só que a Morte tornara ridículas aquelas questões. A Morte era o rei da Inglaterra, da Escócia e da Irlanda. O rei da França. Da Índia, da Alemanha, da Itália e da Rússia. Imperatriz de todos os impérios. Levara os amigos de Willie, levara nações inteiras, contemplava suas lutas com desprezo e júbilo. O mundo inteiro saíra para decidir alguma questão confusa, e a Morte, encantada, havia esfregado as mãos de sangue.

Deus sabia que não se podia culpar o rei George. Não se podia nem mesmo culpar o maldito Kaiser. Não mais. A Morte agora controlava tudo aquilo.

E a sua lealdade, sua velha fé na causa, como se poderia dizer, que fora tão dolorosamente testada uma dúzia de vezes, estava morrendo agora em Willie Dunne. Talvez apenas uma brasa sobrevivesse, por amor de seu pai.

Ela o barbeou tão gentilmente que era como ser barbeado por um sorriso. Ela ensaboou suas suíças e, com uma navalha tão afiada como um capim cortante, tirou-lhe a barba negra. Reunia os fios em pequenos feixes e colocava-os no que chamava de "Caixa de Cabelo". O que ela faria com eles depois, ele não sabia. Sua amiga de Clonmel.

Capítulo Vinte e Três

Voltar para o regimento, ou o que sobrara dele, era algo quase bom. Tudo em sua juventude e frescor, como dizia a canção. Mas era bom somente na medida em que um homem de coração partido consegue achar algo bom. Somente na medida em que um homem que teve sua alma arrancada de si consegue achar algo bom. Uma vez que as coisas que Willie quisera não mais existiam, ele agora não queria mais nada. Inspirava, expirava. Isso era tudo. Era o ponto a que a guerra o levara, pensava.

Havia uma terrível falta de irlandeses no Exército agora. Quase não se podia encontrar um compatriota pelo caminho. Tudo secara, aqueles pensamentos e feitos de 1914. Eram algo havia muito exaurido e passado. Ninguém mais achava que era uma boa ideia ir para Flandres e lutar contra o Kaiser. A 16ª desaparecera, como todas as boas coisas do passado. Ele lia e relia no jornal que não se poderia confiar mais nos irlandeses remanescentes. Por isso, haviam preenchido as lacunas da 16ª com todos os ingleses, escoceses e galeses que puderam reunir. Um soldado irlandês naqueles dias tanto podia lutar quanto fugir. O próprio Amotinado dissera isso, ele devia saber melhor das coisas, seu próprio general. Deixar de existir! E, então, ser responsabilizado por isso. Aquele era um teste de lealdade, ouvir uma coisa dessas sem se importar com um monte de alemães que os atacavam. Mas foi o que Willie ouviu nos trens; e quase conseguia sentir o cheiro daquela opinião no ar marítimo de Southampton. Melhor esquecer os irlandeses. Sempre haviam sido meio estranhos mesmo. Bem, era isso o que dizia uma velha canção daqueles dias. Não era mais "Tipperary" e "Goodbye Leicester Square".

Entre os seus próprios compatriotas desprezando-o por estar no Exército, e o Exército desprezando-o pelo seu próprio massacre, um soldado não sabia mais o que pensar. Sua cabeça podia estourar de tanta dor. O fato de a guerra agora não fazer mais sentido nem passava pela mente.

Willie tinha 21 anos agora. Um homem adulto, com toda certeza. Aquela travessia de volta à guerra não era muito rápida. Uma coisa muito estranha para ele. Todos os "vales da morte" que ele atravessara, todos os campos de homens mortos, todo aquele enorme tumulto, e o desperdício de corações humanos, tudo isso, era de se pensar, deveria ter força suficiente para impedi-lo de voltar para a guerra. Ele não entendera a guerra no início, e remoera mais de uma dúzia de vezes o pensamento de que ninguém sobre a face da Terra conseguia entendê-la. E ele certamente não a desejava, e a temia como a caça teme o caçador, o predador —, mas, mesmo assim, ficava cada vez mais feliz à medida que se aproximava de seus amigos. Uma espécie de felicidade que temia não poder encontrar mais em lugar algum. Se pensasse em Dolly, teria vontade de chorar. Se pensasse em Gretta, sentiria poder parar de respirar e morrer. Na verdade, podia chorar com a notícia mais insignificante, pequenas coisas estranhas o perturbavam, uma guimba de cigarro atirada no chão, o pio de algum pássaro solitário, e, então, ele tinha de parar e se controlar, fazer o choro parar, parar de tremer. Não se importava com que o vissem. Não era importante. Se parecesse covardia, que parecesse covardia, e isso era tudo. Willie sabia que tudo aquilo se devia ao fato de ele ser apenas um homem machucado por dentro. A merda era essa. Nesses momentos, ficava fraco como um carneiro recém-nascido; o soldado mais fraco da Alemanha poderia tê-lo matado com o seu hálito. Mesmo assim, Willie apressou sua volta ao cenário da guerra e, cheio de um curioso orgulho, chegou ao lugar onde o seu novo pelotão estava, dando um alô alegre a Christy Moran, e recebendo outro de volta, e um abraço.

— Pensei que nunca mais veria você, Willie — disse o primeiro-sargento da companhia.

— Não o culpo — replicou Willie Dunne. — Há algum dos rapazes que eu conhecia ainda por aqui?

— Há novos rapazes agora — respondeu Christy Moran. — Eles chamam uns aos outros de *Geordies*.* Eles têm uma pronúncia tão fechada que poderiam bem ser das Ilhas Galway.**

Mas então Willie viu um rosto familiar.

— Sargento, sargento, o senhor não me disse que Joe Kielty tinha conseguido sobreviver.

— Ah, sim. Não se pode matar Joe, Willie.

Willie foi até Joe Kielty, que não parara de sorrir. Tomou a mão de Joe nas suas e apertou-a.

— Joe, você deve ser o melhor atirador de toda Flandres.

— Ah, não sou nada mau.

— O melhor atirador, meu Deus.

— O melhor corredor, com certeza — disse Joe Kielty, rindo.

---

* *Geordies* é o termo usado para designar os habitantes de uma região do nordeste da Inglaterra (Tyneside), especialmente os provindos da cidade de Newcastle. (N.T.)
** As Ilhas Galway pertencem à Irlanda. (N.T.)

— Venha aqui um minuto — pediu o primeiro-sargento, e Willie o seguiu até um abrigo. Christy Moran mergulhou lá dentro e voltou trazendo um livro grosso que Willie pensou reconhecer.

— Eu mandei todas as coisas de Timmy Weekes para a casa dele, como se deve, mas, e espero que o pai e a mãe dele não se importem, eu guardei isso aqui. Eu estava para enviá-lo a você. Mas agora você está aqui, Willie, e pode ficar com isso.

Era o romance de Dostoiévski que tornara aquele inverno passado nos arredores de Ypres mais tolerável. Willie não chorou naquele momento. Sentia-se orgulhoso, de uma certa forma, e grato a Timmy Weekes. O rei da Inglaterra era um cavalheiro, e seu soldado Timmy Weekes também. A guerra era a porra de uma loucura e havia arruinado a vida de muitos, e mesmo os que tinham sobrevivido estavam arruinados, e nunca mais as coisas seriam diferentes, mas Timmy Weekes era um cavalheiro.

— Muitíssimo obrigado, sargento — respondeu Willie Dunne.

— Só pensei que você gostaria de ficar com esse livro — disse Christy Moran, num tom elegante que não lhe era comum.

❧

— Como você conseguiu sair daquela, Joe? — perguntou Willie no dia seguinte, os dois agachados à luz do dia de um jeito que agora já parecia imemorial.

— Ah, bem — respondeu Joe —, tudo aconteceu de um jeito fácil.

— Como assim, Joe?

— Eu estava tentando fazer o possível para matar aqueles pobres coitados que vinham correndo para cima de mim. Não

estava me saindo muito bem quando, de algum lugar lá da retaguarda deles, começaram a atirar aquelas bombas pesadas,
grandes bombas de morteiro que caíam direto do céu, e até caíram
perto de mim, mas mataram uma porção de seus próprios camaradas. Vocês já haviam se retirado havia uma boa meia hora, e
havia uma grande lacuna nas fileiras chegando até a mim, e eu
pensei "Será que dá tempo de fazer alguma coisa?" E vi as grandes
hordas de jaquetas cinza vindo aos borbotões, a distância, gritando
como loucas, então eu disse para mim mesmo: "Dá, sim!" E saí
galopando na direção que vocês haviam tomado, mas passaram-se
dias e dias até eu conseguir encontrar o sargento.

— Você merece uma medalha por isso, Joe.

— Ah, bem — disse Joe.

∾

O verão de 1918 passou, e o major Stokes foi encontrado enforcado
num pequeno celeiro, a cerca de 5 quilômetros de um campo de
batalha recente. A sua bela motocicleta preta foi encontrada
encostada do lado de fora. Na nota que deixou para sua mulher,
ele mencionava o estresse da guerra e pedia perdão pela sua aparente covardia. Enfatizou o amor que tinha pelos seus três filhos.
Esperava que fossem poupados de uma guerra semelhante no
futuro. Não mencionou Jesse Kirwan.

Naquele momento, os regimentos dos *Yanks** haviam terminado seu longo treinamento e estavam colocando as botas lustrosas
no sangue das terras devastadas pela guerra. Foi a chegada deles

---

* *Yanks* (ou *Yankees*) é um termo genérico usado, às vezes pejorativamente, para
designar, fora dos Estados Unidos, os provenientes desse país. (N.T.)

— e sua própria aparência resplandecente, homens que pareciam metros mais altos, e mais largos, e mais fortes, completamente maiores, como os gigantes de um livro de histórias, alimentados com bife e peru —, foi a chegada deles que amenizou a ansiedade do governo, e assim a tão temida convocação foi abandonada na Irlanda. Não haveria mais novas hordas de rapazes irlandeses seguindo-os, contra a vontade ou voluntariamente. Aqueles que já estavam lá eram tudo o que havia, ou houvera, da Irlanda nos campos de Flandres.

E, no entanto, aqueles logo se tornaram dias em que o Exército investiu, perdeu milhares de soldados para o Hades* e para o céu, oferecendo, aqui e ali, a vista havia muito desejada da cavalaria galopando pelas extensas fazendas — com o uniforme sujo e cáqui, mas os cavalos desfraldando as bandeiras de suas crinas, e todos aqueles homens transformados enfim em criaturas épicas, e os soldados cinza e sombrios do Kaiser sendo furiosamente conduzidos de volta à Alemanha.

E, aqui e ali, ao longo das estradas, o batalhão de Willie caminhava às vezes juntamente com unidades americanas, rapazes que a ele pareciam espantosamente altos, rapazes que deixariam orgulhosos seus pais por tê-los como filhos, se a altura era a medida de um verdadeiro filho. Talvez o rei da Morte tivesse uma visão diferente deles. Já que, no espaço de poucas semanas, eles haviam

---

* Na mitologia grega, Hades é o deus do mundo subterrâneo dos mortos e por extensão a palavra é usada para designar o seu reino. (N.T.)

perdido 300 mil homens, diziam, um massacre horrendo, capaz de igualar o de qualquer uma das nações envolvidas no conflito.

Os batalhões atravessaram Flandres. E aquela foi quase a primeira vez, em todos aqueles anos, em que Willie sentiu, no seu íntimo, um vestígio do impulso que o levara até ali, para ajudar na libertação da velha Bélgica. E ele ficou espantado de sentir aquilo novamente.

∽

Durante todo aquele dia selvagem, os rapazes pressionaram os hunos que fugiam. Mas era uma coisa estranha aquela fuga. Eles nunca tinham visto o Exército que debandava, com pressa de voltar ao seu país. Que país encontrariam lá? Como seriam acolhidos? Talvez fossem apedrejados, talvez fossem acolhidos como heróis. Talvez seu país tivesse mudado também e não mais existisse, ou fosse um outro país, inteiramente diverso. O oficial dissera que estavam "morrendo de fome". Havia rumores de que o velho Kaiser seria morto, ou que deveria arrumar as malas e partir, e deixar de ser o Kaiser para sempre. De uma maneira geral, os soldados preferiam que ele fosse feito prisioneiro. Que fosse talvez enforcado em local público, com suas entranhas à mostra! Depois de toda a marca de morte e horríveis sofrimentos que infligira às nações!

Enquanto seguiam o rastro das divisões alemãs, movendo-se como cervos e coelhos através das florestas cerradas dos negligenciados campos estéreis, Willie foi tomado por um sentimento de desolação ao ver que tudo fora nivelado e destruído. Como as tropas inimigas haviam encontrado tempo para destruir os prédios de Flandres, para queimar os campos maltratados? Temeram beber dos rios e poços por poderem conter veneno. Aquela havia sido uma guerra de venenos poderosos, no ar, na memória, no sangue.

Ao passar pelos prédios destruídos, Willie os reerguia em sua mente, forçava-se a ver os suportes dos andaimes se levantando, os pedreiros e carpinteiros voltando, e tudo se refazer. Ficariam ocupados por ali, os exércitos dos sagrados construtores.

Willie podia sentir nos ossos que o fim estava próximo. Seguia Christy Moran como fizera nos últimos três anos. O primeiro-sargento não mudara muito, ainda era ágil. Ainda assobiava canções curtas de Dublin, e ainda resmungava consigo próprio, praguejando e inventando frases sarcásticas. Poderia ser aclamado, Willie pensava, rei da Irlanda. Ninguém conseguia desencorajá-lo. Se os *boches* o tivessem tido como Kaiser... Homens errados venceriam, homens errados perderiam. Aquele tipo de pensamento fizera a Rússia virar de cabeça para baixo, e os bravos companheiros franceses abandonarem suas armas em 1917. Um pensamento que causara a insurreição em Dublin e que matara Jesse Kirwan como saldo.

Willie sabia que agora não tinha mais país algum. Sabia disso muito bem. Finalmente, as palavras de Jesse Kirwan haviam penetrado profundamente em seu cérebro, e ele agora as entendia. Todas as Irlandas haviam desaparecido, e não sabia agora qual delas persistia. Temia não ser mais um cidadão, eles não o deixariam mais ser um cidadão. Não teria mais nenhum orgulho ao caminhar pelo Stephen's Green, não teria a clemência própria da juventude nem o sentimento de urgência da idade adulta. Poderiam apedrejá-lo quando voltasse, ou queimar inteiramente sua casa, ou atirar nele, ou fazê-lo deitar-se sob as pontes de Dublin e tornar-se um marginal pelo resto de sua vida. Ia atravessando as fazendas, cada vez maiores. Lutara por tudo aquilo, a seu modo. Agachara-se nas horríveis trincheiras, sobrevivera milagrosamente — segundo Christy Moran — às batalhas travadas, e era quase o único de seus companheiros que ainda estava vivo. Não, Willie não entendera totalmente a mensagem de Jesse Kirwan, mas procuraria entendê-la nos próximos anos, era o que dizia a si próprio. Tentaria, pelo menos, compreender aquela filosofia. Mas como poderia viver e respirar? Como poderia viver e amar? Como qualquer um deles poderia? Qualquer um daqueles soldados que haviam deixado, por tantos motivos, tolos ou sensatos, um mundo que amavam ou temiam, mas que também desaparecera atrás deles. Como podia um homem sair e lutar por seu país, se o seu país se desintegrava atrás dele como açúcar na chuva? Como alguém podia amar seu uniforme quando aquele mesmo uniforme matava os novos heróis, como dizia Jesse Kirwan? Como poderia um homem como Willie ter tanto a Inglaterra como a Irlanda no seu coração, como fizera seu pai antes dele, e como o pai de seu pai, e o pai do pai de seu pai, se ambos, pai e avô, o chamariam agora de traidor, embora seu coração permanecesse puro e cristalino, tão puro quanto pode ser um coração após três anos de massacres? O que fariam suas irmãs para continuarem a ajudar e a admirar o seu país, se o próprio país se dissolvera? Os rapazes eram como aqueles cidadãos belgas vagando pelas estradas, com seus móveis, mesas e panelas, mas, na realidade, eram bem diferentes, pois, destituídos como estavam, sem lar, pelo menos aqueles cidadãos vagavam perdidos em sua própria terra.

 Por volta do meio-dia, chegaram a um local montanhoso onde parecia que um grupo de soldados da Baviera decidira parar. Pelo menos estavam tentando manter o controle sobre uma ponte que ameaçava ruir, ou era o que parecia a distância. Alguém olhou em um mapa e disse que o lugar chamava-se Saint-Court. Deviam ter também algumas peças de artilharia com eles, porque grandes bombas caíram repentinamente nos bosques. Era estranho ver que a força e a natureza da velha guerra retornara. Talvez tivessem de cavar trincheiras novamente e permanecer ali por outros mil anos. Aquele seria o seu país para todo o sempre, aquelas colinas, aquela ponte, aquelas árvores atormentadas de outono. Willie teria de ficar olhando para aquele lugar, abrigado numa trincheira próxima, que cavaria com suas ferramentas, e ele, Christy Moran e os outros rapazes teriam de fabricar revestimentos com as árvores do bosque, e conservar tudo o mais limpo possível, e rezar para que fizesse bom tempo. E aqueles alemães distantes se tornariam apenas um rumor, os fantasmas de um rumor, outro mundo, mas um mundo próximo, a lua escura para seu sol brilhante. E assim seria, para todo o sempre.

A escuridão os envolveu, e os canhões continuavam atirando, a luz amarelada das explosões se estendendo por vários quilômetros. Eram canhões tão grandes que podiam atingir o alvo a uma distância de até 10 milhas irlandesas, se quisessem. Talvez fosse por isso que os alemães tivessem parado ali, porque odiavam abandonar seus canhões. Talvez tenham recebido ordens para não os abandonar. Talvez não contassem mais com nenhum oficial e não soubessem o que fazer, a não ser atirar e lutar.

Então, enquanto a tênue face da lua aparecia sobre as montanhas, como uma criança curiosa que viesse espiar, tudo ficou quieto. Willie e Christy Moran e cerca de trezentos outros homens estavam espalhados pelos arredores, esperando as ordens do quartel-general, que estava agora bem distante. Algum mensageiro atravessaria correndo todo o mundo escuro para chegar até onde estava o coronel e perguntar o que deveriam fazer. Willie conseguia ver os oficiais reunidos num pequeno alpendre, parecido com o abrigo de pastores. Talvez eles decidissem sozinhos. Sem dúvida, esperariam amanhecer e ordenariam que investissem contra a pequena ponte. Talvez estivessem trazendo a sua própria artilharia por aquelas estradas enlameadas.

Ouviu-se o pio de uma coruja cruzando o pântano do rio. Willie conseguia ver os juncos de espessa cabeça marrom. Logo mais, eles estariam imersos no inverno, sentindo os dedos da geada a tocá-los com avidez. Willie ouvia a humana música do rio, via os tons agradáveis de estanho que ele assumia ao continuar seu curso entre as margens indiferentes.

Ouviu, então, um canto que vinha do lado dos alemães. Embora o homem cantasse em alemão, Willie reconheceu a canção, conhecia-a muito bem. Talvez o cantor estivesse sendo irônico, pois a canção era "Stille Nacht, Heilige Nacht". Noite silenciosa, noite sagrada. A mesma canção daquela primeira, distante e memorável anistia de Natal em 1914. Aquela não era uma noite sagrada. Ou era? A voz era simples como o rio, achava Willie. Vinha da garganta de um homem que poderia ter visto horrores, e causado horrores aos exércitos inimigos. Havia algo na canção que se referia ao fim do mundo, ou melhor, ao fim da guerra. O fim do mundo. O fim de muitos mundos. Noite silenciosa, noite sagrada. E os pastores estavam em suas cabanas, e seus rebanhos estavam espalhados nos arredores naqueles bosques encantadores. Os carneiros deitavam-se na escuridão, com medo dos lobos. Mas haveria realmente lobos? Ou apenas carneiros contra carneiros? Noite silenciosa, noite sagrada. Stille Nacht, Heilige Nacht. Heilige, sagrado, uma palavra que nunca mais viera à mente de Willie desde que o padre Buckley se fora. Sagrado. Não seriam todos eles sagrados? Não poderia Deus descer e tocar o rosto deles, explicar o sentido de seus atos, o propósito de sua longa estadia ali, da sua jornada a uma terra estrangeira que havia se transformado numa parada obrigatória entre horrores? Haviam chegado tão longe que atingiram a borda do mundo conhecido e se precipitaram em outros domínios, inteiramente tomados pelo fragor e pelo tumulto das mortes. Não havia caminho de volta na longa jornada que empreenderam. Willie não tinha um país, era órfão, estava só.

Então, Willie levantou sua voz e cantou para seu inimigo, o estranho inimigo que permanecia escondido. Partilharam a mesma canção, essa era a verdade. Um único tiro imprimiu sua nota personalizada na escuridão, espantando a coruja ocupada.

Joe Kielty o segurou. Joe Kielty não quis vê-lo cair no chão, embora um homem baixo como aquele não tivesse muito para cair.

෴

Willie viu quatro anjos descendo do céu. Não achou inesperada a aquela visão. Poderiam ter sido pintados ali, velhos ícones russos.

Anjos de Deus, da Terra, ou decaídos, Willie não sabia. Um deles tinha o rosto de Jesse Kirwan, o outro do padre Buckley, o outro do primeiro alemão que Willie matara e o último do capitão Pasley.

Talvez, no drama passageiro da Terra, alguns deles figurassem com luzes menores. Mas todos eram capitães de suas almas.

Um soldado atingido no tiroteio era algo pequeno, com tantos tiros sendo dados livremente, como se nada valessem. Por um rei, um império e um país prometido. Talvez porque aquele país, por si só, fosse um lugar sem valor, por todos os sonhos e convicções desprezados daquele lugar. Não havia nada ali que não fosse passageiro. Nada de valor para conservar. Nas escalas de Deus, as 30 mil almas daquele país decaído não estavam registradas.

Sob a pesada excrescência da história, foi enterrado Willie, foram enterrados todos os seus companheiros de armas, num cemitério esquecido, sem ciprestes nem lápides.

Willie viu quatro anjos, mas anjos, naqueles dias, eram uma visão comum.

Um *Longo Longo Caminho*

Castelo de Dublin.
Outubro de 1918.

Meu querido filho Willie,

Eu agradeço por sua última carta, do fundo do meu coração. Gostei de ler sua carta e o que você disse. Quero ir procurar o padre Doyle agora, na rua Wexford, porque eu sei que fiz uma coisa idiota. Eu me esqueci dos nossos velhos tempos. Minha cabeça estava se enchendo de pensamentos estúpidos e sombrios. Eu estava esquecido das coisas fáceis a se pensar. Como eu o amo, Willie, e que bom filho você é. Como você se alistou para lutar pela Europa, como disse que faria, e como tem sido corajoso de estar aí. E, se aqui as coisas foram ruins nos últimos anos, como não devem ter sido aí na Bélgica? Ninguém sabe disso além de você, Willie. Eu não tenho o direito de ficar zangado com você. Mas agora tudo isso acabou. Eu fiquei lendo e relendo muitas vezes a sua carta, Willie, e aprendi algo com você. Nunca mais serei tão burro e pedirei perdão a Deus. Você me perdoa, Willie? Perdoe um pobre velho preso aos velhos tempos. Eu passei a minha vida a serviço da rainha e, quando ela morreu, a serviço dos dois reis que vieram depois. Eu queria manter a ordem nesta velha cidade, mas, respondendo à sua pergunta, eu queria também lembrar a sua mãe e fazer o que ela me fez prometer, que eu tomaria conta de todos vocês. Não posso deixar que a primeira coisa me faça esquecer a segunda. Eu devo sempre, na medida do possível, tomar conta de você, embora você agora já seja um adulto e eu não seja mais o homem que fui em outros tempos. Quando você voltar, Maud e Annie dizem que prepararão um chá que você nunca esquecerá.

Dolly está dizendo que vai arrumar toda a casa. Nunca mais você será recebido friamente. Eu sinto muito, Willie, e nenhum homem vivo deveria deixar de pedir desculpas quando age mal. Então, eu peço desculpas. Fique bem, Willie, e eu fico tão contente de saber que já parou de tremer.

Afetuosamente,
Seu pai que o ama.

Essa carta foi devolvida juntamente com a farda de Willie e outros objetos, sua caderneta, um volume de Dostoiévski e um cavalinho de porcelana.

Quando, alguns anos mais tarde, Dolly emigrou para a América, levou consigo o livro de Dostoiévski, como um suvenir.

O mundo do pai de Willie foi inteiramente ultrapassado nas rebeliões seguintes. No meio de um tiroteio, ele perdeu o juízo e morreu internado num asilo estatal, em Baltinglass.

Em algum lugar da terra de Flandres, ainda jaz a medalha de Christy Moran. A medalha que recebera por sua bravura — ou por sua "burrice", como dizia. Completamente enegrecida pela explosão.

Ou talvez o solo prestativo e ácido a tenha engolido e ela tenha se conservado limpa e marrom, mostrando, mesmo que somente aos vermes, o seu delicado desenho de uma pequena coroa com uma pequena harpa.

371 *Um Longo Longo Caminho*

Foram obrigados a enterrar Willie o mais rapidamente possível, porque os alemães finalmente haviam retomado sua fuga, e eles tinham obrigação de segui-los.

Colocaram-no perto do lugar onde havia caído, arranjaram uma cruz de madeira e gravaram nela os seus dados. Joe Kielty fez um pequeno e emocionado discurso. Christy Moran ficou preocupado com a exatidão dos dados, e, por segurança, marcou em seu mapa a posição da cova de Willie, caso as outras marcas fossem apagadas.

Então, eles continuaram a avançar, sem ele.

William (Willie) Dunne, praça,
Fuzileiros Reais de Dublin.
Morto perto de Saint-Court,
em 3 de outubro de 1918.
Aos 21 anos de idade.
Descanse em paz.

Agradecimentos

Os seguintes livros fazem parte de um número crescente de obras pioneiras sobre a Primeira Guerra Mundial e sobre a Irlanda, sem as quais este romance não existiria:

Ireland and the Great War, por Keith Jeffery. Cambridge, 2000.

Irish Voices from the Great War, por Myles Dungan. Irish Academic Press, 1995.

They Shall Grow Not Old, por Myles Dungan. Four Courts Press, 1997.

Orange, Green and Khaki, por Tom Johnstone. Gill and Macmillan, 1992.

Ireland's Unknown Soldiers, por Terence Denman. Irish Academic Press, 1992.

A Lonely Grave, por Terence Denman. Irish Academic Press, 1995.

Irishmen or English Soldiers?, por Thomas P. Dooley. Liverpool University Press, 1995.

Ireland and the Great War, organizado por Adrian Gregory e Senia Paseta. Manchester University Press, 2002.

Dividing Ireland, por Thomas Hennessey. Routledge, 1998.

Far from the Short Grass, por James Durney, 1999.

Eu também gostaria de agradecer ao instinto infalível de meu editor, Jon Riley, que me sugeriu este livro.

Do mesmo autor

Os escritos secretos

Quando jovem, Roseanne McNulty era uma das garotas mais belas e sedutoras da cidade de Sligo, Irlanda. Hoje, com a proximidade de seu centésimo aniversário, ela é paciente do Hospital Psiquiátrico Regional de Roscommon e decide passar sua vida para o papel antes que seja tarde demais.

À medida que começa a rememorar e a escrever seu passado, Roseanne decide esconder o manuscrito debaixo das tábuas do assoalho de seu quarto. Em seguida, descobre que o Hospital de Roscommon será fechado e demolido em poucos meses e que seu psiquiatra, dr. Grene, foi incumbido de avaliar os pacientes e decidir se eles podem retornar à sociedade.

Dr. Grene tem um interesse muito especial pelo caso de Roseanne e, ao pesquisá-lo, descobre um documento escrito por um padre local que traça a história da vida dessa mulher de forma muito diferente da que ela mesma conta. Médico e paciente começam a se compreender e a desvendar segredos sobre si mesmos enterrados há muito, histórias nunca escritas, esquecidas, que, aos poucos, montam um quebra-cabeça de forma detetivesca. A natureza instável da memória e da identidade de Roseanne traz o esplendor do estilo poético de Sebastian Barry: mesmo as descrições mais simples parecem ganhar asas.

Em uma Irlanda até hoje cercada e marcada por conflitos, *Os escritos secretos* traça, com beleza insuperável, uma história épica de amor, traição e tragédia inevitáveis, bem como a lembrança viva da opressão da Igreja Católica durante grande parte do século XX.

Impresso no Brasil pelo
Sistema Cameron da Divisão Gráfica da
DISTRIBUIDORA RECORD DE SERVIÇOS DE IMPRENSA S.A.
Rua Argentina 171 – Rio de Janeiro, RJ – 20921-380 – Tel.: 2585-2000